Christian Linker
Der Schuss

Christian Linker, geboren 1975, studierte in Bonn Theologie und machte Jugendpolitik, bevor er sich ganz dem Schreiben widmete. Seine Romane, die sich schon immer mit brisanten Themen auseinandergesetzt haben, wurden vielfach ausgezeichnet.

Christian Linker

DER SCHUSS

dtv

Ausführliche Informationen über unsere Autoren und Bücher
www.dtv.de

Zu diesem Band gibt es ein Unterrichtsmodell unter www.dtv.de/lehrer zum kostenlosen Download.

Von Christian Linker sind bei dtv junior außerdem lieferbar:
Das Heldenprojekt
Doppelpoker
RaumZeit
Blitzlichtgewitter
Absolut am Limit
Stadt der Wölfe
Dschihad Calling
Scriptkid – Erpresst im Darknet
Und dann weiß jeder, was ihr getan habt

MIX
Papier aus verantwortungsvollen Quellen
FSC® C019821

Ungekürzte Ausgabe
2. Auflage 2020

Umschlaggestaltung: Cornelia Niere, München
Lektorat: Beate Schäfer
Gesetzt aus der Aldus
Satz: C.H.Beck.Media.Solutions, Nördlingen
Druck und Bindung: Druckerei C.H.Beck, Nördlingen
Printed in Germany · ISBN 978-3-423-71870-7

NACHT

1

ROBIN

Das Feuerzeug klickt.
Klingt fast wie ein Schuss in der Stille hier.
Sagt man ja auch bei Junkies. Letzter Schuss, Schluss.
Leises Knistern. Die Flamme frisst sich ins Papier.
Ich bin kein Junkie, nicht mal das. Nur ein kleiner Ex-Dealer, der seinen allerletzten Joint raucht. Das Knistern ist schön. Wie wenn du dein letztes Zeugnis verbrennst oder den allerletzten Brief von deiner großen Liebe. Die Spitze wird Glut und funkelt ins Dunkel, als ich lang dran zieh. Mein allerletzter Joint. Denn ich bin raus aus dem Geschäft.

Bin ich doch, oder? Kurz blinzel ich aufs Handy. Die zwei Häkchen hinter meiner Nachricht haben sich immer noch nicht blau gefärbt. Ich fürchte, meine Kündigung ist erst dann gültig, wenn Hakan sie gelesen hat. Wo auch immer der gerade seinem Business nachgeht – irgendwann wird er es lesen, akzeptieren und mir keinen Stress deswegen machen. Hoffe ich jedenfalls. Ich meine – ich hab ihm doch auch keinen Stress gemacht, sondern brav sechs Monate Bewährung kassiert. Ich hätt ihn verzinken können, dann wär ich vor Gericht besser weggekommen. Vielleicht bloß mit Sozialstunden oder so. Aber die hätt ich dann nicht mehr ableisten können; Tote machen ja keine Sozialstunden.

Ich leg den Kopf in den Nacken und blas eine dicke Wolke aus.

Guck ihr nach, wie sie aus der Hochhausschlucht raussteigt in den Herbstnachthimmel. Rauf zu den Sternen, wo's weder Gangs noch Cops oder Nazis gibt, kein Hartz Vier und keine fucking Bewährungsauflagen.

Unterm Hintern spür ich das morsche Holz der Spielplatzbank. Ja, ein Spielplatz. Den haben die irgendwann auf dem Beton hier angelegt. Haben Erde verteilt, Sträucher und Beete gepflanzt, einen Sandkasten reingesetzt mit Klettergerüst und allem. Das Klettergerüst ist seit ewig schon baufällig und abgesperrt. Trotzdem ist das hier eine kleine Oase. Nicht irgendwo, sondern auf dem Dach von einer Parkgarage mitten im Herzen vom Breslauer Block. Vom abgefucktesten Ghetto der Stadt. Soweit ich das beurteilen kann, denn eigentlich weiß ich ja nichts über die Stadt oder die Welt drum herum. Interessiert mich auch nicht. Mich interessiert gar nichts mehr. Ich will nur die zwei blauen Häkchen sehen und vielleicht noch ein kurzes »Okay« und mich dann für alle Zukunft aus jedem möglichen Scheiß raushalten.

Meine Mutter wär sicher stolz auf mich. Sich raushalten und bloß nicht die Klappe aufmachen, das ist bei uns nämlich so eine Art Familienmotto. Ich erinner mich, wie ich im Kindergarten bei einem Theaterstück mitgemacht hab. Natürlich sind die Mütter der andern Kinder da gewesen und haben zugeguckt. Nur meine nicht. Die ist auch nie zu irgendwelchen Elternabenden gegangen oder zur Sprechstunde, wenn ich Palaver mit einem Lehrer hatte. Ich werf ihr das nicht vor, echt nicht, denn am Ende fährt man einfach besser damit, wenn man sich mit keinem unnötig anlegt.

Als ich letzte Woche meine Gerichtsverhandlung hatte, war sie auch nicht da. Diesmal aber aus einem echt guten Grund, sie macht nämlich gerade eine Kur an der Nordsee. Im Alltag spür ich eh keinen Unterschied, ob die da ist oder nicht. Die verdient ihr Geld, indem sie nachts in Bars und Clubs die Klos putzt; tagsüber schläft sie. Sie hat ihr Leben und ich hab meins, und Mel hat ihres.

Ich zieh an dem Joint und lass noch eine dicke Wolke hochsteigen. Der Qualm hat einen langen Weg vor sich, um nach oben aus dem Block rauszukommen, denn die Hochhäuser umgeben den Spielplatz von drei Seiten und haben acht, zehn, manche vierzehn Stockwerke. Lange Reihen aus Fenstern und Balkonen glotzen auf mich runter.

Irgendwo dort drüben ist das Fenster von Mel, hinter dem sie jetzt friedlich schläft und von einer besseren Zukunft träumt. Eigentlich müsste ich mich wohl ein bisschen für meine kleine Schwester verantwortlich fühlen, solange unsere Mutter nicht da ist. Aber Bullshit, sie ist doch sechzehn, gerade mal zehn Monate jünger als ich. Außerdem einen halben Kopf größer und schon richtig erwachsen. So vernünftig. *Die* könnte eigentlich die Verantwortung für *mich* übernehmen. Tut sie vielleicht sogar und ich merk das bloß nicht. Hat Pläne, will was aus ihrem Leben machen. Was immer das auch heißen soll. Jedenfalls hat sie im Gegensatz zu mir die Zehnte abgeschlossen und geht jetzt auf eine Fach-irgendwas-Schule. Und anders als ich hat sie auch noch nie gekifft. Das ist gut so, sonst hätt ich ihr am Ende noch was verticken müssen.

Aber das spielt ja keine Rolle mehr, denn meine kurze Dealer-Karriere ist schon wieder zu Ende. Jedenfalls so gut wie, es kann doch nicht mehr lange dauern. Oder hat Hakan längst die Vorschau meiner Message gesehen und pirscht sich gerade von hinten durch die dichten Büsche an, mit seinem irren Messer zwischen den Zähnen? Weil jemand wie er keine Kündigungen akzeptiert? Aber das, was da leise hinter mir raschelt, ist nur der Wind in den Zweigen.

Irgendwo in dem Haus gleich hier, hoch über mir im sechsten Stock, da ist das Fenster zu seinem Zimmer. Kann mir nicht vorstellen, dass der in seinem Bett liegt und pennt, schließlich ist genau jetzt seine liebste Arbeitszeit. Das Fenster daneben gehört

Arzu. Die sieht sehr schön aus, wenn sie schläft, ich hab es einmal gesehen. Aber das ist lange her und es hat gar keinen Zweck, immer wieder dran zurückzudenken.

Ich zieh an dem Joint. Der verglimmt viel zu schnell und leider komm ich überhaupt kein bisschen drauf.

Ich meine – es hat doch noch nie einer gegen Hakan ausgesagt. Warum hätte ich da der Erste sein sollen? Ich hab es damals nicht getan und jetzt auch nicht, inzwischen sind wir doppelt und dreifach quitt, er soll mich in Ruhe lassen, okay? Das schuldet er mir.

Da zuck ich zusammen. Mein Handy hat vibriert. Plötzlich sind da zwei blaue Häkchen und drei Wörter: »Wie du meinst.«

Was zur Hölle soll das heißen?

Ach, fuck … ich müsste nur ein Wort zu einem von der Naziblase hier im Block sagen … die würden mich in ihre Reihen aufnehmen und für alle Zeit vor Hakan beschützen. Aber Bullshit. Wenn du nicht in irgendwelchen Scheiß reingezogen werden willst, dann musst du um *braune* Scheiße ja wohl erst recht einen riesengroßen Bogen machen.

Ich krall zwei Finger um den Joint, als könnte ich mich dran festhalten. Ziehe, schließ die Augen, hör auf das Windrascheln in den Büschen und stell mir einfach vor, ich säß irgendwo tief im Wald. Und nicht mitten im Block über einer abgefuckten Garage. Klappt aber nicht.

2

MAGNUS

An der Unterseite jener Betondecke, die den Spielplatz trägt, klebt ein Geflecht aus Stromkabeln, Lüftungsrohren und den Wasserleitungen der Sprinkleranlage. Gelbe Lampen, in staubschwere Spinnweben gehüllt, streuen schmutziges Licht auf Autolacke, rissigen Boden und die Brillengläser von Magnus Mahlmann, dem nun doch ein wenig mulmig wird.

»Warum ausgerechnet bei euch im Block?«, hat Magnus gefragt. »Hast du keine Angst, dass uns einer von deinen Kameraden beobachtet?«

»Wenn ich rausfahre zu euch in die Stadt, wär das viel auffälliger«, hat der Anrufer geantwortet.

Natürlich könnte es eine Falle sein. Geheimes Treffen in der Tiefgarage. Aber Magnus' Neugierde ist stärker. Und schließlich hat er auch früher schon brenzlige Situationen überstanden.

Schritte hallen. Und die Stimme des Anrufers.

»Magnus Mahlmann?«

Hinter einem grünen Van tritt eine schmale Gestalt hervor. Magnus ist dem Mann noch nie begegnet, doch das Haarbüschel auf dem ansonsten kahlen Kopf und das schiefe Grinsen sind ihm vertraut. Nach monatelangen Recherchen kommen ihm die Schläger und Handlanger von Fred Kuschinski wie alte Bekannte vor: der listige Nikolaj Müller, der bullige Marc Dorfmann alias Schädel. Und dieser hier, dem die Rolle des Verräters zufallen soll.

»Emil Becker?«

»Anwesend«, feixt Becker. »Haben Sie das Geld?«

Magnus zieht einen ausgebeulten Briefumschlag aus der Innentasche seiner Lederjacke. Becker hält im Gegenzug einen kleinen roten USB-Stick in die Höhe.

»Zeigen Sie mal«, sagt er.

Magnus öffnet den Umschlag, zieht das Bündel grüner Scheine ein Stück hervor und lässt die Kanten am Daumen entlanggleiten.

»Ich hoffe, auf dem Stick befindet sich tatsächlich, wonach ich suche«, erwidert Magnus.

»Vertrauen Sie mir nicht? Sollten Sie. Ha'm ja keine Alternative.« Becker lacht auf. »Kapiert, Mann? Keine *Alternative*!«

»Guter Witz.«

Verrat mit Pointe. Für schlappe zehn Riesen ist Emil Becker bereit, seinen geliebten Führer Fred Kuschinski an die *Lügenpresse* zu verkaufen. Er nimmt es offenbar mit Humor. Sie gehen aufeinander zu und Becker streckt beide Hände aus. In der rechten hat er den Stick, die linke öffnet sich, um nach dem Umschlag zu greifen.

»Irrtum!« Da ist noch jemand! »Es gibt immer eine Alternative.«

Ein junger Mann schlendert die Rampe vom zweiten Parkdeck im Untergeschoss herauf, die Hände lässig in den Taschen seines etwas zu weiten Trenchcoats. Das Bubengesicht unter dem strengen Seitenscheitel gehört Nikolaj Müller.

»Korrekt!«, dröhnt es darauf von der anderen Seite her. »Eine *Deutsche Alternative*!«

In der Garagenausfahrt hat sich ein glatzköpfiger Gorilla materialisiert. Marc Dorfmann. Schädel. Schädel trägt Handschuhe, die in Magnus' Kopf unwillkürlich Alarm auslösen, als wären sie ein geheimes Zeichen. Wer Handschuhe trägt, meint es ernst. Oh, wie naiv, denkt Magnus, wie naiv! Natürlich hat ihm Emil Becker eine Falle gestellt.

Aber Becker scheint über das plötzliche Auftauchen seiner beiden Kameraden noch erschrockener zu sein, als Magnus es ist.

Schädel bewegt sich auf sie zu, Becker steht starr und leichenblass, beginnt zu zittern. Auch Nikolaj nähert sich. Es hat fast den Anschein, als nähmen sie Magnus gar nicht wahr, als gehöre er nicht zu dieser Szene dazu. Er sollte abhauen. Jetzt sofort.

»Lasst mich das erklären …«, stammelt Becker und wendet sich Nikolaj zu.

Der stößt ihn unsanft gegen die Brust, dass er zurücktaumelt, wieder und wieder, boxt und schiebt und treibt ihn zu Schädel.

»Bitte, Jungs …«

»Schon gut«, sagt Schädel beinahe sanft, tritt von hinten an Becker heran und fasst seine Schulter. »Du brauchst uns nix sagen. Wir wissen alles.«

Was er dann mit der anderen Hand tut, kann Magnus nicht sehen, erkennt es aber in Beckers Blick, noch bevor der erstickte Schrei gegen die niedrige Decke hallt. Jetzt, wo es längst zu spät ist, denkt Becker plötzlich an Flucht, macht zwei, drei Sätze auf Magnus zu, kippt nach vorn und fällt schwer in Magnus' Arme. Dann sackt er zur Seite weg und gibt den Blick auf Schädel frei, dessen behandschuhte Hand ein blutiges Messer hält.

»Scheiße …«, entfährt es Nikolaj.

Schädel steht reglos da und glotzt völlig verdutzt auf seinen Exkameraden herab, dem er gerade eine Klinge in die Lenden gerammt hat. Und der sich nun im Todeskampf auf dem schmutzigen Parkhausboden windet. Schädel wirkt, als habe ihn die Tat selber am allermeisten überrascht. Ganz langsam hebt er den Blick und sieht Magnus aus leeren Augen an. Das ist der Moment, in dem Magnus' Instinkt die Regie übernimmt. Er muss den Schreck der beiden Angreifer ausnutzen, um irgendwie an Schädel vorbei und zum Ausgang zu kommen. Schon hat er einen Satz über den verstörend zuckenden Becker hinweg gemacht, rempelt, ohne auf das Messer zu achten, Schädel zur Seite und sprintet auf die Garagenausfahrt zu, wundert sich bloß, dass seine Schritte immer kürzer geraten. Er presst sich eine Hand gegen die Seite und bemerkt das Blut. Das Messer von Schädel ist ihm in den Bauch gedrungen! Erst jetzt spürt er den Schmerz und fühlt noch etwas anderes: den Stick. Seine Finger halten ihn umklammert. Anscheinend hat er das kleine Ding unbewusst aus Beckers Hand gewunden, als der gegen ihn getaumelt ist. Sein Instinkt hat das Beweisstück gekrallt und treibt ihn vorwärts, gegen den Schmerz und die aufsteigende Taubheit seiner Beine, während irgendwo hinter ihm Schädel und Nikolaj aus ihrer Starre erwachen und sich an seine Fersen heften.

Dunkel gähnt die Garagenausfahrt, die auf die breite Breslauer Straße mündet, wo es schwer werden wird, sich zu verstecken. Und verstecken muss er sich, das weiß der Instinkt bereits, denn Magnus kann nicht mehr viel weiter laufen. Neben der Ausfahrt führt eine halb von Efeu verschluckte Treppe nach oben auf das Dach, was immer dort sein mag, und alles in Magnus sträubt sich gegen diese Treppe, doch der Instinkt entscheidet anders und lenkt seine Schritte die verwitterten Stufen hinauf. Die Treppe macht eine Kehre, wo er außer Sichtweite ist – zumindest sofern seine Verfolger ihn nicht haben abbiegen sehen. Er will verschnaufen, denn seine Beine spürt er kaum noch, umso mehr seinen Unterleib, der sich in einen flammenden Grill verwandelt hat; doch auch hier überstimmt ihn der Instinkt, treibt ihn weiter hinauf bis ganz auf das Dach, wo er sich auf einem Kinderspielplatz wiederfindet. Ein baufälliges Klettergerüst ragt vor ihm in den Nachthimmel, von flatterndem Absperrband umgeben. Auf der anderen Seite erkennt er einen Sandkasten und Sitzbänke. Auf einer dieser Bänke kauert eine Gestalt.

3

ROBIN

Was stimmt nicht mit dem Zeug, das ich gerade rauche? Woher zur Hölle kommt auf einmal dieses Röcheln? Ein Schatten taucht drüben an der Treppe auf. Fuck, das ist … die absolute Zombieapokalypse! Da taumelt ein Typ auf mich zu, macht gurgelnde Geräusche, glotzt mich glasig an, faucht was, das nach Wörtern klingt: »Unten … Garage … Krankenwagen.«

Erst denk ich, der wär einfach besoffen oder stoned von irgendwas; dann seh ich, dass er Blut spuckt. Sein Gesicht hat die Farbe von dem Käse, den meine Mutter immer für ewig im Kühlschrank liegen lässt, das seh ich sogar im Dunkeln. Er ist vielleicht Ende zwanzig und hat hier im Block nichts zu suchen, schon von den Klamotten her. Auch seine Hände sind voller Blut. Die eine Hand ist zur Faust verkrampft, die andere greift nach mir. Ich zuck zurück, kipp nach hinten von der Bank und rappel mich auf. Jetzt hab ich den verdammten Joint verloren.

»Hör zu«, sag ich zu dem Typen, »ich kann grad echt keinen Ärger brauchen. Keine Ahnung, mit wem du Palaver hast und warum, ruf dir einfach einen Krankenwagen und lass mich aus der Nummer raus, okay?«

»Handy …« Wieder versucht er, mich mit seiner blutverschmierten Hand zu packen. Die andere Hand ist immer noch zur Faust geballt.

»Oh, nein«, sag ich, »das läuft nicht. Nicht mit meinem Handy. Dann haben die meine Nummer und ich häng mit drin.«

»Handy …« Er fummelt mit der freien Hand an seiner Jacke rum, kriegt es aber nicht hin.

»Was für eine verdammte Scheiße!«, ruf ich unterdrückt und seh mich um, ob außer uns noch jemand hier ist. Ist aber keiner.

»Gib schon dein fucking Handy her.«

Ich greif in seine Jackentasche. Die Tasche ist warm und feucht. Ganz kurz denk ich, der hätte sich vollgepisst, dann schnall ich, dass es sein Blut ist. Und zwar überall. Schon klebt es an meinen Fingern. Ich krieg sein Handy zu fassen, zieh es raus und tippe eins, eins, zwei.

»Hallo«, sag ich, als sich der Notruf meldet, »auf dem Spielplatz, Breslauer Block, oben auf der Garage – ein verletzter Mann. Blutet stark.«

»Wie heißen Sie bitte?«, fragt eine Frau am anderen Ende.

»Ist doch kackegal.«

Der Typ vor mir macht so was wie ein Victory-Zeichen. »Zwei … unten ist … auch einer.« Dann sackt er in sich zusammen.

»Hören Sie«, sag ich, »einer ist *auf* der Garage und ein anderer ist *in* der Garage.«

»Verstanden«, sagt die Notruffrau. »Bitte legen Sie noch nicht auf, wir …«

Ich drück sie weg und pack den Typen vor mir. Ich zieh ihn ein Stück ins Gebüsch, denn ich hab keinen Bock auf Publikum. Es ist zwar schon weit nach Mitternacht und die Hausfassaden um uns rum liegen stockdunkel da, aber hinter ein paar Fenstern flimmert noch Fernsehlicht, und vielleicht geht irgendwer gerade zufällig auf seinen Balkon raus und guckt nach unten. Das Gebüsch bildet ein schönes Dach über uns, das müsste alle Blicke abhalten. Ich roll ihn herum, dass er auf dem Rücken liegt; dann zieh ich seinen Pullover hoch, leuchte mit seinem Handy und seh die Stichwunde an seinem Bauch. Der Bauch hebt und senkt sich schnell unter seinem flachen Atem und pumpt dabei rhythmisch Blut heraus. Im kalten Handylicht sieht das ganz schwarz aus. Ich spür den Stich in meinem eigenen Körper.

»Scheiße«, fluch ich leise und such die Gürtelschnalle von dem Mann, »scheiße, scheiße, scheiße!«

Ich find die Schnalle, öffne sie und zieh den Gürtel mühsam aus den Schlaufen.

»Emil …« Der Typ ist anscheinend doch noch bei Bewusstsein. »Becker …«

»Halt die Fresse!«, schnauz ich ihn an. »Ich will nichts hören! Ich will nichts wissen oder mitkriegen oder in irgendwas reingezogen werden, hast du verstanden?«

Ich zerr an seinem Pullover, aber es ist unmöglich, ein Stück rauszureißen. Ich müsste ihm das Teil komplett ausziehen und ihn dafür aufrichten, doch dafür ist er zu schwer; und außerdem gibt ihm das vielleicht den Rest.

»Fuck, fuck, fuck«, schimpf ich vor mich hin, streif meinen Hoodie ab und zieh mir das T-Shirt über den Kopf.

Der Fremde packt mich mit der freien Hand am Arm und fuchtelt gleichzeitig mit seiner Faust herum.

»Leute … von … Kuschinski …«, blubbert es aus ihm heraus.

»Halt endlich deine Fresse, Mann, oder ich lass ich dich hier verbluten, okay?«

Das scheint ihn für einen Moment zu beeindrucken. Ich falte mein Shirt vier-, fünfmal aufeinander, dann press ich es so fest wie möglich auf die blutende Wunde. Ich greif nach seiner freien Hand, führ sie an die Stelle und sag: »Drück zu, wenn du kannst.«

Dann nehm ich den Gürtel und versuch, ihn unter dem Rücken des Fremden durchzuziehen. Er scheint endlich zu kapieren, was ich da tu, und hebt ein bisschen den Hintern, wobei er erbärmlich stöhnt, aber es geht. Ich krieg den Gürtel um ihn rum, kann ihn über dem Knäuel von meinem Shirt strammziehen und schließen.

Es ist der perfekte Druckverband. Ich zieh meinen Hoodie wieder an.

»Viel Glück, Mann«, sag ich, heb das Handy des Fremden auf und steck es ein. »Sorry, aber es käm gerade nicht gut, wenn die meine Fingerabdrücke irgendwo finden, wo sie nicht hingehören. Falls du durchkommst, kauf dir zur Feier des Tages ein neues.«

Nein, ich bin absolut nicht so cool, wie ich es ihm und mir vormach. Aber die künstliche Coolness hält meine Nerven im Griff und mein Hirn am Laufen. Und außerdem die Erinnerung unter Kontrolle, die ich jetzt echt nicht brauchen kann.

Wo ist der verdammte Joint? Da. Und er hat noch Glut, ich verbrenn mir die Flossen dran, aber ich muss ihn verschwinden lassen, denn ganz sicher wird es hier bald von Cops wimmeln. Aber als ich endlich abhauen will, kommt noch mal Leben in den Fremden. Wieder packt er mich und seine Faust trifft mich hart an der Schulter, dann öffnet sie sich. Drin liegt kleines rotes Teil. Ein USB-Stick.

»Henry!«, beschwört er mich, als wären das seine absolut letzten Worte, »du musst den Stick Henry geben!«

»Ein einfaches Danke hätte schon gereicht«, sag ich und nehm den Stick an mich.

Nicht um ihm seinen vielleicht letzten Willen zu erfüllen, sondern damit der Typ mich loslässt. Tatsächlich scheint es ihn zu beruhigen, denn er entspannt sich augenblicklich und sinkt schlaff zurück auf den Boden.

Schon bin ich auf den Beinen, flitz gebückt aus dem Gebüsch raus und quer über den Spielplatz. Dabei scanne ich die endlosen Reihen von Balkons, die wie betonierte Bienenwaben an den Fassaden kleben. Weit oben glimmt ein roter Punkt im Dunkel. Irgendwer steht da auf seinem Balkon und raucht. Falls er oder sie irgendwas mitgekriegt hat, dann … scheiß drauf. Lässt sich eh nicht ändern.

Wovor zur Hölle hab ich Schiss? Hab ich nicht gerade sogar einem fremden Typen vielleicht das Leben gerettet? Aber egal, mit wem hier im Block der Typ Palaver haben mag – wenn ich da reingezogen würde, wär ich eh der Allerletzte, dem die Cops irgendwas glauben. Deshalb muss ich so schnell wie möglich weg von hier.

Ich komm an die Treppe, die nach unten zur Straße führt. Blaue Blitze schneiden in die Nacht. Zwei Rettungswagen biegen in die Zufahrt zum Parkhaus ein. Fuck, ich würd denen direkt in die Arme laufen. Ich mach ein paar Sätze zurück und bieg nach links. Die Brüstung da ist nicht hoch und der Gehweg, der seitlich am Parkhaus vorbeiführt, liegt nicht zu tief. Schon hab ich die Brüstung erreicht und das rechte Bein drübergeschwungen, da hör ich unterdrückte Stimmen.

»Niemals«, sagt einer. »Der ist doch nicht so blöd, nach oben zu laufen.«

Könnte die Stimme von Schädel sein, dem Boss der Nazi-Clique hier im Block.

»Aber hier ist er auch nicht lang.« Das ist Schädels Buddy Nikolaj. Ich erkenne seinen russischen Akzent. »Sonst wären doch irgendwo Blutspuren.«

»Falls ich ihn überhaupt richtig erwischt hab«, antwortet Schädel.

Er ist es definitiv, denn er und Nikolaj hängen immer zusammen rum wie siamesische Zwillinge. Drillinge eigentlich, denn meistens haben sie noch ihren Kumpel Emil im Schlepptau ... oh fuck, oh mega-fuck, plötzlich schnalle ich das alles. Schädel hat den Typen abgestochen, der da drüben im Gebüsch liegt, und ich lauf hier mit dessen Handy und dem ominösen USB-Stick rum.

Lautlos zieh ich das Bein wieder zurück und späh nach unten. Schädel kratzt sich am kahlen Kopf und Nikolaj kramt eine Zigarette hervor, die er sich anzündet. Beide machen keine Anstalten weiterzugehen.

Drüben, wo die Treppe und die Garageneinfahrt liegen, quietschen Bremsen. Türen werden geknallt, Worte fliegen hin und her. Das stumme Blaulicht füllt die Häuserschlucht bis oben an, als wär der ganze Block ein verdammter Club oder was. Hinter etlichen Fenstern wird es hell, Gesichter schieben sich über Blumenkästen, ein Meer roter Punkte glüht auf. Ich renn die paar Schritte zum Sandkasten rüber, fall auf die Knie und buddle rasch ein tiefes Loch, bis ich den harten Grund erreiche. Dann werf ich Handy und Stick rein und auch den Stummel meines Joints, füll es auf und streich den Sand glatt. Trotz der Buddelei klebt immer noch das verdammte Blut an meinen Händen. Auch an meinem Hoodie ist Blut, aber nur von innen, da hab ich extra aufgepasst. Soweit ich das erkennen kann, denn der Spielplatz liegt im Dunkeln, und das ist ja auch gut so. Keine Ahnung, ob irgendeiner von den Zaungästen da oben auf den Balkonen sieht, was ich hier mach, oder mich sogar erkennt. Wenn ich Glück hab, glotzen alle bloß auf die andere Seite der Garage, von wo ich jetzt die Schritte der Sanitäter am Treppenaufgang hör. Ich lauf zurück zur Brüstung und schwing mich drüber.

Es ist ein harter Schlag, als ich unten auf dem Gehweg aufkomm. Ich spür ihn komischerweise weniger in den Füßen, mehr im Bauch. Heiß sticht er in meine Narbe. Schädel und Nikolaj, die mir beide den Rücken zugedreht haben, fahren entgeistert herum. Bevor sie auf mich scharfstellen können, hab ich schon die blutigen Hände in die Taschen meines Hoodies geschoben. Ihre Gesichtszüge entspannen sich, als sie checken, dass da bloß Robin Fuchs aus dem Haus Nummer siebzehn vor ihnen steht, der kleine Dealer, der mit niemandem Stress kriegen will. Vielleicht haben sie einen Zombie erwartet, etwa ihr Opfer von oben aus dem Gebüsch, das als Untoter zurückkommt, um sich an ihnen zu rächen. Jedenfalls sehen sie wirklich so aus, als hätten sie gerade einen Geist gesehen. Vielleicht haben sie das auch. Ich meine –

klar, die Jungs von der *Kameradschaft* sind hammerhart drauf. Aber eine Messerstecherei erleben die auch nicht alle Tage. Das ist eher so Hakans Branche. Wieso zur Hölle muss ich ausgerechnet jetzt an Hakan Topal denken? Vielleicht wegen des Stichs in der Narbe.

»Fuchs!«, ruft Nikolaj endlich. Aus seinem Mund klingt es wie: *Fuuuks.* »Wo kommst du denn her?«

Ich hab schon gedacht, die würden nie ihre Sprache wiederfinden.

»Von oben«, sag ich, ohne die Hände aus den Taschen zu nehmen.

»Ist die Treppe kaputt?«

»Nee. Aber voller Leute. Bullen vielleicht oder bloß der Notarzt, jedenfalls ist dahinten Blaulicht und ich hab keinen Bock auf Ärger.«

Hinter Schädels Stirn wird heftig gearbeitet. Man kann zugucken, wie er denkt.

»Ist der also doch ... Ich meine: Hast du da oben irgendwen gesehen?«

»Sucht ihr etwa diesen Perversen?«, frag ich zurück.

»Was für ein Perverser?«

»Na, der, den ihr sucht. Oder nicht? Ich hab ihn nicht gesehen, aber gehört. Schlich da im Gebüsch rum und hat total gestöhnt, das Schwein.«

»Gestöhnt?«

»Ja, so richtig pervers. Keine Ahnung, was dem abging.«

Schädel und Nikolaj tauschen einen Verschwörerblick.

»Und vielleicht hat dann irgendeiner die Bullen gerufen oder den Krankenwagen oder was.«

Ich zuck mit den Schultern, Hände in den Taschen.

»Ist doch ekelhaft, dass so kranke Perverse frei rumlaufen dürfen, oder?«, meint Nikolaj jetzt. »Sei froh, dass wir versuchen, hier ein bisschen Ordnung in den Block zu bringen und auf die Leute aufzupassen. Also auf die Deutschen.«

Es hat was unfreiwillig Komisches, wie er mit seinem Russenakzent andauernd von Deutschland und den Deutschen labert, nur leider ist mir nicht zum Lachen.

»Vielleicht kommst du ja doch irgendwann zu uns«, sagt Schädel. »Ich versteh schon, dass du dich aus allem raushalten willst. Aber auf Dauer geht das eben nicht, Fuchs. Wenn die Regierung mit ihren Flüchtlingen und das linksgrüne Schwulenpack mit seiner Genderscheiße unser Volk zerstören wollen, müssen wir uns wehren. Das geht jeden was an. Auch dich. Du kannst zu uns gehören.«

Könnte ich, denk ich und seh Hakans kurze, mehrdeutige Nachricht vor mir. Aber etwas an denen ekelt mich. Kann gar nicht sagen, was genau.

»Ich überleg's mir«, brumm ich und dreh mich zum Gehen. »Gute Nacht.«

»Hey, warte.« Schädel fasst mich an der Schulter. »Dass wir uns hier begegnet sind, interessiert niemanden. Verstehen wir uns?«

»Wir verstehen uns«, nick ich und will mich an ihm vorbeischieben.

»Alles klar«, sagt Schädel und hebt die Hand. »Schlag ein, Kamerad.«

Seine Hand schwebt zum High Five in der Luft.

Ich rühr mich keinen Millimeter.

»Schlag ein, Mann. Was ist los?«

Meine blutigen Hände verkrampfen sich in den Taschen.

Da kommt mir eine Idee.

»Du willst doch nur, dass ich den Hitlergruß mache«, sag ich.

»Was laberst du?«

»Also, für 'ne Packung Kippen würd ich's machen. Na?«

Nikolaj schnaubt und meint: »Is halt doch nur 'n armer kleiner Spacko.«

Schädel lässt den Arm sinken.

»Verpiss dich«, sagt er.

Und das tu ich. Aber so was von. Am liebsten würd ich losrennen. Aber ich zwing mich, langsam davonzuschlendern. Ohne mich noch mal nach den beiden umzudrehen, geh ich an der Parkhauswand vorbei und durch die zugige Unterführung, die auf den hinteren Hof mündet, wo der Eingang zu meinem Haus liegt.

Ich schließ die Tür auf, atme den Flurgeruch ein und steig in den Aufzug. Im bleichen Licht guck ich auf ich meine Hände. Das getrocknete Blut malt in Schwarz die Linien meiner Finger und Handflächen nach. Ich will sie ruhig halten, aber das geht nicht. Sie zittern ohne Ende wie bei einem Alki. Nicht nur die Hände, mein ganzer Körper zittert wie bei Schüttelfrost, dabei frier ich gar nicht, sondern fühl mich so überhitzt wie im Fieber oder als hätt ich was eingeworfen.

Der Lift kommt im Fünften an und ich steig aus, öffne die Wohnungstür so leise wie möglich und schleich mich rein wie ein Dieb. In der Wohnung ist alles dunkel und still. Die Tür zu Mels Zimmer ist nur angelehnt. Einen Moment lang bleib ich davor stehen und hör auf ihren gleichmäßigen Atem. Dann geh ich ins Bad, reiß mir die Klamotten vom Leib und stopf sie in die Waschmaschine. Sogar die Schuhe. Ich dreh die Dusche auf. Unter dem heißen Strahl lässt das Zittern langsam nach. Ich seh zu, wie sich das Blut aus den Hautrillen löst, wie es zu kleinen schwarzen Knubbeln verklumpt und weggespült wird, spiralförmig um den Abfluss kreist und verschwindet. Sie haben meine Fingerabdrücke in ihren Computern, aber nicht meine DNA. Glaub ich zumindest. Sie werden nach dem Besitzer des T-Shirts suchen, aber auf Baumwolle sieht man keine Fingerabdrücke. Glaub ich zumindest. Auf dem Gürtel auch nicht. Hoff ich zumindest.

Ich drück fast das ganze Duschgel in meine Hand und seife jede Stelle meines Körpers ein. Die Narbe tut wieder weh. Ich fahr mit einem Finger an ihr entlang. Sie liegt knapp unter dem linken Rippenbogen, ein bisschen höher als die Wunde von dem Fremden, die ich versorgt hab. Meine Narbe tut oft weh, zum Beispiel nach dem Biken oder einfach nur, weil sich das Wetter ändert. Falls der fremde Typ da unten im Gebüsch überlebt, dann hat er das auch meiner Narbe zu verdanken. So verrückt ist das Universum. Echt, Mann. Wenn er durchkommt – kann er mich dann eigentlich beschreiben? Na ja, einen Jugendlichen mit kurzen braunen Haaren, der einen blauen Hoodie anhatte. Wie hundert andere hier im Block.

Es muss natürlich um diesen Stick gegangen sein. Die Cops werden das Teil suchen. Die Nazis aber auch. Wenn die Cops ihn finden, haben sie meine Fingerabdrücke. Wenn Schädel und Nikolaj oder ihre Kameraden ihn finden, brauchen sie nicht lange nachzudenken, um auch ohne Fingerabdrücke draufzukommen, dass ich damit zu tun hab. Ich muss das fucking Teil verschwinden lassen. Aber nicht mehr diese Nacht. Da wimmelt jetzt sicher alles von Cops. Ich muss den Stick verschwinden lassen und das Handy von dem Typen und seinen Blick. Ja, diesen Blick. Den muss ich aus meinem Gedächtnis verschwinden lassen, bevor er mich in den Wahnsinn treibt. Noch nie hat mich einer so angesehen. So, als wär ich seine letzte Hoffnung. Nein, nicht *seine*. Sondern die letzte Hoffnung der ganzen verdammten *Menschheit*.

Toll.

Das fehlt mir echt gerade noch.

MONTAG

4

HAKAN

Hakan Topal trägt nichts außer seinem goldenen Kettchen mit dem stilisierten Krummschwert, als Polizisten mit schusssicheren Westen und gezogenen Pistolen in die Wohnung seiner Eltern eindringen. Hakan hört den Schreckensschrei seiner Schwester.

»Polizei!«, brüllt einer.

Offenbar hat Arzu auf das stürmische Klingeln die Tür geöffnet, während er einfach nur tiefer unter die Decke gekrochen ist. Schließlich braucht er dringend seinen Schlaf, und wer bitte würde es wagen, morgens um halb acht an der Tür des Paten vom Breslauer Block zu klingeln?

»Wo ist das Zimmer von Hakan?«, brüllt ein anderer.

Nicht dass er sich je selbst als *Paten* bezeichnet hätte. Er ist schließlich kein Poser, und es reicht außerdem, dass alle anderen ihn so nennen. Er macht acht, neun Riesen im Monat. Zig mal mehr als jeder sonst hier im Block. Während andere in seinem Alter sich am Abitur abmühen oder zur Berufsschule gehen, in irgendeiner Ausbildung versauern oder mit krakeligen Buchstaben Anträge im Jobcenter ausfüllen, lässt er die Puppen tanzen. Dealerei, Hehlerei, vielleicht Zuhälterei (Ansichtssache), *Saudi Arabi Money Rich* jedenfalls. Dreimal ist er schon verhaftet worden, aber nie haben sie ihm was nachweisen können. Zeugen sind plötzlich verstummt, Anzeigen zurückgezogen worden; jedes Mal ist er als freier Mann wieder in den Block zurückgekehrt. Und jetzt stampfen diese lächerlichen Bullen durch die Wohnung, treten mit ihren Stiefeln die Tür zu seinem Zimmer auf, richten die Läufe ihrer verfickten P99 auf ihn, einer zerrt ihn hoch, ein anderer reißt die Schranktür auf, wühlt in seinen Klamotten, wirft ihm eine Shorts zu, ein T-Shirt, eine Hose.

»Ziehen Sie sich an!«

»Was soll das?« *Ihr Hurensöhne*, denkt er noch, schluckt es aber herunter.

Wer hat hier gequatscht, ihn verzinkt, welcher von den Azzlacks hier im Block will unbedingt sterben? Und was können ihm die Bullen überhaupt anhängen?

»Herr Topal, ich verhafte Sie wegen Mordes an Emil Becker und wegen versuchten Mordes an Magnus Mahlmann.«

Da bleibt sogar Hakan die Spucke weg. Widerstandslos lässt er sich Handschellen anlegen und mit Flipflops an den Füßen aus seinem Zimmer führen. Arzu starrt ihn an. Seine Mutter hat die Hände vors Gesicht geschlagen. Vielleicht bricht gerade ihr Herz, und das täte ihm, den sonst nichts rühren kann, wirklich leid. Sein Vater hingegen weicht dem Blick des einzigen Sohnes aus. Wie immer. Baba schweigt, Baba blickt zu Boden, und vielleicht wird Hakan nie erfahren, ob das Scham ist oder Trauer oder einfach nur die totale Überforderung. Und draußen im Hof, das ist für Hakan vielleicht das Allerschlimmste, steht *die Bullenschlampe*: Filiz Yeter, Tochter türkischer Eltern, deutsche Polizistin, Bezirksbeamtin für den Breslauer Block. Sie grinst nicht, strahlt nicht, feixt nicht. Steht bloß da in ihrer korrekten blauen Uniform, eine Hand in die Hüfte gestemmt, die andere auf dem Holster ihrer Waffe, und erwidert seinen hasserfüllten Blick mit einem Gleichmut, der ihm beinahe den Verstand raubt.

»Keine Ahnung, was ihr hier abzieht«, bricht es aus ihm heraus,

»aber eines Tages fick ich dich für die ganze Scheiße, du deutsche Hure, du Bullenschlampe. Eines Tages, du …«

Die Schiebetür des Mannschaftswagens schließt sich vor ihm. Einer drückt ihn in einen Sitz. Und als der Wagen anfährt, versteht er plötzlich. Das verfluchte Messer! Das Messer, das diese Hurensohn-Missgeburt Schädel ihm vor einem halben Jahr abgenommen hat …

Und er hat nicht mal ein Alibi.

5

ROBIN

Mitten in meinen Traumschlaf fährt das Dudeln von meinem Handy. Ich geh dran. Es ist Fred. Frederik Kuschinski, mit dem ich als Kind in den Büschen hinter den Mülltonnen gespielt hab und der demnächst echt in den Bundestag will.

»Hey, Rob«, sagt er. »Schädel und Niko haben mir erzählt, dass du den Stick von diesem Typen hast. Da ist beste deutsche Marschmusik drauf, also rück ihn raus.«

Ich drück ihn weg. Doch das Teil dudelt immer noch.

Wieder geh ich dran. Diesmal ist es der Fremde von letzter Nacht.

»Danke, dass du mein Leben gerettet hast«, sagt er. »Hast du schon Kontakt zu Henry …«

Ich drück ihn weg. Aber es dudelt einfach trotzdem weiter. Zum dritten Mal geh ich dran.

»Guten Morgen, Herr Fuchs«, sagt Weingart. Mein Bewährungshelfer. Die Träume rieseln aus meinem Kopf raus und ich merk, dass ich jetzt wach bin. Der Mann am anderen Ende der Leitung ist leider echt. »Termine werden eingehalten, hatten wir vereinbart.«

»Ja, ich … sorry. Wie spät ist es?«

»Zehn Minuten zu spät«, sagt er. »Eine halbe Stunde sogar, bis Sie hier sind. Aber Sie haben Glück. Mein nächster Termin fällt aus. Daher hätte ich Zeit für Sie. Wenn Sie um halb zehn hier in meinem Büro sitzen, drücke ich ein Auge zu.«

»Geht klar«, ruf ich und spring aus dem Bett.

In Windeseile zieh ich mich an und will kurz nach Mel sehen, doch die sitzt sicher schon seit Stunden in der Schule.

Keine zwanzig Minuten später schließ ich mein steinaltes BMX-Rad an ein rostiges Geländer an und drück den Klingelknopf neben dem Schild mit der Aufschrift *Jugendgerichtshilfe*.

Weingart sieht mit seinem schwarzen Sakko und dem Hipsterbart nicht wie ein Sozialarbeiter aus. Aber ich hab ehrlich gesagt auch keine Ahnung, ob er überhaupt einer ist oder was für Typen in diesem Laden eigentlich arbeiten. Sozialarbeiter oder Cops, Rechtsanwälte, Sachbearbeiter oder Vollzugsbeamte – wer soll da durchblicken? Am Ende geht es immer nur um zwei Dinge: Kommst du durch? Und: Kriegst du die Kohle? Mit Frage eins sieht es okay für mich aus. Mit Frage zwei nicht. Wenn ich Hartz Vier bekommen will, muss ich dafür was tun. Nicht mal der Stempel zum Abschaum der Gesellschaft ist hier umsonst zu kriegen.

»Ich würde zunächst eine Potenzialanalyse vorschlagen«, sagt Weingart, als ich ihm auf einem unbequemen Besprechungsstuhl gegenübersitze. »Da finden Sie heraus, wo Ihre Stärken und Talente liegen. So können wir im Anschluss eine passgenaue Maßnahme für Sie auswählen.«

Maßnahme ist ein seltsames Wort. Ich höre es dauernd von allen möglichen Homies. Viele in unserem Block machen die Schule nicht zu Ende; und viele von denen, die es doch tun, kriegen am Ende trotzdem keinen Abschluss, geschweige denn einen Job. Nachdem sie eine Weile einfach nur rumgehangen haben, siehst du sie plötzlich morgens an der Bushaltestelle stehen. »Ich bin jetzt in so 'ner Maßnahme«, sagen sie dann. Klingt, als hätten sie eine Krankheit. Offenbar werd ich mich jetzt auch anstecken.

»Das geht bestimmt schnell«, sag ich, »diese Analyse. Weil – ich kann eigentlich gar nichts.«

»Na, zynisch sein können Sie doch schon mal«, antwortet Weingart und lächelt.

»Sie halten mich für ein Arschloch.«

»Oh nein. Zyniker sind manchmal arschig, aber eigentlich nur, weil sie ein helles Bewusstsein für die Missstände ihrer Gegenwart haben. Weil sie daran leiden und sich damit nicht abfinden wollen.«

»Ach.«

Er schlägt eine Akte auf.

»Sie haben die Schule abgebrochen, obwohl Ihre Noten gar nicht so schlecht waren. Warum? Hat der Tod Ihres Vaters Sie aus der Bahn geworfen?«

»Unsinn. Ich hatte einfach keinen Bock mehr. Ich meine – Schule abschließen, Hunderte Bewerbungen schreiben, Absagen kassieren, wozu das alles? Keiner braucht Leute wie mich. Eigentlich hätte ich direkt nach dem Kindergarten schon zum Jobcenter gehen können.«

»Und was fangen Sie stattdessen mit Ihrer Zeit an?«

Manchmal rette ich irgendwelchen Fremden das Leben, denk ich. Falls das überhaupt wirklich passiert ist, denn hier in diesem Büro kommt mir die letzte Nacht wie ein total gestörter Hasch-Trip vor. Dieser Typ … wie der Typ mich angeglotzt hat. Ich muss seinen Blick so schnell wie möglich wieder loswerden. Trotzdem wüsst ich gern, ob er noch lebt.

»Ich häng halt irgendwie ab«, sag ich. »Ich bastle.«

Er blickt auf und legt den Kopf schräg.

»Sie basteln.«

»Richtig.«

»Was basteln Sie?«

»Ist das eine Castingshow?«

Weingart schüttelt den Kopf, schließt die Akte und greift zum Telefon, um einen Termin für meine Potenzialanalyse zu vereinbaren.

6

FRED

Es ist erst Nachmittag, aber im Schatten der Hochhausschluchten geht ein Herbsttag früher zur Neige als anderswo. Und das trifft sich gut, denn im Schatten leuchten die vielen Grabkerzen besonders schön. Fred Kuschinski stellt sein Licht zu den anderen, richtet sich auf und lässt den Blick kreisen. Schädel, Niko und die Jungs haben einen Haufen Leute zusammengetrommelt, die nun im Halbkreis um die Garageneinfahrt versammelt stehen. Die Einfahrt selbst ist mit Polizeiabsperrband versehen. Erst morgen dürfen die Anwohner wieder zu ihren Autos, wenn die letzten Untersuchungen abgeschlossen sind. Den ganzen Vormittag über liefen Männer und Frauen in weißen Ganzkörperanzügen in der Garage herum, um Spuren zu sichern. Derweil verbreitete sich die Nachricht von Emil Beckers Tod wie ein Lauffeuer im Block. Und jeder weiß auch, wessen Messer man neben Emils Leiche gefunden hat. Das ist es doch, was einen klugen Führer auszeichnet: die Fähigkeit, aus jeder Krise eine Chance zu machen. Natürlich trauert Fred um Emil. Sie haben sich schon als Kinder gekannt, so wie die meisten anderen hier im Block auch. Emils Tod ist traurig. Und sein Verrat ist es erst recht. Ein harter Schlag, denn Ehre heißt Treue, und dass Emil ihn hintergehen wollte, tut ihm, Fred, richtig weh. Doch welch ein Glück, dass Schädel vor einiger Zeit bei einem kleinen Scharmützel Hakan Topals Messer erbeuten konnte. Da braucht es nicht mal Fingerabdrücke. Jeder hier im Block kennt dieses Messer. Und er, Fred, kann zwei Fliegen mit einer Klappe schlagen: Der Volksverräter ist aus dem Weg und wird gleichzeitig als argloses Opfer der linksgrün-versifften Multikulti-Republik betrauert. Beziehungsweise halt als Opfer eines dieser typischen muslimischen Jugendlichen, überlegt Fred, aber in der Logik seiner Politik ist das ein und dasselbe.

Immer mehr Menschen scharen sich um ihn, zünden eine der Kerzen an (von denen Niko schon am Morgen zwei Paletten im Großmarkt besorgt hat) und verharren schweigend. Da ist der harte Kern der Jungs um Schädel und Niko, die *Kameradschaft*, die aber jetzt nicht mehr so heißen darf, um Freds bürgerliches Image nicht zu gefährden. Da sind aber auch die ganz normalen Leute aus dem Block, Arbeiter und Arbeitslose, Haus- und Putzfrauen, herumlungernde Kids und Mütter mit Kinderwagen. Alle sehen ihn an, als würden sie von ihm eine Antwort auf all das erwarten. Und zwar zu Recht, findet Fred, denn er ist es tatsächlich, der die Antwort weiß. Er atmet durch. Sie wollen, dass er spricht, doch er lässt sie warten. Das hat er bei einem Seminar gelernt. Schweigen steigert die Bedeutsamkeit. Und bedeutsam ist er schließlich schon sehr, mit seinen gerade erst neunzehn Jahren. Die meisten, die hier stehen, sind älter als er, viele kennen ihn von klein auf. Seit letztem Herbst wohnt er nicht mehr im Block, sondern in einem Vorort am anderen Ende der Stadt; trotzdem ist er einer von hier. »Einer von uns.« Ein Hoffnungsträger.

7

ROBIN

Ich treib mich schon den ganzen Tag ohne Plan in der Stadt rum. Solang ich hier unter Leuten bin, weit weg von meinem Block, ist die letzte Nacht nicht echt.

Der Termin bei Weingart war reine Zeitverschwendung. Dass er mich zu dieser beknackten Analyse anmelden will, hätte der mir doch auch am Telefon sagen können. Natürlich wird diese Analyse selbst genauso eine Zeitverschwendung werden, die anschließende *Maßnahme* erst recht. Aber eigentlich ist eh alles, was ich so mache, nichts als Zeitverschwendung. Da kann mir das auch egal sein.

Ich überleg, mir eine Zeitung zu kaufen. Aber erstens bin ich so pleite, dass ich den Euro lieber für ein Brötchen einsetzen will, denn ich hab noch gar nichts gegessen. Zweitens geh ich davon aus, dass über das, was letzte Nacht passiert ist, heute noch gar nichts in der Zeitung stehen kann. Vielleicht sollte ich mal irgendwo online gucken, hab aber keine Ahnung, wo. Und muss es schließlich auch gar nicht, weil – gerade schieb ich mein Rad über den Vorplatz vom Hauptbahnhof, da seh ich den Fremden von letzter Nacht. Obwohl es oben auf dem Dach der Garage so dunkel gewesen ist, erkenn ich sein Gesicht sofort wieder. Das Gesicht, das mich verfolgt. Sein Foto prangt auf einem breiten Flatscreen vor der Bahnhofshalle. Da laufen kurze News aus aller Welt und aus der Stadt.

Bluttat gibt Rätsel auf, steht da als fette Schlagzeile. Und drunter:

Grausiger Fund in der Parkgarage des Breslauer Blocks. Gegen halb zwei heute Morgen wurden Rettungskräfte in die Wohnsiedlung an der Breslauer Straße gerufen. In einer Tiefgarage fanden sie die Leiche des Hilfsarbeiters Emil B. (21), der offenbar den Folgen eines Messerstichs erlegen ist. In unmittelbarer Nähe entdeckten sie den bekannten Journalisten und Blogger Magnus Mahlmann (28, Foto) schwer verletzt und bewusstlos; ebenfalls Opfer einer Messerattacke. In einer nächtlichen Not-OP konnten Ärzte das Leben des Journalisten retten, mussten ihn aber in ein künstliches Koma versetzen. Unklar ist, wann er aufwachen wird und ob er dann Angaben zur Tat wird machen können. Die Polizei geht jedenfalls fest davon aus, dass beide Gewalttaten zusammenhängen.

Bild und Text verschwinden vom Bildschirm, ein neuer Text taucht auf, dazu ein Foto von unserem Block. Ich les erst nur die simple Überschrift Fortsetzung, dann stockt mir der Atem.

Als mutmaßlicher Täter wurde heute Morgen der im Block als »Pate« berüchtigte Jugendliche Hakan T. (17) vorläufig festgenommen. Laut Polizeibericht könne ihm die Tatwaffe zugeordnet werden; ein Jagdmesser, das unweit des Tatortes gefunden wurde. Zu einem möglichen Motiv wollte ein Polizeisprecher jedoch zunächst keine Angaben machen. Der Fall gibt Rätsel auf: Emil B. soll der rechtsextremen Kameradschaftsszene angehört haben und wurde häufig mit dem Umfeld des jungen DAP-Politikers Frederik Kuschinski in Verbindung gebracht. Magnus Mahlmann wiederum hat Kuschinski und seine Partei durch Recherchen und Enthüllungen schon mehrmals in Bedrängnis gebracht. Ferner wurde am Tatort eine nicht unerhebliche Summe Bargeld gefunden. Wie diese Umstände zusammenpassen, muss nun geklärt werden. Nicht bekannt ist außerdem, wer die Rettungskräfte verständigt hat. Die Polizei bittet diese Person sowie eventuelle weitere Zeugen, sich umgehend an die nächste Dienststelle zu wenden.

Wieder verschwinden Bild und Text, als Nächstes taucht das Foto eines sonnigen Sandstrandes auf und die dringliche Botschaft: **Raus aus dem Herbst, rein ins Vergnügen: 1 Woche Marokko schon ab € 499 p. P.!**

Ich steh wie angewurzelt auf dem Bahnhofsplatz, während Menschen sich geschäftig an mir vorbeischieben, und krall die Hände an den Sattel von meinem Bike. Ich glotz den Sandstrand an, danach Fußballergebnisse, Modetrends, Bilder vom Papst, von Jennifer Lopez, noch mehr Werbung, dann gehen die Nachrichten von vorne los und das Gesicht von diesem Magnus Mahlmann taucht wieder auf.

Du musst den Stick Henry geben!, fleht er mich an. *Henry!*

Zweimal, dreimal, viermal les ich den Text, steh fast schon eine halbe Stunde wie angewurzelt auf dem Bahnhofsplatz, und zwei Polizisten, die dort ihre Runden drehen, beäugen mich bereits misstrauisch. Mechanisch setz ich mich in Bewegung. Ohne Ziel schieb ich mein Rad durch die Straßen, komm zum Stadtpark und setz mich auf eine Bank, glotz auf den Weiher und warte, dass sich in meinem Kopf der Wirbel aus Wörtern legt. Tut er aber nicht, wirbelt nur immer weiter. Letzte Nacht war ich mir sicher, dass Schädel und Nikolaj diesen Mahlmann angegriffen haben – aber dann müssten die ja auch ihren eigenen Kumpel Emil getötet haben, richtig? Kann das denn wirklich stattdessen Hakan gewesen sein? Während er meine Nachricht las und mir diese komische Antwort schickte? Oder haben die Neonazis das bloß irgendwie hingekriegt, dass es halt so aussieht, als wär Hakan der Täter?

Warum zur Hölle muss dieser Magnus Mahlmann jetzt im Koma liegen? Der Typ soll gefälligst aufwachen und den Cops genau erklären, wie es gewesen ist. Denn solange das nicht geschieht … fuck, ja: Solange Mahlmann nichts sagen kann, bin ich der einzige Zeuge! Jedenfalls so halbwegs. Der einzige Zeuge, so kannst du vielleicht Filme nennen, aber so was kommt doch nicht im echten Leben vor. Und meine Fingerabdrücke sind an dem Stick. Und an dem Handy. Und wenn nun Schädel und Nikolaj doch noch draufkommen, dass ich ihrem Opfer geholfen hab? Dass ich weiß, zumindest ahne, wie alles wirklich passiert ist? Scheiße, die werden 'ne Runde Baseball mit meiner Birne spielen.

Aber mir wird noch was anderes klar. Und ich lach plötzlich so laut auf, dass sich die zwei Rentner auf der Nachbarbank schon zu mir umdrehen. Hakan Topal sitzt im Knast! Hakan mit dem Messer. Hakan, für den ich gearbeitet hab. Obwohl der mich um ein Haar getötet hätte! Beziehungsweise gerade deswegen, aber ich hab keinen Bock, darüber jetzt nachzudenken, denn was vorletzten Sommer war, ist endlich abgehakt; jetzt erst recht. Und ich muss auch nicht mehr drüber nachdenken, was die drei Wörter bedeuten sollten, die er mir letzte Nacht geschickt hat. Es ist egal, denn der Wichser ist endlich eingefahren. Aber, was für ein Witz! Nicht wegen der vielen kleinen Schweinereien, die er am Laufen hat und die sie ihm nie nachweisen können. Sondern wegen was, womit er – wenn ich richtiglieg – nicht das Geringste zu tun hat. Scheiß drauf, es ist einfach ein gutes Gefühl, ihn hinter Gittern zu wissen.

Kurz hab ich die Idee, Arzu eine Nachricht zu schreiben. Wo ihr böser großer Bruder jetzt einsitzt, könnten wir uns doch vielleicht noch mal treffen. Aber das ist natürlich totaler Bullshit. Arzu hat damals aus lauter Gehorsam jeden Kontakt zu mir abgebrochen, da hab ich doch wohl jetzt auch keinen Bock mehr, die zu sehen.

Ich häng noch ewig im Park rum und streif anschließend wieder durch die Stadt. Hab ich Angst, zurück nach Hause zu fahren? Dass mir Schädel und Nikolaj schon auflauern? Oder dass die Cops auf mich warten? Mir fällt ein, dass ich immer noch nichts gegessen hab, und ich kauf mir in einer Bäckerei ein Brötchen. Zurück auf der Straße, beiß ich rein. Aber mein Magen ist ein Klumpen

Granit, ich bekomm nichts runter. An der Wand neben der Bäckerei hockt ein Penner auf seiner Decke. Er guckt zu mir hoch.

»'tschuldige, nur 'ne ganz kurze Frage, hast du vielleicht 'n paar Cent übrig?«

»Nee, echt nicht, Mann«, sag ich und drück ihm mein Brötchen in die Hand.

8

MEL

Melanie Fuchs zieht die klatschnassen Schuhe ihres Bruders aus der Waschmaschine und stellt sie auf die Badezimmerheizung. Es ist so eine Art Instinkt. Sie weiß einfach, dass Rob was mit dieser Sache zu tun haben muss, über die seit heute der ganze Block spricht und sogar die ganze Stadt. Eigentlich haben sie abgemacht, dass er sich um den Haushalt kümmert, solange Mama fort ist. Schließlich hängt er den ganzen Tag ab, während sie zur Schule geht. Aber das klappt natürlich nicht. Sie zieht die übrigen Klamotten heraus, trägt sie in die Küche und schiebt sie in den Wäschetrockner. Außer der Jeans. Die klebrigen Tupfer da. Das könnten Blutflecken sein. Mel weiß gar nicht, woran man Blutflecken erkennt, es ist wieder dieser Instinkt. Statt in den Trockner stopft sie die Jeans in den Mülleimer. Sicher ist sicher.

Natürlich hat Mel nicht den leisesten Schimmer, was ihr Bruder mit dem Mord an Emil Becker oder den Verletzungen von diesem Journalisten zu tun haben könnte. Das ist aber auch egal. Heute Morgen haben sie Hakan Topal verhaftet. Darauf kommt es an. Ein fantastischer Tag für den ganzen Block!

Eine unbestimmte Neugier treibt sie in Robs Zimmer. Als würden hier irgendwelche Beweise warten. Das ist natürlich nicht der Fall, hier riecht es einfach nur muffig, wie es in Jungszimmern eben riecht. Sie öffnet das Fenster. Jedenfalls so weit das geht. Das verrückte Monster nimmt nämlich immer mehr Raum ein. Rob bezeichnet das Monster als *Skulptur*. Manchmal macht es ihr

Angst. Papa hat ihr früher auch manchmal Angst gemacht mit seiner völlig bescheuerten Sammelei. Damals vor drei Jahren, nachdem er sich besoffen totgefahren hatte, wollte Mama den ganzen Scheiß wegschmeißen. Briefmarken, Bierdosen, Kronkorken und Spielzeugautos, Salzsteine, Feuerzeuge, Zahnräder und noch vieles mehr – wie unter Zwang gesammelt, nummeriert und katalogisiert, in Alben, Schachteln, Kistchen und Kästchen einsortiert; die Schränke waren voll davon gewesen. Doch Rob schleppte alles in sein Zimmer und bastelt seitdem an dieser monströsen Konstruktion. Er kommt ihr mitunter noch viel zwanghafter vor, als ihr Vater es gewesen ist. Aus den Bierdosen hat Rob eine Art Grundgerüst zusammengeleimt, eine Säule mit Armen nach allen Seiten wie ein Baum, dessen Äste sich weit ins Zimmer ausstrecken. Daran hängt oder klebt er nach und nach all die kleinen und allerkleinsten Teile.

Das Monster wuchert wie ein Geschwür, und ab und zu steht sie davor und betrachtet es, als habe es eine geheime Botschaft, die sie bloß nicht versteht. Manchmal hat sie das Gefühl, als würde eine Anordnung Sinn ergeben. Da hat er winzige Rollen aus Briefmarken ineinandergeschoben und zu einer langen, in sich verschlungenen Kette verbunden, in der Mel einmal Zahlen oder Buchstaben zu erkennen glaubte, aber das ist Unsinn. Was Rob hier tut, manchmal stundenlang wie in Trance, während er diese lähmende *Witch House*-Musik mit ihren schweren, schleppenden Beats hört, ergibt einfach überhaupt keinen Sinn.

Mel lehnt sich aus dem Fenster und späht nach unten. Von hier aus hat man einen guten Blick auf das Innere des Blocks, auf den kleinen Platz rund um den ausgetrockneten Springbrunnen und das Stehcafé von »Onkel Ibbi«, vor dem unter einem Pavillon stets ein paar Leute sitzen und rauchen, Kaffee oder Schnaps trinken, egal bei welchem Wetter. Aber jetzt sitzt dort niemand. Denn auf der anderen Seite des Platzes, wo das Ende der Breslauer Straße in die Garageneinfahrt mündet, ist irgendetwas los. Etliche Leute bilden einen großen Halbkreis und Mel sieht ein kleines Meer aus roten Kerzen flackern. Und da steht Fred Kuschinski. Wie immer im Anzug, aber nicht spießig. Sondern richtig stylish. Der Junge versteht einfach was von Outfit.

Ja, für Mel bleibt er ein Junge aus der Nachbarschaft. Der früher manchmal mit Robin gespielt hat. Sie findet nicht alles gut, was Fred sagt. Aber immerhin traut er sich, überhaupt mal was zu sagen. Gegen die Ausländer zum Beispiel. Oder gegen die Flüchtlinge. Mel hat eigentlich nichts gegen Flüchtlinge. Bei ihr in der Schule sind jetzt auch welche. Klar gibt es sicher auch ein paar Betrüger darunter, die nur hierherkommen, um zu klauen oder Frauen anzugrapschen. Aber die anderen sind halt auf der Flucht vor irgendwelchen Bürgerkriegen, das versteht sie schon. Trotzdem ist es doch so: Hier im Block herrscht auch so eine Art Bürgerkrieg. Es gibt Gangs, es gibt Hakan, der so mächtig ist, dass man nur hinter vorgehaltener Hand über ihn spricht wie über den Bösewicht bei Harry Potter. Aber der Scheißstaat kümmert sich einen Dreck um den Block und die Leute hier. Nein, Mel hat nichts gegen Flüchtlinge, aber sie findet eben nicht gut, dass diese Leute alles kriegen, was sie brauchen, während sie, Mel, sich alles selber hart erarbeiten muss. So was darf man natürlich nicht laut sagen, da kommt man ja direkt in die Nazi-Ecke. Aber Fred, der traut sich das. Schade, dass er nicht ein bisschen auf Rob abgefärbt hat.

Wie das kleine Meer aus Kerzen da unten leuchtet, das sieht schön aus. Warum geht sie nicht hinunter und schaut sich das an? Vielleicht, weil man sich das nicht einfach bloß ansehen kann. Man stellt sich dazu, *steht* dazu, gehört dazu. Oder aber eben nicht. Als sei das eine ganz einschneidende Entscheidung, die hinterher nicht rückgängig gemacht werden kann.

9

ROBIN

Das Gesicht von Fred ist überall. Er sieht nicht aus, als wär er bloß zwei Jahre älter als ich. Sondern richtig erwachsen, mit dieser blauen Krawatte, die exakt dieselbe Farbe hat wie das Logo von seiner Partei direkt unter dem Bild: *Deutsche Alternative Partei*. Haben die vielleicht ja mit Photoshop gemacht. *Aus dem Volk, mit dem Volk, für das Volk*, steht darunter, *denn es gibt eine Alternative: Frederik Kuschinski.*

Anders als die Plakate der anderen Parteien hängt Freds in luftiger Höhe an den Laternenmasten, damit die nicht so leicht von Gegnern abgerissen oder überpinselt werden können. Je weiter ich aus der Stadt rausfahr, je näher ich dem Block komm, desto mehr Freds fliegen mir entgegen. Komische Idee, dass der jetzt richtig bekannt ist. Dass er vielleicht demnächst im Bundestag sitzt. So ein richtiger Politiker. Kriegt man dann eigentlich einen Dienstwagen mit Chauffeur oder so was? Wenn wir als Kinder früher in den Büschen hinter den Mülltonnen unsere Buden bauten und irgendwelche kleinen Asis ankamen, um sie einzureißen, ist Fred manchmal aufgetaucht und hat sie verscheucht. Zwei Jahre Altersunterschied machen bei Grundschulkindern ja 'ne Menge aus. Heute will er Flüchtlinge verscheuchen. Damals hat er uns Kinder beschützt, und einmal – da hat er mich richtig beschützt. Aber ich will ja nicht an vorletzten Sommer denken …

Heute will er jedenfalls *das Volk* beschützen. Ich schnall nie so richtig, wen er und seine Leute eigentlich damit meinen. Mit diesem *Volk*. Aber er scheint es zu wissen.

Als ich im Block ankomm, seh ich ihn leibhaftig. Eine ziemliche Ansammlung, bestimmt hundert Leute oder mehr, stehen vor der Garageneinfahrt. Sie haben Kerzen angezündet. Wohl für den toten Emil. Und Fred steht da und hält eine Rede. Eigentlich will ich dran vorbeifahren, vorbei an der Garage und der Stelle, an der ich letzte Nacht Schädel und Nikolaj getroffen hab, schnell durch die Unterführung zum hinteren Hof und rein ins Haus. Aber ich kann nicht widerstehen. Ich lass das Rad ausrollen und stell mich zu der Menschenmenge. Niemand beachtet mich weiter, niemand dreht sich nach mir um, niemand zeigt auf mich und ruft: *Da ist ja Robin, der uns sagen kann, was letzte Nacht wirklich passiert ist.* Ich reck den Kopf, um Fred zu sehen.

»Aber wo sind all die Gutmenschen jetzt?«, fragt er gerade. »Die Multikulti-Schwuchteln, die sofort losheulen, wenn in einem Flüchtlingsheim einer mit brennender Zigarette eingeschlafen ist, wo sind die jetzt? Interessiert es sie nicht, wenn ein Deutscher von einem Moslem aufgeschlitzt wird? Geradezu *geschächtet,* wie manche Mitbürger sagen?«

Dafür gibt es Beifall.

Aber irgendwo ruft eine helle Stimme: »Das hat doch nichts mit dem Islam zu tun.«

Alle Köpfe fahren herum. Ein Mädchen mit Kopftuch. Ich kenn sie vom Sehen, eine Freundin von Arzu, aber ihr Name fällt mir nicht ein.

»Wenn einer mit Drogen dealt und andere erpresst und am Ende einen Mord begeht, dann ist das doch nicht islamisch«, sagt sie.

Ein paar Leute um sie herum klatschen. Jetzt erst fällt mir auf, dass hier nicht *eine* Menschenmenge steht, sondern eigentlich zwei. Dort drüben um das Mädchen herum halten sich nur Ausländer auf oder solche, die zumindest klischeemäßig so aussehen. Vielleicht zwanzig oder dreißig Leute. Die Mehrheit hingegen sind Deutsche oder eben solche, die irgendwie deutschmäßig aussehen, auch wenn sie aus Polen oder Russland oder Rumänien sind. Ich hab mir über so was eigentlich noch nie echte Gedanken gemacht, aber bisher hat es das hier auch noch nie gegeben. So ein Bild, mein ich, so einen Menschenauflauf, so eine komische Atmosphäre. Als hätten die sich vorher extra abgesprochen, wer hier neben wem stehen darf oder aber eben nicht.

»Das sind ja nicht meine Worte«, sagt Fred mit unschuldiger Miene. »Ich spreche bloß aus, was viele Leute denken und sich nicht zu sagen trauen.«

Woher er das wohl weiß, überleg ich. Vielleicht kann er inzwischen Gedanken lesen. Jedenfalls kriegt er Applaus. Mehr und lauter als der Beifall für das Mädchen.

»Warum beleidigst du uns?«, ruft ein Mann, der neben dem Mädchen steht. »Wir sind hier, weil wir auch schlimm finden, dass ein Mord passiert ist.«

»Und warum habt ihr den nicht verhindert?«, ruft irgendein anderer von der anderen Seite zurück.

»Seit wann reden wir hier über *ihr* und *wir*?«, kontert der Mann. »Wir sind hier alle immer irgendwie klargekommen. Trotz der Scheiße mit Gangs und den …« Er blickt in die Richtung, wo Schädel und Nikolaj und ihre Kumpane stehen, und spricht seinen Satz nicht weiter.

»Es gibt sehr wohl ein *Wir*«, schaltet sich Fred jetzt wieder ein. »Denn wir sind das Volk. Und jeder, der sich hier anpasst und nach unseren Regeln spielt, kann dazugehören. Es liegt mir völlig fern, irgendwen auszugrenzen. Aber wer sich nicht anpassen will, kann eben auch nicht zu uns gehören. Ganz einfach.«

Der Mann winkt ab, dreht sich um und geht. Die anderen, die um ihn herumstehen, folgen ihm. Als Letztes das Mädchen mit dem Kopftuch. Niemand sagt etwas. Eine schwere Stille hat sich über den ganzen Platz gelegt. Die Flammen in den Grableuchten flackern leicht im Wind. Die kleine Prozession zieht fort und zerstreut sich, und die Übrigen rücken wie auf ein stummes Kommando enger zusammen, sodass sich die Lücke in der Menge rasch wieder schließt. Als wären die anderen gar nicht da gewesen.

»Wir müssen zusammenhalten, Freunde«, sagt Fred in die Stille hinein. »Wir müssen zusammenstehen, sonst ändert sich nie etwas. Und wenn der schreckliche Tod von Emil Becker zumindest das bewirken könnte, dann ist er nicht ganz umsonst gewesen.« Plötzlich schlägt sein Ton um und er fängt zu gestikulieren an. »Warum hat die Polizei nicht früher eingegriffen? Jeder hier wusste, dass Hakan Topal schwerstkriminell ist. Aber die Gutmenschen haben ihn immer wieder laufen lassen. Ich sage euch«, jetzt brüllt er, »die Regierung ist genauso schuldig! Die Regierung hatte genauso das Messer in der Faust und hat genauso zugestoßen, wie Hakan es getan hat!«

Die Leute klatschen heftig. Nur ich nicht. Ich kann gar nicht, ich muss ja mein Bike festhalten.

»Die Regierung hat uns alle längst aufgegeben. Sie suchen sich lieber ein neues Volk, das brav ist und nicht aufmuckt. Denn das ist doch der Grund, warum man all die Zuwanderer ins Land holt. Damit auf diese Weise langsam ein neues, fremdes Volk die Mehrheit bekommt. Ein Volk, das aus lauter Leuten besteht, die ihr so dankbar sind, dass sie ewig weiterregieren kann. Aber das wird nicht funktionieren. Denn ihr wisst ja, liebe Freunde: Ihr habt eine Alternative. Die Deutsche Alternative Partei!«

In dem aufbrandenden Applaus schieb ich mich und mein Bike unauffällig davon. Das heißt – Bullshit; wieso unauffällig? Es ist doch ein freies Land und ich kann mein Bike hinschieben, wo ich will. Ich mach mich doch wohl nicht verdächtig, nur weil ich keinen Bock hab, Fred länger zuzuhören.

Manchmal redet er echt Scheiß. Zum Beispiel, dass die Regierung das Volk austauschen will. Diesen Quatsch hört man in letzter Zeit öfter. Andererseits hat er mit einer Sache recht: Die Regierung hat uns wirklich längst aufgegeben. Das ist es doch, was ich heute Morgen auch meinem Bewährungshelfer klarmachen wollte. Der Staat, die Gesellschaft, wie immer man das nennen will, interessiert sich einen fucking Dreck für uns. Für die Leute im Breslauer Block. Oder in anderen Blocks. Oder in irgendwelchen Dörfern draußen auf dem Land, wo alle wegziehen, die zwei gerade Sätze im Kopf denken können, während der tumbe Rest einfach zurückbleibt, um zu versauern. Keiner erwartet noch was von uns. Nur Fred. Der ist sich nicht zu fein für den Block. Sicher wird er hier ein Riesenergebnis einfahren, am Sonntag, bei der Wahl.

Ja, tatsächlich, ich weiß nämlich, dass am Sonntag gewählt wird, und das ist, glaub ich, überhaupt das erste Mal in meinem Leben, dass ich mitkrieg, dass eine Wahl stattfindet. Irgendwie ja auch ein Verdienst von Fred.

Ich hab den hinteren Hof und unser Haus erreicht, schlepp mein Bike in den Keller und fahr mit dem Aufzug nach oben. Mel sitzt in der Küche und guckt irgendeine Fernsehserie. Die Küche ist gleichzeitig unser Wohnzimmer, denn die Wohnung hat nur drei Zimmer, für jeden von uns eines.

»Na«, sagt sie, »alles klar bei dir?«

»Alles klar«, nick ich. »Gibt's was zu essen?«

»Nur, wenn du eingekauft hast.«

»Witzig.«

Ich öffne den Kühlschrank, find einen Erdbeerjoghurt und reiß den Deckel ab. Plötzlich hab ich Hunger.

»War irgendwas Besonderes?«, fragt sie.

Da fällt mein Blick auf den Wäschetrockner. Fuck, ich hab heute Morgen vor lauter Stress die Waschmaschine nicht ausgeräumt. Meine Klamotten inklusive der Schuhe haben sie stutzig gemacht.

»Ja, tatsächlich«, sag ich. »Ich war bei meinem Bewährungshelfer. Netter Typ. Er meint, ich wär zwar arschig, aber kein Arschloch.«

»Den Job von dem hätte ich auch gern«, brummt sie. »Wenn man mit solchen Sprüchen sein Geld verdienen kann. Da hat er bestimmt lange für studiert. Kann er dir denn helfen, dass du irgendwann Arbeit kriegst? Oder wenigstens Kohle vom Amt?«

»Mal sehen. Nächste Woche wollen sie mein Potenzial analysieren.«

»Klingt fies«, meint sie. »Tut das weh?«

»Ich hoffe, sie geben mir vorher eine Spritze«, sag ich mit vollem Mund.

»Na dann. Aber außerdem?«

»Außerdem was?«

Sie mustert mich.

»Nichts außerdem«, sag ich. »Ich hab ein bisschen rumgehangen. Keine besonderen Vorkommnisse.«

Ich hab den Joghurt komplett weggezogen und hol mir gleich noch einen aus dem Kühlschrank.

»Ich geh in mein Zimmer, will dich nicht bei deiner Serie stören.«

»Okay.«

Ich hol mein Zeug aus dem Trockner und zieh mich zurück, ess den zweiten Joghurt und leg mein Handy aufs Bett, drück die Bluetooth-Box auf »on« und lass Musik laufen. Dabei kann ich entspannen und in Ruhe an meiner Skulptur weiterbasteln.

Arzu hat mich mal gefragt, warum ich eigentlich dieses Teil bau. Ob ich meinem Vater damit irgendwas heimzahlen will oder so, weil ich doch quasi sein Lebenswerk ruinier, indem ich all die mühsam gesammelten und sorgsam sortierten Sachen zu einem undefinierbaren Durcheinander vermansche. Aber ich glaub nicht, dass er das scheiße fände. Immerhin mach ich doch aus seinem Kram was Produktives, anstatt ihn verstauben zu lassen. Vor allem kann ich komplett in der Arbeit versinken und merk gar nicht, wie der Abend verstreicht, bis Mel an die Tür klopft.

»Kann ich kurz reinkommen?«

»Klar.«

Sie setzt sich auf mein Bett.

»Krass, das mit Emil, oder?«, sagt sie.

»Aber echt«, nick ich.

»Hast du gehört, dass das Hakan gewesen sein soll?«

»Ja.«

»Ich bin total froh«, sagt sie. »Also, dass Hakan endlich weg ist.«

»Stimmt.«

»Sogar wenn er es gar nicht wirklich gewesen ist.«

»Bitte?« Überrascht guck ich meine Schwester an. »Wie meinst du das?«

»Na, weil es angeblich so viele Ungereimtheiten bei dem Fall gibt. Haben sie im Radio gesagt. Und dass die Polizei in alle Richtungen ermittelt, wie sie das nennen. Aber ich fände es trotzdem gerecht, wenn er deswegen in den Knast geht. Er hat es einfach verdient, findest du nicht? Ich meine … immerhin hat er versucht, dich umzubringen. Und musste nie dafür büßen.«

»Mel, bitte. Das war ein Unfall damals, okay? Und wir wollten nicht mehr drüber reden.«

»Wie auch immer. Er hat's verdient, im Knast zu verrotten.« Sie hebt wieder den Kopf, erwidert meinen Blick und schiebt nach: »Das wollte ich bloß sagen.«

»Von mir aus. Hab nichts dagegen. Aber sag mal – was ganz anderes: Hast du zufällig die Jeans gesehen, die ich gestern anhatte?«

»Nö«, sagt sie und rutscht von meinem Bett. »Ich geh jetzt schlafen. Kannst du deine Musik ein bisschen leiser machen?«

»Klar. Gute Nacht.«

Mel geht und ich guck auf die Uhr. Kurz nach zehn. Zwei Stunden will ich noch warten.

10

FRED

Fred sitzt mit Schädel und Nikolaj in dessen kleinem Wohnzimmer. Tatjana, Nikolajs Frau, schenkt ihnen Wodka ein.

»Bei Putin wäre das nicht passiert«, sagt sie nun schon zum siebten Mal.

»Für mich bitte nicht«, sagt Fred. »Ich bin ja mit dem Auto hier.«

Tatjana stellt die Flasche auf den Couchtisch.

»Ich schau noch mal nach den Kleinen«, sagt sie und zieht sich zurück.

Sie und ihr Mann sind beide erst Anfang zwanzig, haben aber schon zwei Kinder. Fred gefällt das, er ist im Grunde ein Familienmensch. Auch wenn das für ihn selber natürlich noch nicht infrage kommt. Er muss schließlich seine ganze Kraft der Politik widmen. Aber sollte er je heiraten, dann wäre eine Frau wie Tatjana für einen deutschen Mann genau das Richtige. Diese Frauen aus Osteuropa sind einfach anders drauf als die Emanzenschlampen hierzulande.

»Sie weiß nichts«, flüstert Nikolaj und zündet sich eine Zigarette an.

»Natürlich nicht«, brummt Fred. »Ich kann es ja selber noch immer kaum fassen.«

Schädel schaut betreten zu Boden. Noch in der Nacht hat er Fred angerufen.

»Kamerad, wir … ich hab Scheiß gebaut.«

Dabei war der Plan klar gewesen: Aus purem Zufall hatte Fred mitbekommen, dass Emil bereit war, ihn zu verraten. Schädel und

Nikolaj sollten ihm und diesem Mahlmann in der Garage auflauern und ihnen eine Lektion erteilen. Aber unblutig.

»Hättet ihr einfach den Stick an euch genommen und die beiden laufen lassen, wäre alles in Ordnung«, sagt er. Seine Stimme ist leise, aber schneidend. »Mahlmann hätte euch nicht mal anzeigen können, denn schließlich hat er Emil zum Diebstahl angestiftet. Das Lügenpresse-Arschloch hätte nichts weiter tun können, als traurig nach Hause zu gehen. Und Emil hätte sich vor Angst in die Hose gepisst, dann seine Habseligkeiten gepackt und wär über alle Berge, damit er euch nicht mehr unter die Augen kommt. Genauso hatten wir das besprochen und nicht anders.«

Schädels gewaltige Gestalt ist zu einem Häuflein Elend zusammengesunken.

»Ich kann es mir auch nicht mehr erklären. Wie ich so hinter Emil stand, das Messer in der Hand … ich hatte so Hass, Fred, so was von Hass, ich …«

Fred glaubt ihm nicht ganz. Wozu hatte Schädel überhaupt Messer und Handschuhe dabei? Früher war er für seine Gewaltbereitschaft berüchtigt. Doch seit Fred hier das Sagen hat und in der Politik Karriere macht, ist Gewalt tabu. Schädel akzeptiert das nur widerwillig. Allerdings hat es keinen Sinn, jetzt darüber zu streiten. Was passiert ist, ist passiert.

»Wir alle machen Fehler«, sagt Fred und tätschelt Schädels Stiernacken. »Dass du das Messer von Hakan Topal benutzt hast, war wiederum sehr schlau. Jetzt müssen wir einfach hoffen, dass Mahlmann nicht mehr aus seinem Koma zurückkommt. Oder zumindest noch nicht so bald.«

»Wir könnten nachhelfen«, flüstert Nikolaj. »Bei dem Koma, meine ich.«

»Wie willst du das anstellen? Der eine Totschlag macht euch nicht zu Profikillern.« Fred winkt ab. »Wir würden alles nur schlimmer machen, wenn wir uns jetzt noch einen Mord aufhalsen.«

»Nicht wir, Fred«, widerspricht Schädel und richtet den bulligen Oberkörper wieder auf. »Ich. Wenn das rauskommt, geh ich in den bekackten Knast. Und werd für immer die Klappe halten. Keiner wird je erfahren, dass du was damit zu tun hast, Fred.«

Natürlich nicht, denkt Fred, denn ich habe ja wirklich nichts damit zu tun.

Stattdessen sagt er: »Abwarten, Schädel. Vielleicht bleibt der Mahlmann für immer im Reich der Träume. Oder, wer weiß, er wacht auf und hat nur noch Sülze im Schädel. Kommt ja vor.« Er beugt sich vor und senkt die Stimme noch weiter: »Fürs Erste haben wir sowieso ein anderes Problem.«

»Den verdammten Stick«, sagt Nikolaj. »Wir haben echt alles abgesucht. Vielleicht hat er ihn doch in der Garage verloren und die Bullen haben ihn heute gefunden.«

»Haben sie nicht«, entgegnet Fred. »Er muss da noch irgendwo sein.«

»Was macht dich da so sicher?«

»Polizei, dein Freund und Helfer«, grinst Fred. »Sagen wir, ich kenne jemanden, der jemanden kennt. Dieser Jemand hat mir außerdem noch etwas anderes erzählt. Höchst interessante Sache. Irgendjemand muss nämlich den Mahlmann gefunden haben, bevor der Notarzt kam. Irgendjemand hat seine Wunde verbunden. Ansonsten wäre er wohl verblutet.«

»Verbunden«, wiederholt Schädel. »Da läuft doch nicht nachts irgendwer mit 'nem bekackten Arztkoffer über den Spielplatz.«

»Es war kein gewöhnlicher Verband. Er bestand aus einem Gürtel und einem T-Shirt. Der Gürtel gehörte dem Mahlmann. Das T-Shirt aber nicht.« Fred zieht die Augenbrauen hoch. »Ihr habt doch erzählt, dass ihr Robin Fuchs getroffen habt. Was hatte er an?«

»Na ... was ganz Normales«, überlegt Schädel. »So 'n Kapuzenpulli.«

»Was er drunter trug, konnte man natürlich nicht sehen«, ergänzt Nikolaj. »Oder ob er überhaupt was drunter trug. Aber glaubst du denn im Ernst, der könnte so was machen? Jemanden verarzten?«

»Ja.« Fred lehnt sich zurück. »Robin weiß sehr genau, wie das geht.«

»Also könnte *er* den Stick haben«, sagt Schädel.

Fred nickt. »Eben das müssen wir herauskriegen.«

»Wir kümmern uns darum«, sagt Nikolaj. »Wir nehmen ihn gleich morgen in die Mangel.«

»Aber seid bitte nett zu ihm. Ihr wisst doch, dass er ein alter Freund von mir ist.«

»Emil war auch ein Freund«, knurrt Schädel. »Trotzdem hat er uns verraten.«

»Ja, aber Emil war schwach. Ich wusste, dass er Schulden hat. Vielleicht hätte ich irgendwas … na, hilft ja nichts mehr. Robin ist anders, glaubt mir. Der Junge hat Charakter. Ich hab die Hoffnung noch nicht aufgegeben, dass wir ihn irgendwann doch noch für unsere Sache begeistern können.«

»Apropos unsere Sache«, sagt Nikolaj, »also, wenn ich dich da mal was fragen darf.«

»Nur zu.«

»Warum hast du vorhin gesagt, jeder könnte zu unserem Volk gehören, wenn er sich anpasst? Waren wir uns nicht einig, dass das nur für Biodeutsche gilt? Oder wolltest du das bloß deshalb nicht sagen, weil du im Wahlkampf bist?«

»Doch, ich habe es ja gesagt«, widerspricht Fred und lächelt. »Wer sich anpasst, kann dazugehören. Aber wer kein deutsches Blut hat, wird sich niemals an uns anpassen können. Geht einfach nicht. Eine Frage der Gene. Versteht ihr? Die Zeit wird noch kommen, wo das alle begreifen.«

»Darauf trinke ich«, grinst Nikolaj und hebt das Glas.

11

ROBIN

Kurz vor Mitternacht zieh ich mir schwarze Klamotten an und geh aus dem Haus. Der Kinderspielplatz auf dem Dach der Garage liegt still und verlassen da. Nichts erinnert an den Aufruhr von letzter Nacht. Hier oben hat die Polizei auch nichts abgesperrt. Nur um das baufällige Klettergerüst ist wie eh und je das rot-weiße Band gespannt. Ich such ungefähr die Stelle, an der ich gestern das Zeug verbuddelt hab. Ich grab mit den Fingern im Sand, bis ich auf den Beton komm, find aber nichts. Fuck. Ich dehne das Suchgebiet aus. Irgendwann spür ich mit der Fingerspitze einen Gegenstand. Endlich! Ach, es ist bloß eine zerbeulte Sandschaufel. Wobei – die kann ich eigentlich gut brauchen, denn damit lässt sich der Sand viel besser umgraben. Schließlich gibt die Schaufel einen dumpfen Ton von sich. Ich grab mit den Händen nach und fördere das Handy hervor. Innerlich jubel ich. Dann taste ich vorsichtig nach dem Stick. Doch da ist nichts. Fuck. Ich such weiter. Schweiß läuft meinen Rücken runter. Dabei ist es gar nicht warm, eher schon richtig kühl. Plötzlich klebt da was Weiches an meinen Fingern. Katzenscheiße!, denk ich und will es angewidert fortschleudern, da merk ich, dass es sich um den stummeligen Rest meines Joints von gestern Nacht handelt. Ich richte mich auf und guck hinter mich. Das Teil lag fast einen Meter weit von der Stelle entfernt, an der ich das Handy gefunden hab. Sind die Sachen durch den Sand gewandert oder was? Vielleicht ist das wirklich so, wenn hier tagsüber Kinder gespielt und gebuddelt haben. Aber dann werd ich den Stick hier niemals wiederfinden. Das

Handy und der Joint sind schon Zufallstreffer gewesen, und der Stick ist winzig im Vergleich dazu. Trotzdem such ich einfach weiter, bis mein Rücken wehtut und meine Finger sich wie panierte Eisklumpen anfühlen.

Irgendwann geb ich es auf und schleich mich nach Hause. Das Handy lass ich in einem Gulli verschwinden. Dumpf plumpst es hinein und wird mit etwas Glück niemals gefunden.

Meine Klamotten sind zwar diesmal nicht blutig, aber ziemlich verdreckt. Doch ich verzichte darauf, sie in die Waschmaschine zu stecken. Stattdessen stopf ich sie in den hintersten Winkel meines Schranks und leg mich ins Bett.

Ich sollte mich mal mit Mel unterhalten. So von großem Bruder zu kleiner Schwester. Ich hab das Gefühl, ich müsste sie vor irgendwas beschützen. Vor Fred und diesen Leuten. Oder bloß vor mir. Keine Ahnung, wie ich das anstellen soll. Und ich bin auch viel zu müde, um weiter darüber nachzudenken.

Hoffentlich hab ich morgen nicht wieder irgendeinen Termin, an den ich gerade nicht denke.

DIENSTAG

12

ROBIN

Meine Hoffnung erfüllt sich nicht, denn diesmal weckt mich die Türklingel. Schlaftrunken angle ich nach meinem Handy. Es ist erst kurz vor halb acht. Ob Mel noch da ist oder schon los zur Schule? Wohl Letzteres, denn es klingelt wieder und wieder, ohne dass irgendjemand öffnet. Schließlich wälz ich mich aus dem Bett und schlurf zur Tür. Leider vergess ich, vor dem Öffnen durch den Türspion zu sehen. Draußen im Hausflur stehen Schädel und Nikolaj. Mir rutscht das Herz in die Shorts. Aber ich versuch, mir nichts anmerken zu lassen. Deshalb knall ich ihnen auch nicht die Tür vor der Nase zu, sondern sag möglichst cool: »Wisst ihr eigentlich, wie früh es ist?«

»Das wissen wir«, sagt Schädel, »schließlich haben wir Arbeit. Aber wir wollten vorher kurz mit dir sprechen. Können wir reinkommen?«

»Von mir aus«, sag ich.

Komisch, wohin soll ich mit ihnen gehen? Wenn ein Freund mich besuchen käme, würde ich ihn natürlich in mein Zimmer führen. Aber ich hab ja gar keine Freunde. Schon gar nicht die beiden. Ich zeig auf die Küche und die beiden setzen sich an den kleinen Tisch.

»Wollt ihr 'n Kaffee oder was?«

Sie schütteln die Köpfe. Ich lehn mich gegen die Küchenanrichte und verschränk die Arme vor der Brust.

»Also, was gibt es so Dringendes, dass ihr mich wachklingeln müsst?«

»Wir sollen dich herzlich von Fred grüßen«, sagt Nikolaj. »Er lässt dir sagen, dass er oft an die alten Zeiten denkt, als ihr beide noch Kinder wart.«

Schädel beugt sich vor und fährt an Nikolajs Stelle fort: »Fred vertraut dir, Kleiner. Das ist viel wert, weißt du das?«

»Klar.«

»Fred ist sicher, dass du niemals irgendwas tun würdest, was ihm schaden würde«, sagt Schädel. »Ist doch so, Niko, oder?«

»Absolut«, sagt Niko und streicht sich über seinen Hitlerscheitel. »Fred kennt doch seine alten Homies. Und wenn du ihn jemals enttäuschen würdest, dann wäre das sehr, sehr bitter für ihn. Was, Schädel?«

»So was von, Niko«, nickt der Riesenglatzkopf. »Bitter für Fred und bitter für alle anderen. Gerade auch für dich, Kleiner.«

»Hey, Jungs«, sag ich, »ich schnall nicht die Bohne, was ihr eigentlich von mir wollt.«

Da steht Schädel auf. Er überragt mich um fast einen halben Meter. Von oben guckt er auf mich runter und sagt: »Es gibt so Dinge, die in den falschen Händen eine Menge Mist anrichten könnten.«

»Dinge?«, frag ich.

»Du hast doch diesen – wie sagtest du? – Perversen getroffen«, sagt Nikolaj aus dem Off, denn ich kann ihn gar nicht mehr sehen. Schädel nimmt mein ganzes Gesichtsfeld ein. »Falls dieser Typ irgendwas verloren hat, egal was, dann wär es am besten für uns alle, wenn das Teil verloren *bleibt*.«

»Kommen wir klar?«, fragt Schädel von oben.

»Wir kommen klar«, sag ich von unten. »Sonst noch was?«

»Ja«, sagt Nikolaj. Jetzt seh ich ihn wieder, denn Schädel hat endlich einen Schritt zurück gemacht. »Fred möchte, dass du weißt: Er hat immer ein offenes Ohr für dich. Falls es irgendwas gibt, was du ihm sagen willst.« Er grinst. »Oder falls du etwas hast, das du ihm geben möchtest.«

»Voll nett von ihm«, sag ich. »Also dann, danke für euren Besuch. Sicher müsst ihr jetzt zur Arbeit.«

»Genau«, grinst Schädel und klopft mir schwer auf die Schulter. »Solltest du auch mal versuchen.«

Ich folg ihnen durch den Flur, schließ die Tür hinter ihnen und glotz für eine Weile ratlos aufs Holz.

Dann erst merk ich, wie dringend ich pinkeln muss, schließlich haben die Typen mich aus dem Schlaf geholt. Anschließend mach ich mir einen Kaffee und hol mein Handy. Es geht ihnen natürlich um diesen fucking Stick, und das macht mir Angst. Vor allem deshalb, weil ich nicht die geringste Ahnung hab, was zur Hölle es damit auf sich hat.

Du musst den Stick Henry geben!

Wer immer das sein soll. Ein Mitarbeiter oder ein Kollege, ein Freund, ein schwuler Lebensgefährte, weiß der Geier.

»Wer ist Magnus Mahlmann?«, frag ich mein Handy.

»Magnus Mahlmann ist ein deutscher Journalist und Blogger«, antwortet die Computerstimme aus dem Smartphone und zeigt mir einen Wikipedia-Eintrag. An dessen Ende klick ich auf den Link zu Mahlmanns Website. Er schreibt für alle möglichen Zeitungen und Blogs, hat aber auch einen eigenen, der nennt sich *DAP-Leaks*. Da schreibt er, soweit ich das kapier, wie gefährlich die DAP für die Demokratie wär und so weiter. Vor allem geht es auffällig oft um Fred. Um seine *unverhohlenen Kontakte zur Neonazi-Szene*. Damit sind wohl Schädel, Nikolaj und ihre Freunde gemeint.

Fuck, ich brauche irgendeinen Plan, um heil aus der Nummer

rauszukommen. Das muss doch gehen, ich bin ja noch immer überall wieder rausgekommen. Aber solang ich nicht weiß, um was zur Hölle es eigentlich geht, gibt es auch keinen Plan. Ich muss einfach wissen, was auf dem Stick ist. Fred kann ich wohl schlecht fragen. Bleibt also dieser Henry … Ich such das Impressum von der Website. Da steht eine Adresse.

Eine Stunde später steh ich vor einem Altbauhaus in der Südstadt, mit allen möglichen kleinen Firmen und Büros. Auf einem Klingelschild les ich: *Magnus Mahlmann, Journalist*. Natürlich weiß ich, dass der Mann nicht an seinem Schreibtisch sitzt, sondern in irgendeinem Krankenhaus vor sich hin schnarcht. Aber irgendwo muss ich doch anfangen mit meiner Suche. Also klingle ich trotzdem. Ich könnte ja auch mal in den anderen Büros nachfragen. Vielleicht kennen diese Leute sich untereinander, erzählen sich was, keine Ahnung; vielleicht arbeitet dieser Henry sogar selber hier irgendwo. Ich überleg schon, bei welchem der vielen Firmennamen ich es als Erstes versuchen soll, da hör ich den Türsummer. Überrascht drück ich gegen die Tür, betrete ein hohes Treppenhaus voll Stuck und Marmor und steig die knarzende Treppe hoch in den ersten Stock. Dort steht ein Mädchen im Türrahmen. Sie ist ungefähr in meinem Alter, hat schwarze Haut und eine wilde Strubbelmähne. Ihre wachen Augen mustern mich.

»Hallo«, sag ich, »ähm … ist das hier das Büro von Magnus Mahlmann?«

»Ist es«, nickt sie. »Aber Magnus ist nicht da.«

»Ich weiß. Ich … suche einen gewissen Henry.«

»Du hast ihn gefunden.«

»Hä … wie?«

»Ich bin Henrietta Odukoya. Henry ist mein Spitzname. Und wer bist du?«

»Robin«, sag ich. »Fuchs. Bist du eine Mitarbeiterin von Magnus Mahlmann?«

»Ja. Was kann ich für dich tun? Woher kennst du überhaupt meinen Namen?«

»Also … dein Chef schickt mich zu dir.«

»Was?« Ihre Augen verengen sich. »Du willst mich verarschen.«

»Nee.«

»Komm rein.«

Sie macht Platz und ich betrete das Büro. Es besteht nur aus einem einzigen Raum, von dem noch eine kleine Küche abzweigt und ein Bad. Auf dem riesigen Schreibtisch stapelt sich Papierkram, genau wie auf den Schränken und auf dem Sofa.

Henry wirft noch einen misstrauischen Blick ins Treppenhaus, bevor sie die Tür schließt und die Arme verschränkt.

»Schieß los.«

Wie's aussieht, hat sie nicht vor, mir einen Sitzplatz anzubieten. Sie selber bleibt auch stehen.

»Na gut«, sag ich, »ich bin hier, weil ich deine Hilfe brauche. Dein Chef hat mir einen Stick gegeben, aber der ist jetzt weg. Deswegen hab ich mächtig Ärger mit … na ja, mit den falschen Leuten halt. Ich muss irgendwas dagegen unternehmen. Und dafür muss ich wissen, was drauf ist. Also auf dem Stick.«

»Dir gegeben?«, wiederholt sie ungläubig. »Den Stick? Wann war das? Und wo?«

»Ist doch egal«, sag ich. »Kannst du mir nicht einfach …«

»Auf keinen Fall! Du willst Infos? Ich will auch welche. Wenn ich dir was erzählen soll, musst du erst mal vorlegen.«

Fuck. Ich hätte überhaupt nicht herkommen sollen.

»Also?«, fragt sie.

Ich zögere. Eigentlich sitz ich schon tief genug in der Scheiße und muss mich nicht noch weiter reinreiten. Andererseits hab ich auch nicht mehr viel zu verlieren. Und wenn die mir wirklich helfen kann? Es kommt auf einen Versuch an.

»Na gut«, sag ich und erzähl ihr in knappen Worten, wie Mahlmann auf dem Garagendach aufgetaucht ist. Wie ich den Krankenwagen gerufen und Mahlmann verarztet, Stick und Handy versteckt hab und dann abgehauen bin. Die Begegnung mit Schädel und Niko lass ich lieber weg.

»*Du* bist also der mysteriöse Unbekannte, der Magnus geholfen hat?«, fragt sie und scannt mich mit ihrem Blick von oben bis unten, als würd sie mich gerade erst zum ersten Mal angucken. »Und wo ist der Stick jetzt?«

»Keine Ahnung. Letzte Nacht hab ich ihn dort gesucht, wo ich ihn versteckt hatte. Ehrlich gesagt – ich wollte ihn verschwinden lassen, weil mir dieses Ding nichts als Ärger einbringt. Aber ich hab ihn nicht gefunden. So. Und jetzt bist du dran. Also sag – was ist auf dem Teil drauf?«

»Ich weiß es leider nicht genau. Ich habe eine Vermutung, doch das muss ich dir in Ruhe erklären.« Sie geht zum Sofa, schiebt die Papierstapel zur Seite und zeigt auf die frei gewordene Stelle.

»Setz dich. Willst du 'n Tee?«

»Eigentlich trinke ich nie Tee«, antworte ich und lass mich auf das Sofa fallen.

»Hey, das war eine klare Ja-Nein-Frage«, gibt sie zurück.

»Ja«, sag ich. »Ja, ich hätte gern einen Tee.«

»Geht doch«, grinst sie und verschwindet in der Küche.

Ich seh mich um. Dieser Mahlmann scheint sich im Chaos wohlzufühlen. Aus seinem Büro könnte man bestimmt eine fantastische Skulptur bauen. An einer Wand hängt ein ziemlich verwittertes Plakat, darauf steht ein Gedicht.

Ohne Strand und ohne Meer;
Uns gehört die Stadt:
Bleichen, Schwarzen, Bunten, wer
Hier lebt, bleibt hier! Wie sehr,
Du Stadt,
Hast du die Nazideppen satt!

Das könnte auch auf den Block passen. Ist aber natürlich nicht so gemeint. Solche Leute interessieren sich nicht für den Block. Ist eh voll abgefahren, dass ich überhaupt hier sitze. Eigentlich wär ein guter Moment, einfach abzuhauen, solange Henry drüben in der Küche ist. Aber ich hab ja meine Story geliefert und jetzt muss sie auch liefern. »Earl Grey?«, ruft sie aus der Küche. »Oder lieber Darjeeling? Oder Roibusch? Ingwer? Oder einfach grüner Tee?«

»Grüner Tee«, geb ich zurück, weil *grün* das einzige Wort in ihrer Frage ist, das ich kenn.

Sie kommt mit zwei dampfenden Tassen zurück, aus jeder hängt ein Faden mit einem Schildchen dran.

»Hat dein Chef das geschrieben?«, frag ich und nick mit dem Kopf zu dem Plakat hinüber.

»Ja, vor langer Zeit«, sagt Henry. »Da war er sechzehn, hat er mir erzählt. Die haben damals eine Kampagne gemacht, gegen die Rechten. Magnus sagte einmal zu mir, er hätte sich damals nicht vorstellen können, dass die Rechten jemals so stark werden könnten in Deutschland, wie sie es heute sind.«

»Sind sie das?«, frag ich.

»Die DAP wird ziemlich sicher in den Bundestag kommen«, sagt sie und nippt an ihrem Tee. »Sie nennen sich selber konservativ. Aber in Wahrheit sind es waschechte Faschisten. Sie benutzen Nazi-Wörter wie *Lügenpresse* oder *Volksverräter*, sie berufen sich andauernd auf die Meinungsfreiheit, aber jede Meinung, die nicht mit ihrer übereinstimmt, bekämpfen sie mit aller Härte.« Sie hockt sich auf den Schreibtischstuhl und sieht mich an. »Lebst du dort im Block? An der Breslauer Straße?«

Es klingt, als ob sie mich nach einem Aidstest fragt.

»Was man so leben nennt«, sag ich. »Oh, sorry. Das war ja schon wieder eine Ja-Nein-Frage.«

Sie muss lachen. Ihr Lachen gefällt mir. »Also, ja, das ist mein Block. Ich leb da. Ich hab Emil gekannt. Den Mann, der getötet wurde. Und ich kenn auch Hakan. Den sie als Mörder verhaftet haben.«

»Glaubst du, dass er es wirklich war?«

Eine klare Ja-Nein-Frage. Ich nippe an meinem grünen Tee. Igitt.

»Andere Frage«, sagt sie. »Warum bist du abgehauen, nachdem du Magnus verbunden hattest? Wovor hast du Angst?«

»Ich bin auf Bewährung. Ich hab … na ja, ich hab gedealt. Hasch, Marihuana, so Zeug. Ich bin auch früher schon mal wegen Kleinigkeiten aufgefallen. Mein Verhältnis zu den Cops ist, sagen wir mal, nicht ganz so easy. Und die Bewährung jetzt ist echt meine letzte Chance. Ich darf einfach nirgendwo reingezogen werden, verstehst du?«

»Verstehe. Was mich noch interessieren würde: Woher wusstest du überhaupt, wie man so einen Druckverband anlegt? Hast du das in einem Erste-Hilfe-Kurs gelernt oder so was?«

»Glaubst du mir etwa nicht?«

»Oh doch, ich glaube dir. Ich bin gestern ziemlich lange von der Polizei befragt worden. Sie haben mir ein paar Dinge erzählt, weil ich ihnen dazu meine Einschätzungen sagen sollte. Auch Dinge, die sie nicht der Presse gesagt haben. Aus – keine Ahnung – ermittlungstaktischen Gründen oder wie man das nennt. Zum Beispiel die Sache mit dem Druckverband. Sie meinten, dass derjenige, der das getan hat, Magnus damit auf jeden Fall das Leben gerettet hat. Und sie meinten, das hätte ungewöhnlich professionell ausgesehen.«

»Glück«, sag ich. »Es war einfach Glück.«

»Glück oder nicht – du hast ihm das Leben gerettet. Ist dir das überhaupt klar?«

»Es …« Ich wink ab. »Das hab ich mir ja nicht ausgesucht. Ist halt passiert.«

»Du klingst fast, als würdest du es bereuen.«

»Bullshit. Ich will bloß einfach kein Palaver kriegen, okay?«

»Hm«, macht sie. »Wie du meinst. Aber hast du denn sonst nichts weiter mitbekommen? Irgendwelche Leute gesehen? Oder hat Magnus dir irgendetwas sagen können, bevor er das Bewusstsein verlor? Konnte er den oder die Angreifer beschreiben?«

Ich nippe an dem Tee. Er ist widerlich, aber heiß und verbrennt mir den Mund. Gut so.

»Na denn«, sagt Henry. Sie kommt mir irgendwie sehr profimäßig vor, so als wär das Fragenstellen ihr täglicher Job. »Nimmst du an, dass der Stick noch auf dem Spielplatz irgendwo ist?«

»Denk ich mal. Außer ein kleines Kind hat ihn gefunden und einfach mitgenommen. Oder runtergeschluckt. Was Kleinkinder halt so machen.«

»Bloß das nicht«, meint Henry. »Das ist echt schwere Kost.«

»Dann sag mir endlich, was drauf ist. Du hast doch gesagt, du hast 'ne Vermutung.«

»Fotos oder so was, denke ich.« Sie stellt ihre Tasse auf den Schreibtisch und lehnt sich in den Stuhl zurück. »Du hast bestimmt schon mal von Frederik Kuschinski gehört.«

Ich nick nur.

»Magnus hat viel über Kuschinski recherchiert und seit Wochen an einem Artikel über diesen Mann gearbeitet. Der sollte eigentlich gestern veröffentlicht werden. Magnus ist sich sicher, dass Kuschinski in den Brandanschlag verwickelt war, der letztes Jahr am 17. März auf die kleine Moschee in eurer Straße verübt worden ist. Dafür gibt es viele Anhaltspunkte, aber keine Beweise.

Aber dann hat am Freitag dieser Emil Becker bei Magnus angerufen. Er sagte, er hätte Material, das Kuschinskis Beteiligung beweisen würde, und würde es Magnus verkaufen. Ich hatte sofort ein schlechtes Gefühl dabei, aber Magnus war total elektrisiert. Er hat den ganzen Tag mit irgendwelchen Leuten telefoniert, hauptsächlich von irgendeiner Stiftung, um das Geld aufzutreiben. Zehntausend Euro. Das alles hab ich auch der Polizei erzählt. Die sehen die Sache im Augenblick so: Sie glauben, dass Magnus und dieser Emil sich in der Garage getroffen haben und dass dieser Hakan zufällig die Übergabe beobachtet hat. Er sah, dass es da um Geld ging, und hat zugegriffen. Ein Raubmord. Ganz schöner Unsinn, oder?«

»Wieso?«

»Das würde ja bedeuten, dass einer allein auf zwei Männer losgeht.«

»Du kennst Hakan nicht.«

»Aber du. Ist der Kerl so drauf?«

»Nee.« Ich schüttle den Kopf. »Aber nicht, weil er dafür zu feige wär. Sondern weil er so ein Typ ist, der sich nie selber die Hände schmutzig macht. Er hat seine Leute. Für alles.« Ich räusper mich und murmle: »Ich war auch mal einer davon. Und ganz ehrlich: Fast jeder im Block ist heilfroh, dass der Typ erst mal weg vom Fenster ist.«

»Könnte also jemand anderes dahinterstecken? Jemand, der diesem Hakan bloß den Mord in die Schuhe schiebt?«

Ich nehm einen Schluck von dem Tee. Leider ist er inzwischen nicht mehr so heiß.

Henry beugt sich wieder vor, stützt die Ellbogen auf den Tisch und das Kinn auf die Hände, dann sagt sie: »Ich werde dir eine andere Frage stellen. Du musst nicht mit Ja antworten. Es reicht, wenn du entweder Nein sagst oder gar nichts. Okay?«

»War *okay* schon die Frage?«

»Witzbold. Also, hör zu. Weißt du vielleicht irgendetwas, was darauf hindeutet, dass Frederik Kuschinski oder jemand aus seinem Umfeld hinter der Tat stecken könnte? Dass jemand von Kuschinskis Leuten Emil Becker getötet und Magnus verletzt hat?«

Ich trink an meinem Tee.

»Du kennst ihn persönlich, hab ich recht?«, fragt sie. »Kuschinski? Er ist doch auch in eurem Block aufgewachsen.«

Ich trinke.

»Nehmen wir an, du wüsstest wirklich etwas. Wissen die Rechten, dass du es weißt?«

Ich trinke.

»Und deshalb hast du Angst vor denen?«

Meine Tasse ist leer. Am liebsten würd ich mir den Teebeutel in den Mund stopfen.

»Und trotzdem bist du zu mir gekommen.«

»Na toll«, ruf ich. »Ich konnte ja nicht ahnen, dass ich hier verhört werde. Ich … ich wollte einfach wissen, was es mit diesem fucking Stick auf sich hat. Weil … weil …«

»Weil die Rechten denken, dass du ihn hast?«

»Verdammte Scheiße, ja!« Ich bin aufgesprungen. »Und da ich ihn leider *nicht* hab, wollte ich halt wenigstens wissen, *was* das eigentlich ist, das ich nicht hab. Damit ich, wenn die mich plattmachen, zumindest weiß weswegen.«

»Okay«, sagt sie und steht auch auf. »Dann sorgen wir dafür, dass du es weißt.«

Sie nimmt ihre Jacke vom Haken.

»Lass uns fahren.«

»Bitte? Wohin?«

»Na, zu dir. In den Block. Du zeigst mir diesen Spielplatz und wir suchen den Stick.«

13

MEL

»Alter, guck mal, die deutschen Schlampen sind nur am Rauchen.«

Mel fährt herum. Eine Gruppe von Jungs läuft lachend vorbei; es ist nicht auszumachen, welcher von ihnen diesen Satz losgelassen hat.

»Sollen wir uns lieber Kopftücher anziehen oder was?«, ruft sie ihnen hinterher.

»Ja«, ruft einer zurück, »dann sieht keiner, wie hässlich ihr seid, ihr Opfer!«

»Beachte die Idioten doch gar nicht«, sagt Cathy.

Sie stehen vor dem Schultor und gönnen sich eine Pausenzigarette.

»Das macht mich immer mehr aggro«, schimpft Mel. »Ich hab keinen Bock mehr, vor diesem Araberpack zu kuschen.«

»Die sind doch nicht alle so«, widerspricht Cathy. »Und du weißt nicht mal, ob das Araber sind.«

»Araber, Türken, Schwarzköpfe, ist mir scheißegal. Ich will gefälligst respektiert werden. In meinem eigenen Land.«

»Spielt das eine Rolle, in welchem Land?«, fragt Cathy. »Sexismus ist immer scheiße. Überall. Rassismus übrigens auch.«

»Das ist kein Rassismus«, mischt sich Marissa ein, die sich gerade zu ihnen gesellt hat. »Was Mel sagt, ist einfach nur die Wahrheit. Wenn das so weitergeht, sind wir hier bald selber die Ausländer.«

Ihre Hand fährt in die Jackentasche und zieht einen Stapel Aufkleber hervor. Mel erkennt das Logo der DAP und den Slogan: *Aus dem Volk, mit dem Volk, für das Volk.*

»Wollt ihr welche?«

»Vergiss es«, knurrt Cathy.

»Stimmt es eigentlich«, fragt Marissa an Mel gewandt, »dass bei euch im Block jetzt jeden Abend eine Mahnwache stattfindet?«

»Keine Ahnung, wie kommst du drauf?«

»Hat mir einer per WhatsApp geschickt«, sagt Marissa. »Mit so einem Bild, wie alle dastehen, mit Kerzen und so. Hat voll gut ausgesehen. Also irgendwie so … stimmungsvoll. So nach Gemeinschaft und Zusammenhalt. Wenn die das jetzt jeden Abend machen und jeden Abend der Frederik Kuschinski dabei ist, dann komm ich auch mal vorbei und schau mir das an.«

»Stehst du auf den oder was?« Cathy verzieht das Gesicht.

»Er – wie soll ich sagen? – inspiriert mich.« Marissas Worte sind kitschig, aber sie klingen nicht so. Sie sagt das weder ironisch noch übertrieben, findet Mel. Im Gegenteil, es klingt, als spräche sie aus tiefstem Herzen. »Er kommt einfach an und sagt Dinge und lächelt – und die ganze Welt rastet aus; wisst ihr, was ich meine? Er spricht doch bloß aus, was alle denken, und sofort geifern die Zeitungen und die Politiker und alle dissen ihn total, vom Morgenmagazin bis Böhmermann. Behaupten, er würde Hass verbreiten. Dabei sind es doch die Medien selber, die mit dem ganzen Hass überhaupt erst angefangen haben.«

Cathy bläst eine Qualmwolke aus, dann meint sie: »Okay, kann sein, dass man so was cool findet. Aber jetzt mal ganz im Ernst – glaubst du, dass irgendwas besser werden würde, wenn Leute wie der an die Macht kämen?«

»Du verstehst das nicht«, brummt Marissa. »Es geht es doch überhaupt nicht um so was. Mir ist es absolut total egal, wer hier an der Macht ist. Es geht einfach nur darum, dass die Regierung mal fett eins in die Fresse kriegt. Damit die da oben, die Politiker und Manager und so weiter, dass die endlich schnallen, dass wir normalen Leute uns nicht mehr alles gefallen lassen.«

»Ach, Blödsinn«, schimpft Cathy, lässt ihre aufgerauchte Kippe zu Boden fallen und zertritt sie mit der Schuhspitze. »Mit dir kann ich echt nicht diskutieren. Wir sehen uns später bei Englisch.«

Damit wendet sie sich um und geht.

»Ist halt meine Meinung«, ruft Marissa ihr hinterher. »Hier gibt's Meinungsfreiheit, oder? Kann ich ja nichts dafür, wenn du damit ein Problem hast.«

Auch Mel zertritt jetzt ihre Zigarettenkippe, dann blickt sie sich verstohlen um, bevor sie die Hand ausstreckt und leise zu Marissa sagt: »Ich versteh haargenau, was du meinst. Gib mir ruhig so 'n paar Aufkleber.«

14

ROBIN

Ich steh neben Henry in der Straßenbahn und glaub immer noch nicht, dass ich das wirklich tu. Sie mit in den Block zu nehmen und ihr den Spielplatz zu zeigen. Da könnte ich doch gleich zu Schädel gehen und ihn bitten, mir ausgiebig die Fresse zu polieren. Andererseits ist Schädel ja gerade arbeiten und Nikolaj auch, es ist gegen zehn und einen besseren Zeitpunkt gibt es nicht, um nach dem Stick zu suchen, jedenfalls nicht bei Tageslicht. Und eine Sache hab ich mir überlegt: Wenn ich den Stick wirklich hätte, dann hätt ich wenigstens was in der Hand. Dann könnt ich vielleicht mit Fred einen Deal schließen, damit seine Jungs mich in Ruhe lassen.

Natürlich hat Henry ganz andere Pläne. Wenn wir erst mal den Stick haben, muss ich sie irgendwie loswerden. Was sicher nicht einfach wird. Erstens, weil sie eine richtige Kämpferin zu sein scheint, die sich so schnell nicht geschlagen gibt. Zweitens, weil ich sie mag. Ich halt mit der einen Hand mein Bike fest und hab die andere Hand am Haltegriff der Bahn, und ihre Hand hängt gleich daneben. Fast berühren wir uns und ich kann ihr Parfüm riechen. Die Mädchen aus dem Block riechen niemals so. Es ist ein Duft von Welt, das gefällt mir plötzlich. Natürlich werd ich selber niemals *von Welt* sein, wie man so sagt, da mach ich mir nichts vor. Aber ich kann ja mal wenigstens dran schnuppern.

»Was genau arbeitest du eigentlich für Magnus Mahlmann?«, frag ich. Nicht so sehr aus echtem Interesse, sondern weil mir unser Schweigen zu stark ist. »Bist du auch Journalistin oder so was?«

»Praktikantin«, sagt sie und lächelt ein bisschen. »Ich hab im Frühjahr Abi gemacht und mich lange gefragt, wie ich den Sommer sinnvoll nutzen kann, bis ich mein Politikstudium anfange. Auf einer Konferenz über Rechtsextremismus hab ich Magnus kennengelernt. Er hat sich schon als Jugendlicher gegen Nazis eingesetzt, so wie ich das auch schon lange tue. Er schreibt und bloggt, hält Vorträge, gibt Kurse – alles Dinge, die ich mir später selber auch als Beruf vorstellen kann. Deshalb hab ich mich bei ihm als Praktikantin beworben. Ich wusste natürlich, dass es heikel sein kann, was er tut. Sich mit der DAP anzulegen, meine ich. Aber was vorletzte Nacht passiert ist ... mit so was hab ich nie gerechnet. Meine Mum wollte mich um jeden Preis davon abhalten, heute ins Büro zu fahren. Sie meinte, das wäre viel zu gefährlich für mich, solange noch nicht klar ist, wer wirklich der Mörder ist. Aber irgendwie fühle ich mich jetzt, wo Magnus im Koma liegt, verantwortlich dafür. Ich dachte, ich müsste irgendwie die Stellung halten. Verstehst du, was ich meine?«

»Weiß nicht. Kenn mich damit nicht so aus.«

»Mit Büros?«

»Mit Verantwortung.«

Sie legt den Kopf schräg. »Und was treibst du so den ganzen Tag? Machst du gerade blau? Wie alt bist du überhaupt?«

»Ich bin siebzehn. Und – nein, ich mach nicht blau. Hab mit der Schule aufgehört.«

»Was machst du stattdessen?«

»Muss man denn immer irgendwas machen?«

»Ich glaube schon.« Sie lächelt wieder. »Selbst wenn du entscheidest, dass du nichts machst, ist das ja auch was, was du machst. Aber ich verstehe, was du meinst: dass es Quatsch ist, Menschen über ihren Beruf oder ihre Bildung zu definieren.«

Hab ich das gemeint? Nee, glaub nicht. Hab eigentlich gar nichts Spezielles gemeint.

»Warum willst du denn Journalistin werden? Was hast du davon, dich mit Fred und diesen Leuten anzulegen?«

Ihr Lächeln verschwindet.

»Ich könnte es mir einfach machen und sagen: weil ich eben persönlich andauernd von Rassismus betroffen bin. Jeden Tag. Meine Hautfarbe ist nämlich nicht ganz so wie die der durchschnittlichen Deutschen, falls dir das aufgefallen ist.«

»Jetzt, wo du's sagst.«

Da lacht sie auf, aber nur kurz. Wird wieder ernst und schaut an mir vorbei auf die Straße, die draußen vorüberfliegt.

»Das ist nicht nur persönliche Betroffenheit«, sagt sie. »Das wäre mir zu wenig. Ich glaube – ich weiß, das hört sich sicher total kitschig an –, mir geht es um Deutschland. Um Europa. Ich bin eigentlich so was wie eine Patriotin, verstehst du?«

Draußen fliegt das Gesicht von Fred vorbei. Aus dem Volk, mit dem Volk ...

»Nee«, sag ich.

Sie schaut wieder zu mir.

»Viele meiner Freunde sind richtig links«, sagt sie, »die würden kotzen, wenn sie dieses Wort hören: Patriotismus. Aber meine Vorfahren kommen eben nicht aus Europa, sondern aus Afrika, deshalb habe ich vielleicht doch einen anderen Blick. Für mich ist das hier ein Ort der Freiheit, der Vielfalt. Wenn ich eine lesbische, muslimische Veganerin sein will, kann ich das sein, niemand darf mir das verbieten oder mich deswegen benachteiligen. Zumindest theoretisch; aber allein das, dass es theoretisch gilt und in manchen Bereichen auch schon tatsächlich so gelebt wird, das ist doch etwas Wunderbares. Aber jetzt kommen diese Leute von der DAP daher und wollen all das zerstören. Verstehst du? Sie wollen *unser Land* zerstören! Die sagen dauernd, sie würden Deutschland lieben. Aber sie hassen es in Wahrheit. Sie hassen das Land, das wir alle aufgebaut haben.«

Ich weiß nicht, ob ich kapier, auf was sie rauswill. Ich ertapp mich bloß dabei, wie ich mich frag, ob sie echt Veganerin ist. Oder muslimisch. Oder lesbisch. Warum zur Hölle interessiert mich das?

»Diese Leute reden andauernd vom Volk«, fährt sie fort. »Dass angeblich zu viel für Flüchtlinge getan würde und zu wenig für das eigene Volk. Und es stimmt ja auch, dass die Politik sich zu wenig für die einfachen Menschen interessiert. Aber es waren doch nicht die Flüchtlinge, die Hartz Vier eingeführt und die Vermögenssteuer abgeschafft haben. Es sind doch nicht die Flüchtlinge, die Milliarden von Steuern hinterziehen, während Schulen und Krankenhäuser verrotten. Viele Menschen haben Angst vor der Globalisierung, aber die DAP wäre die letzte Partei, die eine Finanztransaktionssteuer will.«

Was immer das ist, denk ich. Sie spricht schnell, ihre Worte kommen mir wie Strobo-Blitze vor. Ich kann sie mir gut im Fernsehen vorstellen oder auf einer großen Bühne vor tausend Leuten. Nur leider versteh ich höchstens die Hälfte davon.

»Hast du mal das Wahlprogramm von denen gelesen?«, schimpft sie. »Das ist doch absolut *gegen* das Volk gerichtet. Aber niemand merkt das, weil sie einfach die Flüchtlinge und den Islam und am Ende noch Gender Mainstreaming verantwortlich machen für alles, was nicht gut läuft.«

»Das ganze Gerede von Volk und so«, sag ich, »das peil ich eh nicht. Klar ist das 'ne hübsche Idee, dass alle irgendwie eins wären und zusammenhalten würden. Aber ich kann mir so was nicht vorstellen. Weder das Volk, das Fred meint, noch das, was du meinst. Ich glaub, jeder muss eben sein eigenes Ding machen und allein versuchen, im Leben klarzukommen.«

»Da hast du natürlich recht«, nickt sie, »wenn du damit meinst, dass das sogenannte *Volk* nur ein Mythos ist, eine Konstruktion, als gäbe es da die breite Masse der Menschen, die alle dasselbe denken und wollen, von wegen Volkswille, Volksempfinden, Volkszorn, bla, bla. Das halte ich auch für Quatsch. Wolltest du darauf hinaus?«

Nee, denk ich. Aber egal.

»Heißt das, dass du die DAP auch kritisch siehst?«, hakt sie nach.

»Ach«, sag ich, »weißt du – ehrlich gesagt interessier ich mich echt null für Politik.«

»Aber Politik betrifft uns alle«, sagt sie. »Auch dein Leben würde sich verändern, wenn solche Leute an die Macht kommen.«

»Was weißt du schon über mein Leben?« Unwillkürlich rückt ihre Hand am Haltegriff ein Stück von meiner weg. Es hat wohl ziemlich barsch geklungen, wie ich das gerade gesagt hab. »Ich mein halt – wenn du eh nicht viel zu verlieren hast, was kümmert dich das dann?«, sag ich. »Vielleicht findest du es dann ja sogar gut, dass überhaupt mal was passiert. Egal in welche Richtung.«

Da senkt sie den Blick, als hätt ich sie mit irgendwas total tief getroffen. Keine Ahnung, womit. Aber sie fängt sich schnell wieder, legt den Kopf schräg und mustert mich.

»Kennst du ihn eigentlich näher?«, fragt sie. »Diesen Frederik Kuschinski?«

»Na ja, er ist nur ein bisschen älter als ich. Er war ein Nachbar, hat zwei Häuser weiter gewohnt, bis letztes Jahr, da ist er mit seinen Eltern weggezogen, in einen anderen Stadtteil. Früher haben wir manchmal zusammen gespielt. In so einem Block kennen sich alle Kinder mehr oder weniger.«

»Aber heute? Habt ihr noch Kontakt?«

»Wir müssen aussteigen«, sag ich und lass den Haltegriff los.

Die Bahn kommt zum Stehen. Ich drück den Türöffner und schieb mein Bike raus auf den Bahnsteig. Henry steigt auch aus und guckt sich um. Ein paar Geschäfte, Apotheke, Sparkasse, Reihenhäuser … ein spießiges kleines Viertel am Arsch der Stadt; es könnte nett wirken, wenn dahinter nur noch Wälder und Hügel kämen oder was, aber nicht die Hochhäuser von meinem Block.

»Den Rest gehen wir zu Fuß«, sag ich.

Ich schieb mein Rad die Straße entlang und sie geht schweigend neben mir her. Königsberger Straße, Danziger Straße, Oppelner Straße – die sind alle nach Städten benannt, die (im Mittelalter oder keine Ahnung wann) mal zu Deutschland gehört haben. Und heute eben nicht mehr. Witzigerweise wohnen etliche Leute bei uns im Block, die ursprünglich aus solchen Städten kommen. Auch Fred. Ich weiß noch, wie die damals einzogen sind. *Das sind Polacken,* sagte mein Vater dazu, *die kommen aus Polen.* Aber Fred wollte kein Polacke sein, sondern ein echter Deutscher. Vielleicht redet er deswegen andauernd darüber, wer oder was jetzt eigentlich zu Deutschland gehört und was eben nicht zu Deutschland gehört. Stettiner Straße. Wir lassen die Reihenhäuser hinter uns. Breslauer Straße. Hier an der Kreuzung steht ein geducktes Gebäude mit vergitterten Fenstern. Über der eisernen Sicherheitstür prangen Schriftzüge auf Türkisch und Arabisch. Darunter steht auf Deutsch: *Islamischer Kulturverein.*

»Ist das die Moschee, in der es damals gebrannt hat?«

»Genau«, sag ich und zeig auf die Rußspuren über den Fenstern.

Wir biegen in die Breslauer Straße ein. Der Block öffnet sich vor uns, als wollte er uns fressen.

15

TATJANA Das ist ja typisch, denkt Tatjana. Alle Zeitungen schreiben über den Mord an Emil, aber keiner traut sich zu schreiben, dass der Mörder Türke ist. Was die Zeitungen schreiben und was nicht, weiß sie natürlich nicht *aus* der Zeitung, sie ist ja nicht blöd. So was zu lesen wäre Schwachsinn, wo doch da nur Lügen drinstehen. Presse, Radio, Fernsehen, die sind ja alle von der Regierung gesteuert. Gott sei Dank gibt es Facebook.

»Guck mal, Mama!«

Tatjana schaut von ihrem Smartphone auf. Luke zeigt stolz auf seine Sandburg.

»Ganz toll, Liebling«, brummt sie und wirft einen Blick in den Babykorb, der neben ihr auf der Bank steht. Maggy schläft friedlich.

Dieser Spielplatz ist eine kleine Oase im Block. Man darf nur nicht an das schreckliche Verbrechen denken, dass sich zwei Nächte zuvor in der Garage ereignet hat, direkt unter ihren Füßen. Aber Fred hat recht: Emil ist nicht umsonst gestorben. Tatsächlich ist ein Ruck durch die Leute hier gegangen. Plötzlich gibt es mehr Zusammenhalt. Und außerdem ist es jetzt, wo Hakan im Knast sitzt, für alle sicherer. Auf Facebook überbieten sich die Leute in kreativen Vorschlägen für die beste Hinrichtungsart. Leider gibt es keine Todesstrafe in Deutschland. Dabei müsste man diesem Hakan eigentlich bei lebendigem Leib die Haut abziehen, ihn ausstopfen und zur Warnung ausstellen. So wie es die Tschetschenen tun. Nicht so sehr wegen des Mordes; vor allem wegen der Drogen. Wer weiß, wie viele Leben das Schwein zerstört hat.

Ihr geht es ja vor allem um die Kinder. Die Kinder sind alles für sie. Luke wird bald vier. Die Nachbarn haben schon gefragt, ob es nicht an der Zeit für ihn wäre, in den Kindergarten zu gehen. Aber Tatjana hat so viele Horrorgeschichten über Kindergärten gehört. Dass sie dort Jungs mit Puppen spielen lassen und so. Anscheinend will die Regierung, dass alle Jungs schwul werden. Sie zündet sich eine neue Zigarette an und widmet sich wieder der Timeline auf ihrem Handybildschirm, da weckt etwas ihre Aufmerksamkeit. Zwei Jugendliche kommen die Treppe herauf. Das eine ist Robin Fuchs aus der Siebzehn. Das andere ein Negermädchen. Was wollen die? Man hat sich ja dran gewöhnt, dass manchmal Jugendliche nachts hier sitzen, rauchen, Bier trinken. Solange die keinen Krach machen, keine Kippen in den Sand werfen und ihren Müll mitnehmen, kann man das tolerieren. Aber mitten am Tag? Und hat dieser Robin nicht angeblich auch für Hakan Topal gedealt? Die Negerin hat Tatjana hier noch nie gesehen. Kommt wohl nicht aus dem Block. Trägt so Studentenklamotten. Ob sie seine Freundin ist? Er soll auch mal was mit Hakans kleiner Schwester gehabt haben. Tja, ein Schlappschwanz wie der kann wohl bei deutschen Frauen nicht landen. Muss sich an Türken und Neger halten. Er sieht flüchtig zu Tatjana herüber und dann rasch wieder weg, als fühle er sich bei etwas ertappt. Dann gucken die beiden auf dem Boden rum, als würden sie was suchen.

Tatjana fällt ein, was Niko beim Frühstück eher beiläufig gesagt hat.

»Falls du rein zufällig mal einen USB-Stick findest«, hat er gesagt, »ein Kumpel von mir hat in der Garage einen verloren. Könnte aber auch oben auf dem Spielplatz sein.«

Wieso sollte jemand so etwas auf dem Spielplatz verlieren?, hat sie sich gedacht, und ausgerechnet jetzt, wo der Mord passiert ist?

Hat aber nicht weiter nachgefragt. Sie fragt nie nach; die Männersachen gehen sie nichts an, da mischt sie sich nicht ein. Aber das jetzt, das kommt ihr komisch vor. Vermutlich haben Robin und die Negerin nichts damit zu tun. Aber wenn doch? Sicher ist sicher.

Unauffällig hält Tatjana das Smartphone hoch und macht ein Foto von den beiden. Dann schickt sie es an Niko, zusammen mit einer kurzen Nachricht.

16

ROBIN

»Hast du als Kind auch hier gespielt?«, fragt Henry.

»Überall«, sag ich. »Hier oben oder unten in der Garage, was natürlich streng verboten ist. Oder in den Büschen zwischen den Häusern, in den Kellern. Als Kind war's cool hier.«

»Ja, das glaube ich. Durch Kinderaugen betrachtet, hat diese Siedlung etwas Verschlungenes, Verwunschenes.«

Sie setzt sich an den Rand des Sandkastens und lässt den Blick wandern. Ich halt mich abseits und zögere. Dass Tatjana hier ist, stört mich. Natürlich heißt das nichts, aber sie ist Nikolajs Frau, und fast fühlt sich das an, als wär Nikolaj selber hier. Sie steckt ihr Handy weg und mustert Henry feindselig. Ihr Sohn – ich glaub, er heißt Luke – wirft Henry neugierige Blicke zu.

»Du bist ja ganz schwarz«, sagt der Kleine zu ihr.

»Stimmt«, nickt Henry und lächelt.

»Bist du immer so schwarz?«

»Allerdings.«

»Den ganzen Tag?«

»Ja. Und nachts sogar auch.« Sie steht auf und hockt sich neben ihn. »Eine tolle Burg. Hast du die ganz allein gebaut?«

»Ja. Da ist sogar ein Schatz drin vergraben. Aber ich kann sie noch viel größer bauen.«

»Soll ich dir helfen? Vielleicht magst du mir eine von deinen Sandschaufeln borgen.«

Da schießt Tatjana auf die beiden zu.

»Fass mein Kind nicht an!«, faucht sie.

»Bitte?«

Henry ist echt überrascht. Tatjana packt Lukes kleine Hand und zieht ihn unsanft auf die Füße, dann rafft sie das Sandspielzeug zusammen.

»Was haben Sie für ein Problem?«, fragt Henry.

»Du bist mein Problem. Denkst du, ich gucke zu, wie ihr hier anfangt, Drogen an kleine Kinder zu verteilen?«

Tatjana hängt sich den Babykorb an den Arm und schleift den heulend protestierenden Luke mit sich davon.

Henry guckt ihr kopfschüttelnd nach. Dann dreht sie sich zu mir um.

»Drogen verteilen?«

Ich heb abwehrend die Hände.

»Die spinnt«, sag ich.

»Hoffentlich«, knurrt sie.

»Hey, du traust mir doch wohl nicht zu, dass ich irgendwas an Kinder vertickt hab.«

»Ich weiß nicht, was ich dir zutraue. Ich weiß doch gar nichts über dich. Aber das kann sich ja ändern.« Ihr Blick kribbelt mir plötzlich auf der Haut. »Jedenfalls trau ich dir zu, dass du hier nicht rumstehst, sondern mir suchen hilfst.«

Ich lass mich auf die Knie nieder und fang an, im Sand zu wühlen. Henry durchkämmt ihn in gleichmäßigen Bewegungen beider Hände. Das sieht fast aus, als würd sie den Boden massieren. Ihre Finger sind lang, die Nägel hat sie blau lackiert, es könnten die Hände eines Models sein, denk ich, aber natürlich ist sie kein Model, nicht groß und nicht dünn genug dafür, und vor allem ist sie witzig. Models sind ja eher verbissen. Kommt mir jedenfalls so vor, natürlich hab ich keine Ahnung von so was. Und warum geht mir so eine Scheiße durch den Kopf, wo ich doch eigentlich stattdessen überlegen sollte, wie ich diese Frau am besten wieder loswerd? Ich setz mich auf und guck ihr zu. Sie fährt mit ihren schönen Fingern durch den Sand und scheint in Gedanken unendlich weit weg. Doch dann bemerkt sie meine Blicke und guckt hoch.

»Ich hab dir ja erzählt«, sagt sie, »dass Magnus und seine Freunde als Jugendliche eine Kampagne gegen die Rechten gemacht haben. Sie hatten so eine Art Motto. Weißt du, wie das ging? Sie haben gesagt: *Es muss mal was passieren*. Das war damals ihre Motivation. Du hast das vorhin auch gesagt. Das gibt mir echt zu denken.«

»Hab ich das?«

»Na ja, sinngemäß jedenfalls. Du sagtest, wenn man nichts zu verlieren hätte, wär man froh, wenn überhaupt mal irgendwas passiert. Richtig?«

»Richtig.«

»Und das ist das Verrückte. Noch vor zwei, drei oder vier Jahren vielleicht, als ich anfing, mich für Politik zu interessieren, da waren es doch die Leute von links, die sich *Alternative* nannten. Die sich Veränderung gewünscht haben und sich mit *denen da oben* anlegen wollten.« Sie richtet sich auf und wirft eine Handvoll Sand in die Luft. »Heute verkaufen die Rechten sich selbst als die neuen Rebellen. Verrückt, oder?«

»Ach, keine Ahnung. Für mich klingt es schon verrückt, wenn man überhaupt über so was nachdenkt.«

»Stimmt, du interessierst dich ja nicht für Politik.« Sie beugt sich vor und fängt wieder an, den Sand zu massieren. »Gibt's denn überhaupt irgendwas, wofür du dich interessierst?«

»Den Stick«, sag ich und grabe selber auch weiter. »Boah, das ist das Bescheuertste, was ich jemals getan habe. Einen Sandkasten umgraben wegen einem USB-Stick. Kennst du dieses Sprichwort, dass man die Nadel im Heuhaufen sucht? Keine Ahnung, welcher Idiot sich das mal ausgedacht hat – jedenfalls, wenn ich eine Nadel im Heuhaufen suchen müsste, würd ich einfach das ganze fucking

Heu abfackeln. Und wenn alles verbrannt ist, bleibt die Nadel halt übrig. Easy, oder?«

Sie hält einen Moment inne, grinst und meint: »Gute Idee. Warum ist da keiner vor dir draufgekommen?«

Ich grins auch.

»Vielleicht«, sag ich, »weil die Leute meinen, dass Ideen nur dann intelligent sind, wenn sie schön kompliziert sind.«

»Schön wär's«, erwidert Henry. »Wenn die Leute das wirklich denken würden, hätten wir nicht so viele Probleme mit dem Populismus. Denen geht es ja gerade um einfache Ideen. Bloß nicht zu viel nachdenken, lieber zündeln, um … oh, entschuldige – ich wollte damit jetzt nicht sagen, dass du …«

»Da scheiß ich drauf!« Ich bin aufgesprungen und mach zwei, drei Schritte auf sie zu. »Ist mir doch kackegal, ob du mich für blöde hältst oder was. Und ist mir egal, was du und deine Freunde für ein Problem mit der Politik haben und mit Fred Kuschinski oder wem. Mein Problem ist dieser fucking Stick, den wir hier niemals finden werden!«

Ich hole mit dem Fuß aus und trete wütend gegen die Sandburg. Eine Wolke feiner Körnchen erfüllt die Luft. Und mittendrin in dieser Wolke wirbelt ein kleines rotes Etwas, das gut in einen USB-Port passen würde.

»Wenn hier jemand blöde ist, dann ich!«, ruft Henry und hebt das Ding auf. »Der kleine Junge hat mir doch längst den Tipp gegeben – dass in der Burg ein Schatz vergraben ist.« Sie öffnet ihre schöne Hand und darin liegt der Stick. »Puh, wir haben ihn. Los, lass uns hier verschwinden.«

Instinktiv greif ich nach dem Ding. Henry zieht die Hand weg.

»Hey«, macht sie. »Was soll das?«

»Na komm«, sag ich, »lass uns zu mir gehen. Ich hab zwar keinen PC, aber meine Schwester hat einen. Dann können wir direkt mal gucken, was da drauf ist.«

Sie sieht mich misstrauisch an.

»Wenn du gesehen hast, was drauf ist, was wirst du dann tun?«, fragt sie.

»Am liebsten nichts. Ich will's halt einfach nur wissen. Hab ich ja schon gesagt.« Wieder greif ich danach. »Zeig doch mal her.«

»Da gibt es nichts zu zeigen.« Sie macht einen Schritt zurück und kneift die Augen zusammen. »Bis gerade waren wir Verbündete«, sagt sie. »Aber jetzt sind wir es nicht mehr, hab ich recht? Was würdest du mit dem Stick tun, wenn du ihn hättest? Wenn ich jetzt gar nicht hier wäre, wenn du ihn allein gefunden hättest?«

»Deine Fragerei geht mir auf den Sack!«, schimpf ich und hör, wie die Fassaden ringsum das letzte Wort zurückwerfen. »Du treibst mich in den Wahnsinn«, sag ich etwas leiser, aber genauso zornig. »Alle deine Fragen, du bist schlimmer als die Polizei und das Gericht.«

»Das Letzte, was mich interessiert, ist dein Sack«, erwidert sie kühl. »Sei einfach ehrlich zu mir, dann brauch ich nicht dauernd fragen.«

Das ging unter die Gürtellinie. Beides. Ich atme tief ein und aus.

Leise sag ich: »Was immer da drauf ist, du willst es an die Zeitung schicken. Und wenn das passiert, bin ich im Arsch. Denn Fred und seine Leute werden denken, dass du den Stick von mir hast. Und sie werden mich fertigmachen. Entweder lande ich neben deinem Magnus im Krankenhaus. Oder gleich neben Emil in der Leichenhalle.«

»Unsinn. Ich könnte das Teil doch auch allein gefunden haben. Hätt ich ja beinahe sogar.«

»Ohne mich wärst du gar nicht hier«, sag ich.

»Wer weiß? Es kam doch in den Nachrichten, wo die Sache von Montagnacht passiert ist. Warum soll ich nicht auf eigene Faust hergekommen sein? Niemand muss erfahren, dass du was damit zu tun hast. Das verspreche ich dir.«

»Mir kannst du versprechen, was du willst. Aber mit *denen* kannst du nicht diskutieren.«

»Ha«, macht sie, »du würdest dich wundern, mit wem ich schon alles diskutiert habe.«

»Das kann ich mir lebhaft vorstellen. Bloß wenn … oh, fuck.«

An der Treppe taucht Nikolaj auf.

»Fuuuks!«

Verdammt, Tatjana. War doch klar, Mann. Ich Idiot! Henry wendet sich um und folgt meinem Blick. Nikolaj setzt ein breites Grinsen auf und bewegt sich provozierend langsam auf uns zu. Sein Trenchcoat flattert im Wind. Ich seh nicht, dass er eine Waffe hat oder was. Aber er scheint sich seiner Sache ziemlich sicher zu sein. Alles, was jetzt noch zwischen mir und meinem Grab liegt, ist der Stick in Henrys Hand, schießt es mir durch den Kopf. Solange sie das Teil hat, ohne dass sie seinen Inhalt veröffentlicht, hätte ich ein richtiges Druckmittel gegen Fred und seine Jungs. Das wird mir plötzlich klar.

»Da kannst du es gleich mal ausprobieren mit dem Diskutieren«, flüstere ich. »Oder du rennst mit mir zusammen los.«

»Der sieht gar nicht so gefährlich aus«, flüstert sie zurück.

»Na, wart ihr fleißig?«, feixt Nikolaj. »Habt ihr den Stick gefunden? Gebt ihn mir einfach und wir kommen alle klar.«

Henry stemmt die Hände in die Hüften.

»Ich weiß gar nicht, warum wir Ihnen überhaupt …«

»Komm!«

Ich zieh an ihrer Jacke und renn los.

Widerwillig folgt sie mir bis zu der Brüstung, von der ich vorletzte Nacht schon mal gesprungen bin. Im Tageslicht sieht es viel höher aus.

»Da runter? Spinnst du?«

»Mach mal Pause mit Fragen. Tu einfach, was ich tu.«

Wir schwingen uns über die Brüstung. Unten schiebt eine gebeugte alte Frau ihre Einkaufstüten im Rollator vor sich her. Sie staunt nicht schlecht, als wir plötzlich vom Himmel fallen und vor ihr auf dem Gehweg landen. Henry federt den Stoß elegant ab, ich spür ihn wieder in meiner Narbe. Egal, weiter. Ich zieh Henry mit mir und wir laufen durch die Unterführung auf meinen Hinterhof. Ein verlotterter Typ hockt auf einer Bank und füttert streunende Katzen. Eine Frau beugt sich über ihren Kinderwagen. Sonst ist niemand hier. Auf der anderen Hofseite liegt die Siebzehn, mein Haus. Bullshit, nach Hause zu laufen, noch dazu mit Henry im Schlepptau, aber mir fällt gerade nichts Besseres ein. Fehler. Hinter dem Altglascontainer, gleich neben dem Eingang zum Haus, tritt eine massige Gestalt hervor und verschränkt die Arme. Schädel. Wie dämlich ich bin! Nikolaj wollte uns in seine Arme treiben. Wieder zerre ich an Henrys Jacke, zieh sie in die andere Richtung.

»Lass das«, schimpft sie. »Ich kann nicht rennen, wenn du ständig an meiner Jacke reißt.«

»Fuchs!« Schädel kommt in Bewegung. »Bleib stehen, du Zecke!«

Gleich neben uns liegt der Eingang zu Haus einundzwanzig. Ich drück sämtliche Klingelknöpfe. Schädel spurtet über den Hof auf uns zu.

»Was 'n?«, schnarrt eine Stimme aus der Gegensprechanlage.

»Päckchen«, ruf ich hinein.

»Hab nix bestellt.«

»Bleib stehen, Fuchs! Mach kein Scheiß!«

Der Katzentyp und die Frau blicken kurz auf und wenden sich teilnahmslos wieder ab. Schädel hat den Hof schon fast überquert.

»Päckchen!« Ich drück gegen die Tür.

»Gib mir den verdammten Stick, Fuchs!«, schreit Schädel.

Der Öffner summt, die Tür fliegt auf, Henry und ich taumeln in den Flur. Ich werf die Tür wieder zu und Schädel prallt schwer dagegen. Sein Gesicht ist rot und verzerrt. Dumpf dringt seine Stimme durch das Doppelglas.

»Du machst den Fehler deines Lebens, Robin!«

»Ich weiß«, sag ich und lauf durch den Flur bis zum Aufzug. Die Tür gleitet auf. Ich greif nur kurz rein und drück auf den obersten Knopf. Henry will einsteigen, aber ich zieh sie zurück, wir lassen den Aufzug leer nach oben fahren.

»Lass meine …«

»Schon gut«, sag ich und zieh die Stahltür auf, die zum Treppenhaus führt. »Da rein und nach unten.«

Wir galoppieren die Treppe runter und durch eine Feuerschutztür. Vor uns öffnet sich ein Labyrinth. Die einzelnen Kellerabteile sind durch Holzverschläge getrennt, dazwischen verzweigen sich Gänge. Es ist verdammt lang her, dass ich als Kind hier unten gespielt hab. Hoffentlich weiß ich den Weg noch.

»Willkommen im Bauch vom Breslauer Block«, sag ich und beherrsch mich gerade noch, nicht schon wieder nach ihrer Jacke zu greifen. »Komm mit.«

Wir hasten den mittleren Gang entlang, durch eine weitere Feuerschutztür und noch eine, dann sehen wir nur noch vollgestopfte Kellerabteile um uns herum. Der Gang endet hier.

»Fuck.«

Wir laufen zurück bis zum Treppenhaus. Von oben hören wir die Stahltür ins Schloss fallen. Stampfende Schritte hallen von den Betonwänden – und entfernen sich. Schädel ist drauf reingefallen und stiefelt nach oben. Diesmal wähle ich den linken Kellergang. Endlose Reihen aus Brettern und Holztüren rattern an uns vorüber, ich werf mich gegen die nächste Stahltür. Ein vergilbter Aufkleber mit einem Totenschädel grüßt uns. *Vorsicht, Rattengift.* Hinter der Tür geht der Gang weiter, biegt nach links, noch eine Tür, dahinter noch ein Gang. Er endet an einem anderen Aufzug. Haus Nummer einunddreißig. Ich drück den Knopf, der Aufzug kommt.

»Darf ich diesmal einsteigen?«, fragt Henry. Sie will spöttisch klingen, aber im fahlen Kellerlicht seh ich den Schreck in ihrem Gesicht. Sie bläst die Backen auf, pustet aus und atmet durch. »Der zweite Typ jetzt, dieser Muskel-Otto, der sieht wirklich gefährlich aus.«

»Schädel.«

»Was?«

»So nennen sie ihn. Schädel. Das ist sein Spitzname.«

»Klingt richtig sympathisch.«

Der Aufzug erreicht den Keller, die Tür gleitet auf.

»Nach dir«, sag ich und drück auf Erdgeschoss.

Oben verlassen wir das Haus und betreten einen anderen Hof. Hier ist niemand zu sehen, aber das heißt nicht, dass uns keiner beobachtet. Ich muss mich kurz orientieren. Dann peil ich einen weiteren Hauseingang an.

»Willst du mir jetzt sämtliche Häuser des Blocks zeigen?«

»Nur noch eins. Sicherheitshalber.«

Wieder drück ich verschiedene Klingelknöpfe. Die Gegensprechanlage röchelt.

An meiner Stelle ruft diesmal Henry: »Päckchen!«

»Na endlich«, schallt es zurück und sofort summt die Tür.

Wieder laufen wir durch den Flur zum Treppenhaus und runter in den Keller.

»Hier sieht ja alles haargenau gleich aus«, keucht Henry.

»Nicht ganz.«

Wir folgen einem Gang, ich öffne eine Stahltür, hau auf den Lichtschalter. Zögernd flackern Neonröhren auf und werfen zuckendes Licht auf Fahrräder und Gerümpel. Jep, fast genau wie früher. Am anderen Ende des Raumes liegt ein Kellerfenster. Ich schnapp mir eine leere Kunststofftonne, wofür auch immer die mal gut gewesen sein mag, dreh sie um und schieb sie unter das Fenster. Klettre wacklig hoch, mach das Fenster auf und schlüpf in den engen Lichtschacht. Henry klettert hinter mir her und zwängt sich neben mich. Ihr flacher Atem weht in mein Gesicht, so dicht hocken wir nebeneinander.

»Romantisch«, keucht sie und guckt nach oben.

Wie auf Kommando strecken wir beide die Arme aus und drücken gegen das Gitter über uns. Es bewegt sich widerwillig, lässt sich anheben und knirschend ein Stück zur Seite schieben. Ich zieh mich mühsam hoch, stütz mich auf die Unterarme und wälz mich über die Kante auf den Steinboden. Bistrotische stehen um mich herum und ein paar alte Leute blicken erstaunt von ihren Kaffeetassen, Aschenbechern und frühen Schnäpsen auf. Über uns wölbt sich die leichte Plane des Pavillons. Wir sind direkt vor Onkel Ibbis Stehcafé. Ich dreh mich um, bück mich und streck Henry meine Hand hin.

»Darf ich ein letztes Mal an dir ziehen?«

»Na gut.«

Sie packt meine Hand, stemmt sich mit dem Fuß an der Wand ab und taucht genauso elegant aus dem Untergrund auf, wie sie vorhin an der Brüstung vom Himmel gekommen ist.

»Guten Morgen, allerseits«, grüßt sie in die Runde.

Ibbi streckt den Kopf zur Tür seines kleinen Ladens raus und runzelt die Stirn. Eigentlich runzelt er sein ganzes Gesicht, bis die spitzen Enden seines mächtigen schwarzgrauen Schnurrbarts steil nach oben zeigen.

»Seid ihr nicht ein bisschen alt für Räuber-und-Gendarm-Spiele?«, brummt er.

»Kommt ganz auf die Räuber an«, antwortet Henry und klopft sich die Hose ab.

»Macht wenigstens das Loch zu, bevor da noch jemand reinfällt.«

»Klar doch.«

Ich schieb das Gitter mit dem Fuß wieder über die Öffnung,

dann gehen wir los, quer über den Vorplatz und die Breslauer Straße runter, raus aus dem Block und Richtung Straßenbahn. Bevor wir in die Reihenhaussiedlung abbiegen, guck ich mich noch mal um, seh die Garageneinfahrt und oben die Brüstung, die den Spielplatz begrenzt, und darüber den Kopf von Nikolaj. Auf die Entfernung kann ich nicht erkennen, ob er uns sieht. Nur, dass er sich das Handy vor den Mund hält.

17

ARZU Eigentlich hätte Arzu Topal noch vier Stunden Schule vor sich. Aber sie ist mit den Nerven völlig am Ende. Sitzt in der Straßenbahn und versucht runterzukommen. Heute war es noch schlimmer als gestern. Wirklich jeder scheint zu wissen, dass man Hakan als Mörder verhaftet hat. Und wirklich jeder scheint sich darüber zu freuen. Die Jungs haben gelacht, haben sich gegenseitig abgeklatscht, wie sie es tun, wenn ihr Lieblingsteam am Vortag ein wichtiges Spiel gewonnen hat. Die Mädchen haben anfangs noch Mitleid geheuchelt, um ihr dann aber zu erklären, dass es doch für alle am besten sei; auch für Hakan selbst. Bloß Farid, der blasse Junge mit den Bartflusen am Kinn, hat Arzu ernst angeschaut und gesagt: »Du musst beten, Schwester. Nur Allah kann deinem Bruder jetzt noch helfen. Lass dich von Allah rechtleiten. Dann wird inschallah alles gut.«

Schwester! So ein Hohn. Die einen entpuppen sich plötzlich als Rassisten und schwören auf die DAP, die anderen lassen sich Bärte wachsen, falls da schon was wächst, oder fangen an, sich zu verschleiern, und spielen sich als Retter auf. Niemand will mehr normal sein. Als müsste sich jetzt jeder irgendeine Gruppe suchen, zu der man gehören kann. Eine Gruppe suchen und ein Feindbild; irgendwelche Leute, gegen die man sich zusammenschließen kann.

Was Arzu betrifft – sie hat einen deutschen Pass und einen muslimischen Glauben, wenn auch nicht so, wie Farid das verstehen würde. Warum ist das alles auf einmal so wichtig? Früher ging es drum: Bist du Türke oder Kurde? Das war schon bescheuert genug. Aber jetzt ist alles noch viel schlimmer geworden: Politik und Religion, wohin man schaut.

Rob geht ihr im Kopf herum. Manche finden ihn seltsam. Ein Einzelgänger ohne echte Freunde. Einer, der nie in einer Clique war. Nie irgendwo richtig dazugehört. Hat keine Religion und interessiert sich nicht für Politik.

Arzu schaut aus der Bahn nach draußen. Die Straßen sind voll von Wahlplakaten. Fred Kuschinski macht ihr Angst. Eine entgegenkommende Straßenbahn rauscht heran, verdeckt für einen Moment die Plakate. Sie würde gern mit Rob darüber reden. Über Politik und Religion, über Hakan und wie es weitergehen soll. Und über sich. Über sie beide, sie und ihn. Da sieht sie ihn plötzlich live! Nein, keine Einbildung. Er sitzt in der Bahn, die gerade an ihrer vorbeifährt. Es war nur ein Sekundenbruchteil, dann ist er schon weg. Neben ihm saß eine junge Frau. Muss ja nichts bedeuten.

18

ROBIN

Henrys Zimmer liegt unter der Dachschräge und ist voller Bücher.

»Wie viele sind das?«, frag ich. »Tausend? Zweitausend?«

»Höchstens vierhundert oder so. Die meisten hab ich gebraucht gekauft, für ein oder zwei Euro, auf dem Flohmarkt oder im Antiquariat. Und jetzt frag bitte nicht, ob ich die alle gelesen habe.« Sie setzt sich an den Schreibtisch und klappt ihr Notebook auf. »Ich liebe es, von Büchern umgeben zu sein. Ich sammle sie quasi, so wie andere Leute halt was anderes sammeln, zum Beispiel …«

»Briefmarken«, sag ich.

»Genau.«

»Oder Bierdosen«, sag ich. »Oder Kronkorken, Spielzeugautos, Salzsteine.«

»Ja, so was.«

»Oder Feuerzeuge«, sag ich. »Oder Zahnräder, Schachfiguren …«

»Ja.«

»Oder Lesezeichen, Zinnbecher …«

»Reicht.«

»Okay.«

Sie holt den Stick aus ihrer Hosentasche und pustet die letzten Sandkörnchen weg. Dann zieht sie die Kappe ab und schiebt das Teil in den USB-Port. Sein Ende beginnt zu blinken. Sie hockt sich auf den Stuhl. »Nur eine Datei«, sagt sie. »*88.mpg* – wie originell.«

Sie klickt darauf.

»Was ist daran originell?«

»Achtundachtzig steht in der rechten Szene für *Heil Hitler*. Hast du das nicht gewusst?«

»Nee. Muss man das wissen?«

»Berechtigte Frage eigentlich.«

Ich seh über Henrys Schulter. Ein Video öffnet sich. Handykamera. Dunkle Schatten flattern über einen dunklen Hintergrund. Zwei oder drei Typen oder auch vier, schwer zu sagen, es sind nie alle gleichzeitig im Bild. Tragen dunkle Jacken, Handschuhe, Skimützen. Sie haben Flaschen oder was, daraus hängen Lappen. Feuerzeuge klicken. Die Lappen lodern auf. Zoom out, das Panorama weitet sich. Tatsächlich. Die Moschee an der Ecke Breslauer/Stettiner. Da, wo heute noch die Rußspuren über den Fenstern sind. Die Molotowcocktails fliegen durch die Nacht. Auf dem Handyfilm ziehen sie leuchtende Schlieren, wie Kometen. Die ersten beiden klatschen gegen die Wand, explodieren, tolles Farbenspiel. Der dritte und der vierte durchschlagen die Fenster, drinnen flammt Feuer auf.

Einer von den Typen dreht sich um, direkt vor der Kamera, fragt: »Alter, du filmst ja wohl nicht, oder?«

Fred! Seine Stimme lässt mir das Blut in den Adern gefrieren.

»Soll ja kein Bekennervideo werden«, sagt einer aus dem Off. Könnte Emil sein. »Ist nur für uns ganz privat, kleine Erinnerung für später.«

»Idiot«, zischt Fred. »Mach das Ding aus. Los, wir verpissen uns.«

Das brennende Haus fliegt oben aus dem Bildrand raus, stattdessen sehn wir jetzt den Asphalt. In einer Pfütze lodern winzige Spiegelbilder von Feuer. Der Asphalt tanzt auf und ab – wie's aussieht, gehen oder laufen die Kerle mit schnellen Schritten.

»Was wird aus dem Alten?«, fragt einer mit russischem Akzent. Nikolaj.

»Liegen lassen«, sagt Fred kalt. »Der kommt schon klar. Und du – steck endlich das verdammte Handy weg. Und lösch sofort den Film.«

»Na gut«, sagt die Stimme aus dem Jenseits. Die Stimme von Emil. Der tot ist.

Ende.

Henry dreht sich zu mir um.

»War er dabei?«, fragt sie.

»Wer?«

Sie verdreht die Augen, dreht sich wieder zum Rechner und greift nach der Maus, kopiert den Film auf ihre Festplatte. Dann lässt sie den Stick auswerfen und zieht ihn aus dem Gehäuse. Steht auf, fuchtelt mit dem Ding vor meiner Nase herum und sagt: »Du weißt genau, wen ich meine. Frederik Kuschinski. Hast du seine Stimme erkannt?«

»Ich hab zumindest nicht Nein gesagt, okay?«, geb ich zurück.

»Also gut«, seufzt sie und schiebt den Stick in ihre Hosentasche. »Für so was gibt es Computer, irgendeine Software, keine Ahnung, wie man das nennt. Jedenfalls kann die Polizei garantiert seine Stimme identifizieren. Und dann haben wir ihn endlich.«

Sie ballt ihre schönen Hände zu Fäusten, ihre dunklen Augen funkeln.

»Was genau wirst du tun?«, frag ich vorsichtig.

»Das Video online stellen«, sagt sie. »Auf Magnus' Blog. Und ich werde es an ein paar befreundete Blogger schicken, Kollegen von ihm. Außerdem an ausgewählte Zeitungen und Agenturen.«

Ich mach einen Schritt auf sie zu und sag leise: »Wenn du das wirklich tust, bin ich komplett im Arsch.«

Sie macht einen Schritt zurück.

»Was soll das heißen?«

»Vorhin hast du gesagt«, sag ich, »es müsste ja keiner wissen, dass ich dir gezeigt hab, wo der Stick ist. Dabei wär das schon riskant genug gewesen für mich. Aber jetzt haben die uns zusammen gesehen. Und damit ist das Teil da« – ich deute auf die kleine Beule in ihrer Hosentasche – »meine Lebensversicherung. Aber nur, solange du ihn für dich behältst.«

»Ausgeschlossen.« Sie schüttelt den Kopf. »Die Öffentlichkeit muss das erfahren. Und zwar rechtzeitig vor der Wahl. Die Leute müssen begreifen, dass Kuschinski nicht der smarte Jungpolitiker ist, für den ihn alle halten, sondern ein gewalttätiger Rassist.«

»Und dann?«, frag ich.

»Und dann?« Sie guckt, als hätt ich was unglaublich Blödes gefragt. »Dann haben wir ihm die Maske vom Gesicht gerissen. Wir müssen beweisen, dass die DAP keine Partei von besorgten Bürgern aus der Mitte der Gesellschaft ist, sondern ein Haufen von gefährlichen Rechtsextremisten, zumindest in Teilen.«

»Ach. Denkst du etwa, die Leute würden dann die DAP nicht wählen? Mann, sie wählen sie doch gerade deshalb: eben *weil* es Rassisten sind. Vielleicht kriegst du Fred auf die Art dran, vielleicht muss er sogar in den Knast, keine Ahnung. Aber die Partei machst du damit nur stärker. Es gibt eben viele, die genau dadrauf abfahren – dass Fred sich Sachen traut, die sie sich heimlich wünschen. Die fühlen sich von der Gesellschaft total gefickt und wollen das endlich mal zurückzahlen. Hast du 'ne Ahnung, wie viele bei uns im Block sich damals heimlich gefreut haben, als es in der Moschee gebrannt hat?«

»Du meinst … weil endlich mal was passiert ist?«

»Genau.«

Henry verschränkt die Arme vor der Brust, legt den Kopf schräg und meint: »Ziemlich ausgefeilte Analyse für einen, der sagt, er würde sich null für Politik interessieren.«

Für einen Moment stehen wir uns stumm gegenüber. Ich kann mein Spiegelbild in ihren Augen sehen. Zwei Spiegelbilder eigentlich. Was geschieht als Nächstes? Pack ich sie, winde mit Gewalt den Stick aus ihrer Hosentasche und verschwinde, bring das Teil zu Schädel und bin aus der Nummer raus? Ich wink ab und setz mich auf ihren Schreibtischstuhl.

»Außerdem«, sag ich schließlich, »ist doch der Mord an Emil und der Beinahe-Mord an Mahlmann viel krasser als der Anschlag auf die Moschee. Dein Chef muss verdammt noch mal endlich die Augen aufmachen und der Polizei alles erzählen, dann bist du am Ziel. Also zumindest, wenn es wirklich Schädel und Nikolaj waren.«

Henry wuschelt sich mit den Händen durch die Haare, seufzt, lässt sich in einem Korbsessel nieder und meint: »Ja, das geht mir natürlich auch im Kopf herum. Aber was machen wir, wenn Magnus … also wenn er einfach nicht mehr aufwacht?« Sie schluckt. »Und selbst wenn – dann würde es diesen beiden Männern an den Kragen gehen, aber Kuschinski nicht. Er würde doch niemals zugeben, dass er davon gewusst oder, wer weiß, sogar den Auftrag gegeben hat. Und die zwei würden garantiert den Mund halten.«

»Vielleicht hat Fred ja wirklich nichts damit zu tun«, sag ich. »Und außerdem – kannst du mit Sicherheit sagen, dass es nicht am Ende doch Hakan gewesen ist, wie die Polizei glaubt?«

»Nee, ich nicht«, brummt sie. »Aber du. Du weißt irgendetwas, was Kuschinskis Leute belasten würde, wenn du vor Gericht aussagen würdest. Was du natürlich nicht tun wirst.«

Der letzte Satz hat eiskalt geklungen. Klar hat sie recht, ich würd nichts aussagen. Ich weiß ja auch gar nichts. Alles, was ich sagen könnte, wär, dass ich Schädel und Nikolaj gesehen hab, wie sie auf der Suche nach dem Typen waren. *Falls ich ihn überhaupt richtig erwischt hab,* hat Schädel gesagt. Okay, das spricht schon stark dafür, dass sie es waren. Aber Henrys Worte ärgern mich trotzdem. Oder deswegen.

»Die ganze Scheiße geht mich überhaupt nichts an«, schimpf

ich los. »Hätte sich dein toller Magnus nicht irgendeinen anderen Platz zum Abkacken aussuchen können als ausgerechnet den Spielplatz, wo ich grad saß? Dann könnt ich jetzt in Ruhe zu Hause abhängen und Musik hören oder was. Ich hätt nie diesen fucking Stick in die Finger gekriegt. Und dir wär ich auch nie begegnet.«

»Was schade wäre«, sagt sie spontan. Und schiebt schnell nach: »Ich meine natürlich … weil ich dann überhaupt keinen Anhaltspunkt hätte, was geschehen ist.«

Jetzt hat sie mich rausgebracht. Ich wollte eigentlich noch was anderes sagen, hab's aber vergessen. Stattdessen wiederhol ich einfach: »Es geht mich nichts an. Und ich schnall auch nicht, was es *dich* angeht.«

Da steht sie auf und kommt auf mich zu, beugt sich über den Laptop und öffnet eine PDF-Datei. Sieht aus wie eine Reihe Screenshots von ihrem Facebook-Account.

»Ich zeig dir, was mich das angeht«, sagt sie und scrollt runter.

Sie hat einen Zeitungsbericht über Fred verlinkt und dazugeschrieben:

Kuschinskis Hetze gegen Geflüchtete ist nur noch widerlich. Soll dieser Mensch wirklich in den Bundestag einziehen?

Der Post hat über dreihundert Likes und fast hundert Kommentare.

»Lies«, befiehlt sie mir.

Ich les.

In Deutschland herrscht Meinungsfreiheit. Wenn dir das nicht passt, schwimm doch zurück nach Afrika.

Halt's Maul, Negerschlampe, und geh Baumwolle pflücken.

So eine Willkommenskultur-Faschistin wie du sollte mal von einem arabischen Sexmob ordentlich rangenommen werden. Davon träumst du doch in Wahrheit, oder? Du bist doch nur frustriert, weil es unsere moslemischen Neubürger auf blonde deutsche Frauen abgesehen haben und nicht auf ein schwarzes Dreckstück wie dich. Aber dir kann geholfen werden. Vielleicht komm ich ja selber mal vorbei. Also wenn du demnächst abends allein rausgehst, dreh dich lieber mal um, wer dir folgt.

Das geht ewig so weiter. Ich hör auf zu lesen, der erste Eindruck reicht mir.

»Ich hab sie alle angezeigt«, sagt Henry. »Die meisten schreiben doch wahrhaftig unter ihrem Klarnamen. Die Polizei hat aber nur gegen den einen da ermittelt, der mir angedroht hat, mich zu vergewaltigen. Ich hatte mir vorgestellt, das wär irgendein räudiger, glatzköpfiger Nazi, der den ganzen Tag einsam mit einem Kasten Bier neben sich vor dem Computer hockt. Aber es ist ein ganz normaler Typ: Familienvater, IT-Branche, geht am Wochenende mit seinen Kindern zum Hockey. Der ist aus allen Wolken gefallen, als die Polizei bei ihm klingelte. Hat wohl nicht damit gerechnet, dass es jemals Konsequenzen haben könnte, was er auf Facebook schreibt. Hat mir einen langen Brief geschickt, sich tausendmal entschuldigt, es wäre eine Kurzschlussreaktion von ihm gewesen und außerdem wäre das als Satire gemeint, und er hätte ja gedacht, ich wäre bloß ein Fake-Profil, denn er würde doch niemals einer jungen Frau ernsthaft drohen wollen, es täte ihm unendlich leid, bla, bla. Hat eine fette Summe an die Flüchtlingshilfe gespendet und das Verfahren wurde eingestellt.«

Sie klickt das Bild weg und setzt sich wieder in den Sessel.

»Ja«, sagt sie, »du hast natürlich völlig recht. Man kann keinen davon abbringen, die DAP zu wählen, indem man sie als rassistisch entlarvt. Aber gerade deswegen müssen wir kämpfen. Dafür, dass die Gesellschaft nicht noch weiter verroht. Mir kommt das manchmal vor, als gäbe es einen kollektiven Burn-out. Solchen Leuten ist die Welt einfach zu stressig und zu unübersichtlich geworden. Kriege, Krisen, Klimawandel, dauernd dieser Druck zur Selbstoptimierung. Globalisierung, Neoliberalismus – das ist wie ein riesiger Stresstest für die ganze Welt. Immer mehr Menschen kommen nicht klar und drehen durch. Längst nicht nur die sogenannten Abgehängten, sondern aus allen Schichten. Das Internet ist ihr Ventil, um rauszulassen, was sich da aufgestaut hat. Und die DAP ist es, die das Ventil geöffnet hat. Aber wir können doch nicht einfach in Deckung gehen. Wir müssen aufrecht stehen und kämpfen. Dagegenhalten. Haltung zeigen.«

Sie guckt mich an, sucht in meinem Gesicht nach einer Reaktion. Aber da findet sie nix.

Ich räusper mich und sag: »Ich hab nicht alles verstanden von deiner klugen Rede. Aber das mit dem Stress und mit dem Druck. Ich hab nämlich auch keinen Bock auf Stress und Druck. Deshalb bin ich auch kein Kämpfer. Ich will nicht aufrecht stehen, okay? Ich will nur meine Ruhe.«

Wieder verschränkt sie die Arme, guckt mich scharf an und sagt: »Du erwartest von mir, dass der Stick mit dem Film in einer Schublade verschwindet? Oder noch besser im Mülleimer? Vergiss es.«

Stille.

Was soll ich sagen? Soll ich vor der Frau auf die Knie fallen und sie anbetteln? Dass sie mein Leben rettet oder was? Oder einfach abhauen, per Anhalter irgendwohin in eine andere Stadt, ein anderes Land? Oder …

»Auf dem Film vorhin«, sag ich, »da war doch kurz die Rede von noch einem anderen Typen. Nikolaj hat gefragt, was *aus dem Alten* wird. Und Fred sagte, die sollen den liegen lassen.«

»Ja, ist mir auch aufgefallen. Und ich glaub, ich kann das erklären. Es soll nämlich damals einen Zeugen gegeben haben, einen alten Mann aus eurem Block, der zufällig da reingeraten ist. Sie haben ihn niedergeschlagen. Offenbar hat er noch in der Nacht im Krankenhaus eine Aussage gemacht. Aber am nächsten Tag hat er sie widerrufen und behauptet, das sei alles ein Missverständnis, er wüsste von nichts. Worauf willst du hinaus?«

»Auf einen Plan B«, sag ich und fühl mich plötzlich gut. Ich fühl mich so, wie wenn mir bei meiner Skulptur eine neue, total abgefahrene Figur aus den Fingern fließt, ohne dass ich das vorher geplant hab. »Vielleicht gibt's ja einen anderen Weg, um zu beweisen, wer hinter dem Anschlag auf die Moschee gesteckt hat. Vielleicht brauchst du das Video gar nicht. Du hast es jetzt, und damit weißt du, was du vorher bloß geahnt hast. Aber um es auch wirklich zu beweisen, wäre ein Zeuge doch sicher viel wichtiger als ein verwackelter Handyfilm, wo man keine Gesichter sieht und nur mit Mühe die Stimmen erkennt.«

Henry zieht die Augenbrauen hoch. Dann schaut sie auf ihr Handy und sagt: »Halb zwei. Ich muss los. Ins Krankenhaus, ich treffe mich mit Magnus' Frau.« Sie steht auf und klappt ihr Notebook zu. »Okay, hier ist mein Angebot: Der Stick bleibt erst mal unter Verschluss. Damit du ruhig schlafen kannst, Robin. Morgen treffen wir uns um zehn in Magnus' Büro und arbeiten deinen Plan B aus. Mal sehen, vielleicht geht da ja wirklich was.«

Sie wirft mir meine Jacke zu. »Was?«, frag ich. »Wir? Ich glaub, du hast da was missverstanden.«

»Du hängst mit drin.« Sie grinst. »Denkst du, ich rette deinen Arsch, während du irgendwo faul rumgammelst? Außerdem haben wir nur wenig Zeit. Am Sonntag ist die Bundestagswahl. Heute ist Dienstag. Ich gebe uns bis Freitag. Wenn wir bis dahin keinen Plan B haben oder wenn der nicht funktioniert, dann lade ich das Video hoch und schicke es an die Presse. Klar so weit?«

Sie hält mir die Zimmertür auf. Anscheinend sind wir fertig.

»Absolut«, sag ich.

Wir gehen die schmale Treppe runter, die unter unseren Schritten knarzt. Das kleine Haus muss steinalt sein. Die Wände hängen voll mit Bildern, auf jedem Bord oder Schrank und in jeder Ecke steht irgendwas, was eigentlich nicht zusammenpasst. Ein seltsamer Speer, vielleicht aus Afrika. Eine riesige Blumenvase, wo zwei blaue Drachen draufgemalt sind und aus der Bambusrohre ragen. Neben der Tür hängen eine Kuckucksuhr und so eine Heiligenfigur im blauen Mantel. Mutter mit Baby. Maria oder Eva oder was, das konnte ich mir noch nie merken. Jedenfalls, die Mutter guckt das Baby richtig zärtlich an, aber das Baby guckt ganz ernst in die Ferne. Vielleicht ahnt der Kleine, dass sein Leben beschissen wird und seine Mutter eh nichts für ihn tun kann. Ich zieh mir die Schuhe an. Aus dem Zeug hier könnte man eine echt gute Skulptur bauen.

Henry streckt mir ihre Hand entgegen, zögert, zieht sie wieder ein, dann drückt sie mich ganz kurz.

»Danke«, sagt sie.

»Wofür?«

»Für das Abenteuer. Nein, im Ernst: Danke, dass du zu mir gekommen bist. Mit mir den Stick gesucht hast. Mir den Weg aus dem Block gezeigt hast. Und … dass du kein einziges Mal gefragt hast, wo ich denn *ursprünglich* herkomme.«

»Hä?«

»Wenn ich neue Leute kennenlerne, fragen sie mich das früher oder später. Wirklich jeder. Du nicht.«

»Was hättest du geantwortet?«

»Castrop-Rauxel.«

19

MEL

Drei Anrufe in Abwesenheit. Mama scheint vergessen zu haben, dass Mel im Unterschied zu Rob zur Schule geht. Oder dass Schule sehr häufig vormittags stattfindet. Oder was das überhaupt ist. Mel seufzt, hängt sich die Tasche über die Schulter und macht sich auf den Weg zum Bus, während sie auf Mamas Nummer tippt. Dass Mama so weit fort ist, in irgendeinem Kurort oben an der Nordsee, das fühlt sich komischerweise richtig an. Denn eigentlich ist sie nie wirklich da, selbst wenn sie im Nebenzimmer schläft oder in der Küche sitzt, fernsieht und heimlich einen Schluck Korn in ihren Kaffee gießt. Dieses Dasein und gleichzeitig Wegsein tut manchmal weh. Wegsein beim Wegsein hingegen stimmt einfach. Sie geht dran.

»Schätzchen! Hallo! Ich bin's, Mama!«

»Ich weiß«, lächelt Mel, »schließlich ruf ich dich gerade an. Wie geht es dir?«

»Oh, ich bin dermaßen im Stress. Nichts als Termine. Gespräche, Massage, Yoga, Essenszeit, man kommt zu gar nichts. Hier gibt es dreimal am Tag Essen. Kannst du dir das vorstellen?«

»Kann ich«, sagt Mel. »Für manche von uns ist das normal.«

»Aber ich wollte vor allem hören, wie es euch geht, dir und Robin. Gestern guck ich Nachrichten und denk, mich trifft der Schlag, als ich plötzlich unsere Straße im Bild sehe. Sag mal, ist das wahr? Dass Hakan Topal den Kleinen von Beckers ermordet hat?«

»Ich denke mal, ja. Zumindest haben sie ihn verhaftet. Also Hakan.«

»Gott, was bin ich froh, dass der endlich hinter Gittern ist. Ich wusste immer, dass das kein gutes Ende nimmt. Vielleicht wird es jetzt ruhiger im Block. Und er kann keinen schlechten Einfluss mehr auf Robin ausüben. Wie geht es Robin überhaupt? Was macht er? Treibt er sich rum? Geht er zur Gerichtshilfe oder wie das heißt?«

»Es geht ihm gut, denk ich mal. Und ja, er war bei der Jugendgerichtshilfe. Sie wollen sein Potenzial analysieren.«

»Aha. Na, was auch immer.«

»Warum rufst du ihn nicht selber an?«

»Ach … der erzählt mir ja doch nichts von sich.«

»Mir geht es übrigens auch gut, Mama.«

»Ja, natürlich. Entschuldige, Schätzchen. Was macht die Schule?«

»Läuft.«

»Das ist gut, Schätzchen. Mein fleißiges kleines Mädchen. Ich bin so stolz, dass wenigstens aus dir mal was wird.«

Wenigstens? Was soll das denn bitte heißen?

»Aber pass bitte, bitte auf dich auf, ja? Mein Gott – ein Mord! Es ist ja schon viel Schlimmes bei uns passiert, aber dass es mal zu einem Mord kommen könnte … Ich hatte schon kurz überlegt, die Kur abzubrechen und nach Hause zu fahren.«

»Nein, Mama. Du brauchst die Kur. Mach dir keine Sorgen. Wir kommen klar. Und Fred passt auf uns auf.«

»Fred?«

Mel glaubt selbst nicht, dass sie das gerade gesagt hat. Eigentlich hat sie bloß nach irgendeiner Floskel gesucht, nach irgendeiner Formulierung, die ihre Mutter beruhigen sollte. Fred war das Erste, das ihr eingefallen ist. Doch ihre Mutter scheint das gar nicht abwegig zu finden.

»Frederik Kuschinski?«, fragt sie. »Ja, das ist gut. Mensch, der kleine Fred. Verrückt, oder? Dass der jetzt Politiker wird. Ich glaub ja nicht, dass Politiker was verändern können. Aber ich find gut, dass sich einer traut, mal ganz offen was zu sagen gegen die ganzen … du weißt, was ich meine.«

»Schon gut, Mama. Du – mein Bus kommt. Ich hasse es, im Bus zu telefonieren. Lass uns doch die Tage noch mal quatschen, okay?«

»Gut, Schätzchen. Gib deinem Bruder einen Kuss von mir.«

So weit kommt's noch, denkt Mel.

»Mach ich. Lass es dir gut gehen, Mama. Bis dann.«

Mel schiebt das Handy in die Tasche und holt ihre Zigaretten hervor. Der Bus kommt erst in zehn Minuten, aber im Grunde ist ja alles gesagt gewesen. Sie zündet sich eine an und erwidert den Blick des smarten jungen Mannes auf dem Plakat gegenüber. *Aus dem Volk, mit dem Volk, für das Volk.* Vielleicht hat Mama recht und Politiker können tatsächlich nichts verändern. Nicht einmal so eine krasse neue Partei wie die DAP. Doch andererseits hat sich ja schon längst einiges verändert, oder nicht? Man traut sich mehr, seine Meinung zu sagen. Man weiß, dass man mit seinen Sorgen und Ängsten nicht allein ist. Man kann sich zusammentun gegen … nun … halt gegen irgendwen, der einen bedroht. Egal, wer das jetzt gerade ist.

Nein, Mel ist nicht naiv. Und auch nicht unbedingt romantisch veranlagt. Sie weiß genau, dass es im Grunde nur ein Bauchgefühl ist, nichts weiter. Aber ein schönes. Eines, das guttut.

Fred passt auf uns auf.

20

HENRY

Henry erkennt die Frau sofort, denn ihr Foto steht auf Magnus' Schreibtisch. Die knallroten kurzen Haare stechen jäh aus der Schaar der überwiegend grauen Häupter heraus. Sie schlängelt sich zwischen den Tischen des Krankenhausrestaurants hindurch auf die Frau zu, die aufsteht und ihr zuwinkt.

»Du musst Henrietta sein.«

»Frau Belling-Mahlmann.«

Sie schütteln die Hände und setzen sich.

»Marie.« Sie lächelt. »Wollen wir uns nicht duzen?«

»Okay, Frau … Marie. Sag einfach Henry zu mir. Also, wie sieht es aus?«

»Stabil. So nennen es die Ärzte. Sie wollen Magnus bald aufwecken. Am Wochenende. Vielleicht sogar früher, mal sehen. Er wird wieder ganz gesund werden, sagen sie, auch wenn es eine Weile dauern kann.« Marie rührt mit dem Löffel in ihrem Milchkaffee. Dann stößt sie ein bitteres Lachen aus und sagt: »Die Polizei kann es gar nicht abwarten. Sie machen fast schon Druck bei den Ärzten, dass sie ihn so bald wie möglich aus dem Koma holen.«

»Weil sie seine Aussage brauchen?«

»Ja, sie lechzen fast danach, diesen Jungen, diesen Hakan, endlich für viele Jahre hinter Gitter zu bringen. Was ich gut verstehen kann, er scheint ein sehr gefährlicher Typ zu sein. Aber vielleicht werden sie sich …« Sie unterbricht sich, als die Kellnerin an den Tisch tritt. Henry bestellt eine Saftschorle, die Kellnerin geht,

Henry beugt sich vor zu Marie. »Vielleicht werden sie sich noch wundern«, fährt Marie fort. »Falls nämlich jemand ganz anderes hinter dem Attentat steckt.«

Henry beugt sich noch weiter vor und flüstert: »Du glaubst also auch nicht, dass es der sogenannte Pate vom Breslauer Block war?«

»Nein. Ich glaube, es war jemand aus dem Umfeld der DAP. Oder dem persönlichen Umfeld von Frederik Kuschinski. Alles andere wäre doch ein viel zu großer Zufall. Und irgendwie …« Plötzlich flattern Maries Augenlider. Sie hält einen Moment inne und drückt sich mit der Spitze des kleinen Fingers in den Augenwinkel, als könne sie die Träne einfach zurück in den Tränenkanal schieben. »Irgendwie habe ich immer gewusst, dass das passieren wird. Etwas in der Art. Er hat es herausgefordert. Ja, er hat richtig danach gesucht.«

»Gesucht? Ich verstehe nicht. Wonach?«

»Hat Magnus dir mal von Sebi erzählt? Sebastian Forster. Das war sein bester Freund. Er hat unser Projekt, unseren Kampf gegen die Rechten, damals mit dem Leben bezahlt.«

Henry nickt nur. Das Foto von Sebi steht neben dem von Marie auf Magnus' Schreibtisch. Ein frech dreinblickender Jugendlicher. Vor zwölf Jahren starb er durch die Kugel eines Neonazis. Magnus hat immer wieder einmal Bemerkungen in diese Richtung gemacht. Anscheinend fühlt er sich schuldig am Tod seines Freundes.

Die Kellnerin stellt ein großes Glas vor Henry hin.

»Ich verstehe immer noch nicht«, sagt Henry.

»Früher war Magnus eher der Vorsichtigere von den beiden«, sagt Marie. »Aber in letzter Zeit hat er sich immer öfter in brenzlige Situationen gebracht. Ich habe ihm tausendmal gesagt, dass er Sebis Andenken am besten ehrt, indem er sich vernünftig verhält, und nicht dadurch, dass er versucht, ihm nachzueifern. Ich meine – wir sind verheiratet, wir wünschen uns Kinder, wir … Wie kann man so egoistisch sein? Was soll ich mit einem Typen, der ständig mit dem Feuer spielt? Der einfach nicht erwachsen werden will?« Sie zieht die Nase hoch, versucht ein Lächeln und sagt: »Sorry, dass ich dir das einfach so erzähle. Ich will dich gar nicht mit meinem privaten Kram behelligen. Jedenfalls hast du dich nicht mit mir treffen wollen, um dir meine Eheprobleme anzuhören.«

»Ähm, nein«, macht Henry und nimmt einen großen Schluck Rhabarberschorle. »Als ich gestern anrief, wollte ich dich ursprünglich bloß fragen, ob und wie ich mit meinem Praktikum weitermachen soll. Zum Beispiel, ob ich dir den Büroschlüssel geben soll und so. Oder ob es für dich okay ist, wenn ich noch an ein paar Sachen weiterarbeite, die ich angefangen hatte.«

»Aber heute willst du das nicht mehr fragen?«

»Vielleicht hat Magnus dir erzählt«, sagt Henry und senkt ihre Stimme noch weiter, bis Marie sich ebenfalls vorbeugen muss, um etwas zu verstehen, »dass er mit Emil Becker verabredet war, weil der ihm einen USB-Stick mit brisanten Informationen geben wollte.«

»Ja. Das hab ich auch der Polizei gesagt. Aber die haben nichts gefunden.«

Mit den Lippen formt Henry lautlos die Worte: »Ich habe ihn.«

»Was – den Stick?«

»Genau.«

Maries Augen leuchten. Für einen Moment scheint sie die Sorgen um ihren Mann vergessen zu haben, und ihren Ärger auch.

»Woher hast du ihn? Und was ist drauf?«

In knappen Worten berichtet Henry, wie Robin bei ihr auftauchte, wie sie den Stick fanden und was auf dem Handyfilm zu sehen ist. Den Teil, wo sie von Nikolaj gestellt und von Schädel durch den Hochhausdschungel verfolgt wurden, lässt sie weg und weiß selber nicht, warum. Vielleicht will sie, dass Marie sich nicht noch mehr Sorgen macht. Oder dass sie selbst sich keine macht.

»Ich finde, wir müssen das Video vor der Wahl veröffentlichen«, sagt sie. »Oder denkst du, ich sollte warten, bis Magnus wieder gesund ist? Damit er es selber tun kann? Vielleicht hat das ja auch gar keinen Einfluss darauf, wie die Leute wählen.«

Marie schüttelt den Kopf.

»Wenn das stimmt, was du erzählst, dann sollen es alle erfahren. Wie sich die Menschen entscheiden, ist ja deren Sache. Wer in seinem rechten Weltbild festgefahren ist, lässt sich dadurch bestimmt nicht erschüttern. Aber vielleicht erreichst du doch ein paar Leute. Sie müssen sich ihre eigene Meinung bilden. Wenn du das Video unter Verschluss hältst, nimmst du ihnen die Möglichkeit dazu.«

»So hab ich das noch nicht gesehen.«

»Das ist es, was ich unter Aufklärung verstehen würde. Oder schlicht unter Journalismus.«

»Okay.« Henry trinkt an ihrer Schorle. »Ich hatte befürchtet, du sagst mir, ich soll das lieber irgendwelchen Erwachsenen überlassen. Zum Beispiel dir. Oder Magnus' Kollegen.«

»Ja, das wäre vielleicht am vernünftigsten.« Marie lächelt und schaut einen Moment lang versonnen an die Decke. Dann blickt sie Henry fest an und sagt: »Als wir damals mit unserem Projekt an den Start gingen, haben wir auf solche Ratschläge geschissen. Auf alles, was irgendwelche Erwachsenen sagten.«

Henry schluckt. Dann fragt sie: »Würdest du es auch dann tun, wenn du vielleicht jemanden dadurch in Gefahr bringst?«

Da greift Marie plötzlich nach Henrys Hand. »Ich sage nicht, dass du es tun sollst. Und vor allem sage ich nicht, dass es nicht gefährlich ist. Denn das ist es sehr wohl. Aber ich sage: Folge deiner Intuition. Und wo wir schon bei Ratschlägen sind, obwohl ich dir eigentlich gar keine geben wollte: Such dir Freundinnen und Freunde. Helfer, Unterstützer, Verbündete. Viele. Die DAP und ihre Anhänger – sie sind einfach sehr massiv und tun so, als würden sie das Volk repräsentieren. Aber sie sind nicht das Volk. Es gibt zwar viel mehr Rechte als früher, aber in der Mehrheit sind sie nicht. Und werden sie auch nie sein. Wir müssen die wirkliche Mehrheit nur irgendwie aufrütteln, bis endlich alle gemeinsam gegen diese rechten Arschlöcher aufstehen.«

Sie lässt Henrys Hand wieder los und leert ihre Kaffeetasse.

»Freunde finden ist eine gute Idee«, sagt Henry. »Am besten, ich fang gleich mit dir an.«

»Schon geschehen«, sagt Marie. »Du hast meine Nummer. Wenn ich etwas für dich tun kann, ruf mich an, jederzeit.«

Freunde finden, denkt Henry auf dem Weg durch den Krankenhauspark, nachdem sie sich verabschiedet haben. Sie hat viele Freunde, und natürlich wären ein paar mehr Verbündete nicht schlecht. Aber die Vorzeichen sind heute anders als damals. Magnus, Marie und ihre Freunde haben halt rechte Wahlplakate überklebt – eine klare Aktion, für die man viele Leute braucht. Das hier heute ist jedoch um einiges komplizierter, denn im Grunde muss sie eine Entscheidung treffen, bei der ihr niemand helfen kann. Nämlich, ob sie bereit wäre, im Zweifelsfall Robin zu opfern.

Heute Morgen, als Robin im Büro aufgekreuzt ist und seine Geschichte erzählt hat, ist ihr seine Angst vor den Rechten im Block übertrieben vorgekommen. Aber seit sie in das hassverzerrte Gesicht von Schädel geblickt hat, versteht sie ziemlich genau, was er meint.

Freunde finden. Schwer zu sagen, ob Robin ein Freund sein könnte. Sie mag ihn, obwohl er völlig anders ist als alle ihre Freunde. Er wirkt, als hätte er keinerlei Meinung oder Haltung. Aber das stimmt nicht, überlegt sie. Er ist natürlich kein Intellektueller, redet nicht schlau daher, kleidet sein Sprechen und Tun in keine Ideologie. Seine Mitmenschlichkeit ist direkt und pragmatisch. Er hat Magnus das Leben gerettet, selbst wenn er es heimlich bereuen sollte. Er kannte ihn nicht, sah bloß einen Fremden vor sich, wollte keinen Ärger kriegen und in nichts hineingezogen werden; und trotzdem hat er gehandelt. Weil jemand seine Hilfe brauchte. Alles ohne Haltung, Wertegerüst, bla, bla. Genau so jemanden braucht sie eigentlich als Freund. Einen, der da ist und handelt, wenn es drauf ankommt. Also *Freund* jetzt nicht im Sinne von … nee, ist klar. Trotzdem mag sie die Art, wie er sie anschaut.

Durch ein breites Tor verlässt Henry das Krankenhausgelände und geht Richtung Bushaltestelle, bleibt kurz unter einer Straßenlaterne stehen und sieht nach oben. Über ihr schwebt Kuschinski. Anscheinend überklebt die DAP ihre Plakate jetzt schon selbst. Denn unter dem Grinsegesicht prangt ein Zettel: *Mahnwache für Frieden und Sicherheit – gegen Ausländergewalt und Multikulti-Wahn. Diese Woche täglich um 18 Uhr, Wohnblock Breslauer Straße.*

21

ROBIN

Natürlich hab ich null Ahnung, wo Castrop-Rauxel liegt, ist mir aber auch komplett egal. Bin halt nicht gebildet, wohn auch nicht in einem schnuckligen kleinen alten Fachwerkhaus im Grünen, sondern hier im Block, wo ich bloß hoff, dass Schädel und Nikolaj inzwischen wieder zurück auf Arbeit sind. Ich hab echt keinen Bock, denen zu begegnen, bevor ich mit Fred gesprochen hab. Ich weiß noch nicht genau, wie ich das anstellen werd, mit ihm unter vier Augen zu reden. Erst mal will ich bloß heim. Und vorher noch mein Bike holen. Das hatte ich vorhin an der Treppe stehen lassen, dort wo man rauf auf den Spielplatz geht.

Schon von Weitem seh ich, dass beide Reifen platt sind, und beim Näherkommen erkenn ich die tiefen Schnitte im Gummi. Fuck, Mann. Nikolaj – ich denk mal, dass er das war – hat die Reifen zerschnippelt wie Frikassee. Muss mächtig sauer gewesen sein.

Ich öffne das Schloss, häng mir das Bike an die Schulter und schlurf nach Hause, trag es in den Keller, mach den Schnellspanner vorn auf und heb die Felge raus. Dann zieh ich den Mantel und den Schlauch ab und nehm beides mit nach oben.

Jedes Ding auf der Welt hat irgendeine Bedeutung, wenn du ihm eine gibst. Dieser Reifen hat für mich halt die Bedeutung gehabt, dass ich irgendwohin fahren konnte. Als er noch prall und dicht war. Wenn du aus den Dingen die Luft rauslässt, bedeuten sie nichts mehr. Sind höchstens Müll. Oder Rohmaterial. Ich schneid die Reste in Streifen und schlinge sie um das Gerüst meiner

Skulptur. Wegen mir kann irgendwer dem Teil eine neue Bedeutung geben, ich werd es nicht tun. Und sicher werd ich auch nie dahinterkommen, welche Bedeutung das ganze Zeug eigentlich für meinen Vater gehabt hat. Vielleicht gar keine. Kann ja sein, dass er nur sammeln wollte, nichts weiter. Einfach irgendwas sammeln. Aufheben, sortieren, nummerieren, einfach nur so. Vielleicht kriegte er dadurch ein Gefühl von Ordnung. Dass er die Dinge kontrollieren und beherrschen konnte. Weil er das mit sich selber nämlich nicht konnte. Sich kontrollieren und beherrschen. Hat sich am Ende selber die Luft rausgelassen, in dieser Kurve, an diesem Baum.

Ich schlinge, wickle, knote ohne irgendeinen Plan. Die Musik führt meine Finger und die Gedanken lösen sich da drin auf und wollen auch nichts mehr bedeuten. Meistens klappt das. Heute aber nicht. Henry ist mächtiger als der Flow ins Nichts. Sie ist randvoll mit Bedeutung. Der Stick in ihrer Hosentasche ist es auch.

Heute ist Dienstag. Mittwoch, Donnerstag, Freitag. Drei Tage, um halbwegs heil aus der Sache rauszukommen. Drei Tage für den Plan B. Ich hör auf mit der Skulptur und lass mich aufs Bett fallen. Dös ein bisschen vor mich hin.

Bis plötzlich Mel vor mir steht. Keine Ahnung, ob ich geschlafen hab und wie lange.

»Viele Grüße von Mama«, sagt sie und guckt auf mich runter.

Ich reib mir die Augen.

»Wo …«

»Am Telefon. Sie hat mich angerufen. Klang ein bisschen gestresst. Muss eine ziemliche Umstellung für sie sein, dass man tagsüber wach und aktiv ist und nachts schläft. Würde dir vermutlich auch guttun.«

»Toll, dass du weißt, was mir guttun würde«, brumm ich und rappel mich auf.

Sie geht zum Fenster und macht es auf, wie das sonst unsere Mutter tut, wenn sie alle paar Jahre mal in mein Zimmer kommt. Mel dreht sich rum zu mir und sagt: »Ich weiß noch was, das dir guttäte.«

»Ach. Nämlich?«

»Dass wir heute Abend zusammen zur Mahnwache gehen. Fred wird auch da sein, bestimmt hält er wieder eine Rede.«

»Und was soll mir da guttun?« Mein Magen dreht sich um bei der Vorstellung, wie ich zwischen all den Leuten steh, Auge in Auge mit Schädel und Nikolaj. »Kerze anmachen, rumstehen, Gelaber. Nervt einen doch schon an Weihnachten. Brauch ich nicht jetzt schon im Herbst.«

»Fred labert nicht.« Sie guckt mich streng an, als hätt ich sie persönlich beleidigt. »Der redet Klartext. Der spricht die Wahrheit aus, die sonst keiner hören will.«

Hm. Vielleicht wär das gar nicht so blöd. Vor allen Leuten können mir Schädel und Nikolaj jedenfalls nichts tun. Und ich kann versuchen, an Fred ranzukommen.

»Es wird Zeit, dass wir Stellung beziehen«, fährt Mel fort. »Man kann sich nicht immer aus allem raushalten. Nicht mal du.«

»Hab ich neulich schon mal irgendwo gehört«, murmle ich.

»Na, dann muss ja wohl was dran sein«, meint sie. »Jetzt mal im Ernst. Du wärst beinah im Knast gelandet wegen Hakan. Aber nicht, weil du von Natur aus ein Verbrecher bist. Sondern weil der Typ dich eiskalt ausgenutzt hat. Weil er und die ganzen anderen Azzlacks denken, die Deutschen hätten keine Ehre und keine Power, die würden sich alles gefallen lassen. Er ist immerhin weg von der Straße, aber hundert andere wie er laufen da noch irgendwo rum. Und die werden ständig mehr. Es geht auch um dich, es geht um uns alle.«

Ich guck zu ihr hoch und hab das Gefühl, als würd sie wachsen, als würd ihr Rücken gerader werden.

»Ich habe nichts gegen Türken oder Araber, gegen Ausländer, Flüchtlinge und so weiter. Aber die werden immer mehr, immer dreister; die denken, dass sie alles tun können, was sie wollen, wenn sie in der Mehrheit sind. Die denken, sie können dich begrapschen, weil deutsche Frauen doch sowieso Schlampen sind. Und weil deutsche Männer nur Weicheier sind, die ihre Freundinnen und Schwestern nicht verteidigen können. Die denken, sie können dich abziehen, weil du dich eh nicht wehrst und weil die Bullen sowieso nichts machen. Die denken …«

Deutsche Männer, denk ich. Zumindest einer träumt ja davon, nachts auf der Straße Henry zu vergewaltigen. Kurz liegt mir auf der Zunge, so was zu sagen, doch in dem Augenblick klingelt es.

Mel hält inne und guckt mich an.

»Okay«, sag ich. »Ich komm nachher mit.«

»Es hat geklingelt«, sagt sie.

»Ich bin nicht da«, sag ich.

»Für dich ist es eh nicht«, knurrt sie. »Wer sollte schon was von dir wollen?«

Sie geht und öffnet.

»Wenn man vom Teufel spricht«, sagt sie und lacht hohl.

Ich werd hellhörig und erkenn die leise Mädchenstimme, die etwas darauf antwortet, versteh bloß nicht, was sie sagt.

Dann hör ich wieder Mel.

»Er behauptet, dass er nicht da ist«, sagt sie und klingt unfreundlich. »Kannst ja selber mal gucken.«

Im nächsten Moment seh ich sie durch den Flur rauschen und hör, wie sie ziemlich unsanft die Tür ihres Zimmers hinter sich schließt. Ich steh auf und guck aus meiner eigenen Tür.

Im Flur steht Arzu.

»Hey«, sag ich.

»Hey«, sagt sie. »Ich höre, du bist nicht da.«

»Bin ich auch nicht. Komm halt rein.«

Das tut sie und auf einmal ist da überall ihr Duft, genau wie im Sommer letztes Jahr. Alles ist wieder da – wie ihre Lippen schmecken, wie ihr Lachen klingt. Wie ich voll Gänsehaut kriegte, als ihre Finger über meinen Nacken liefen. Ich spür sogar die klebrige Hitze vom Teer oben auf dem Dach. Ich seh den Schmerz in ihren Augen. Und fühl den Schmerz in meiner Narbe.

»Du baust ja immer noch dran«, sagt sie mit Blick auf meine Skulptur.

Ich nicke.

»Ich glaube, deine Schwester hasst mich.«

»Kann sein«, sag ich kühl und schließ die Zimmertür. »Immerhin geht sie nicht mit dem Messer auf dich los, wie dein Bruder es mit mir getan hat.«

»Du weißt, wie leid mir das tut«, flüstert sie.

»Nee. Ehrlich gesagt nicht. Weil du ja seitdem nicht mehr mit mir redest. Vielleicht, weil du mich für ein Weichei hältst. Wie alle deutschen Männer. Weil ich mich nicht gewehrt hab. Weil ich der Polizei gesagt hab, ich könnte mich an nichts erinnern, anstatt Hakan vor Gericht zu bringen.«

»Was?« Sie sieht mich ratlos an. »Wieso soll ich dich für ein Weichei halten?«

»Ach, nichts. Vergiss es.« Ich zieh die Nase hoch. Klingt ätzend. Ist auch so gemeint. »Ich meine – dein Bruder hat mich beinahe plattgemacht und du kommst mich nicht mal im Krankenhaus besuchen. Hast nicht auf meine Nachrichten geantwortet, und wenn wir uns im Block sehen oder auf der Straße, nickst du mir nur von Weitem zu, als wär ich irgendein Nachbar. Aber dann kommt Hakan plötzlich doch noch in den Knast und jetzt tauchst du auf einmal hier auf.«

»Das stimmt nicht«, sagt sie leise. »Also, dass du dich nicht gewehrt hast. Ich … fand dich mutig. Ich kann nie deinen Blick vergessen, als es passiert ist. Wie du mich angestarrt hast. Und plötzlich überall das Blut. Ich wollte dir helfen, aber du bist fortgelaufen. Und ich hab verstanden, dass ich dich nicht wiedersehen darf, weil ich dich sonst in allergrößte Gefahr bringe. Und du hast dich ja dann auch nicht mehr gemeldet.« Jetzt liegt Trotz in ihrer Stimme. »Stattdessen bietet mein Bruder dir an, dass du für ihn arbeiten kannst – was ihr halt so *arbeiten* nennt. Und du bist darauf eingegangen. Da dachte ich, du hast deinen Frieden mit ihm gemacht und total mit mir abgeschlossen. Mit *uns*.«

»Tja«, mach ich. »Dann war also alles nur ein riesengroßes Missverständnis, was? Das nenn ich mal scheiße gelaufen. Aber du glaubst doch nicht, dass du jetzt, nur weil Hakan eingefahren ist, hier angedackelt kommst und wir machen da weiter, wo wir vor 'nem Jahr aufgehört haben.«

»Ich komme nicht angedackelt«, erwidert sie.

Warum will ich ihr unbedingt wehtun?

»Ich dachte, wir könnten einfach reden«, sagt sie. »Nichts weiter. Die Sache mit Hakan macht mich fertig. Und die Stimmung macht mir Angst. Was jetzt hier im Block läuft, in der Stadt, im ganzen Land, wie viele Menschen auf einmal der DAP zujubeln. Ich wollte einfach mal mit jemandem über all das sprechen. Und ich dachte, mit dir geht das. Ich hab mich leider geirrt.« Ihre Hand geht zur Türklinke. »Entschuldige, dass ich dich belästigt habe.«

»Setz dich«, sag ich und hock mich aufs Bett.

Arzu zögert einen Augenblick, dann setzt sie sich neben mich, rutscht ein Stück von mir weg, dann ein kleines bisschen wieder an mich heran.

»Du hast mir gefehlt«, sagt sie.

»Ja«, sag ich bloß.

»Hakan ist kein Mörder«, sagt sie. »Du kennst ihn. Er hat viele schlechte Sachen gemacht. Dinge, die wirklich verabscheuungswürdig sind. Aber er würde niemanden töten. Er wollte auch dich nicht töten, damals.«

»Ich weiß.«

»Er hat es nicht getan, er hat Emil Becker nicht umgebracht. Aber wer glaubt schon einem sogenannten jugendlichen Intensivtäter? Die haben doch alle bloß drauf gewartet, dass er irgendwas richtig Schlimmes macht, damit er endlich in den Knast kommt. Für Fred Kuschinski und seine Leute war dieser Mord das Beste, was ihnen passieren konnte.«

»Scheint so.«

»Das ist doch nicht gerecht!«

»Keine Ahnung«, lüge ich.

»Schau, Rob, ich finde ja auch, dass mein Bruder eine Strafe verdient, für die ganzen kriminellen Sachen, die er macht. Das bestreite ich gar nicht. Aber man darf ihn doch nicht für etwas bestrafen, das er nicht getan hat, oder? Deutschland ist ein Rechtsstaat, heißt es immer. Ein Rechtsstaat darf keine Rache üben. Der muss sich an Fakten halten.«

»Fakten«, wink ich ab. »Fakten haben immer nur die Bedeutung, die man ihnen gerade gibt. Die Leute sehen, was sie sehen *wollen*. Was ihnen nicht passt, interessiert die auch nicht. Die *wollen* ganz einfach, dass Hakan der Mörder ist. Und dann *ist* er es für sie auch. Kackegal, welche Fakten dafür oder dagegen sprechen.«

»Ich hab gewusst, dass du mich verstehst.«

Arzu rückt noch näher an mich ran und legt zögernd ihren Kopf an meine Schulter. Ich nehm sie in den Arm. Plötzlich küssen wir uns. Das fühlt sich wie früher an und gleichzeitig ganz neu, alles fließt ineinander, die Vergangenheit, die Zukunft, das ist richtig und falsch, mein Mund küsst Arzu und mein Kopf küsst Henry, das ist Bullshit, und da hör ich, wie ich sag: »Dein Bruder war es ganz sicher nicht. Ich hab nämlich –« Und beiß mir auf die Zunge.

Sie guckt mich mit ihren großen Augen an.

»Was hast du? Sag schon.«

»Nichts.«

»Weißt du irgendwas über die Nacht? Warst du draußen? Hast du irgendwas gesehen oder mitgekriegt?«

»Nein.« Ich schüttle den Kopf. »Wollte bloß was sagen, was dich tröstet.«

Sie glaubt mir nicht.

Um abzulenken, frag ich: »Wo war denn Hakan vorletzte Nacht? Hat er kein Alibi oder wie man das nennt?«

»Woher soll ich das wissen?«, ruft sie. »Wir können doch nicht mit ihm reden. Er ist im Knast, schon vergessen? In U-Haft. Mama hat einen Besuchstermin beantragt, aber das kann ewig dauern. Keine Ahnung, wo er war. Meistens ist er irgendwo unterwegs, wenn ich ins Bett gehe. Geht seinen *Geschäften* nach. Ich weiß nicht, ob er der Polizei irgendwas gesagt hat und was, aber jedenfalls nichts, was ihn entlastet, sonst wär er ja wieder frei. Also … wenn du irgendwas weißt, das ihm helfen könnte …«

Jetzt erinnert mich das Gespräch wirklich an Henry, an dieses Verhör heute Vormittag im Büro von Magnus.

»Nein«, sag ich. »Tut mir leid.«

22

FRED

Unweit der Garageneinfahrt hält ein Kleinbus mit dem blauen Logo des Lokalfernsehens darauf. Na, immerhin, denkt Fred. RTL oder Sat.1 wären ihm natürlich lieber. Doch wenn das Interview gut läuft, kann man es später bei Facebook teilen, so wird es auch eine große Reichweite erzielen.

Die Mahnwache beginnt erst in einer halben Stunde, aber es haben sich bereits viele Menschen eingefunden. Sie zünden Kerzen an und stehen beisammen. Das macht ein gutes Bild. Die beiden Typen, die jetzt eine Kamera und ein riesiges Mikrofon an einer langen Angel aus dem Van heben, locken natürlich weitere Neugierige an. Die kurzhaarige Frau im Karorock muss die Redakteurin sein, die vorhin angerufen hat. Sie entspricht ganz und gar dem Bild dieser linksgrünen Mainstream-Journalisten, findet Fred. Er könnte auf sie zugehen, sie begrüßen, willkommen im Breslauer Block oder so, um direkt klarzumachen, dass er hier ein Heimspiel hat. Aber er will ja nichts von denen, die wollen etwas von ihm. Also bleibt er ruhig stehen, wartet, bis die Redakteurin die zahllosen Gesichter abgesucht hat und endlich an seinem hängen bleibt. Sie gibt ihren Jungs ein Zeichen und die drei kommen herüber.

»Ha, die Lügenpresse!«, ruft irgendjemand.

Die Redakteurin überhört das und baut sich vor Fred auf.

»Herr Kuschinski? Eva Kern. Wir haben telefoniert.«

»Haben wir.«

»Wollen wir gleich loslegen?«

»Wollen wir.«

Natürlich geht es trotzdem nicht gleich los. Dem Kameramann passt der Hintergrund noch nicht, der Tonmann braucht noch eine Sprechprobe, doch Fred gibt sich jovial, lächelt geduldig und stellt sich artig an die vorgegebene Stelle.

»So. Sind wir drauf? Dann fangen wir einfach an. Herr Kuschinski – wir stehen wenige Meter von dem Ort entfernt, an dem sich vor nicht einmal achtundvierzig Stunden eine Bluttat ereignet hat. Laut Polizei und Staatsanwaltschaft gibt es zu dem Fall noch zahlreiche offene Fragen. Doch Sie und Ihre Partei scheinen sich ziemlich sicher zu sein, was genau geschehen ist. Und man wirft Ihnen vor, diese Geschehnisse für Ihren Wahlkampf zu instrumentalisieren ...«

»Wir sind hier, weil sonst niemand hier ist«, antwortet Fred gelassen. »Haben sich irgendwelche Politiker aus den Systemparteien hier blicken lassen? Die Menschen machen sich Sorgen. Sie haben Angst. Ich gebe den Menschen eine Stimme, ich artikuliere ihre Ängste und Sorgen. Um Ihre Worte zu benutzen: Ich instrumentalisiere nichts, ich bin gleichsam selbst das Instrument des Volkes.«

Fred muss sich auf seine Gesichtszüge konzentrieren. Es kostet Mühe, ein selbstgefälliges Grinsen zu unterdrücken, wo ihm spontan diese großartige Formulierung eingefallen ist.

»Sie sagen, dass Sie hier für Frieden und Sicherheit demonstrieren«, fährt die Redakteurin ungerührt fort. »Aber Ihre Kritiker meinen, dass Sie gegen Minderheiten hetzen und Ressentiments schüren. Wie passt das zusammen?«

»Meine Partei und ich stehen für das friedliche Zusammenleben aller Völker und Rassen«, entgegnet Fred. »Genau darum halten wir unsere Mahnwache ab. Nicht wir gefährden den Frieden und die Sicherheit in diesem Land, sondern die Regierung. Durch die unkontrollierte Zuwanderung hat die Regierung doch genau dieses Pulverfass erst geschaffen, das uns nun um die Ohren fliegt. Die eigentliche Gewalttat ist die Multikulti-Ideologie, mit der die Eliten in diesem Land versuchen, unser Volk mit anderen Völkern zu vermischen. Dass das nicht gut gehen kann, war schon lange klar, aber es wurde geleugnet und totgeschwiegen. Doch die Menschen haben genug von diesen Lügen. Sie wollen, dass man ihnen endlich die Wahrheit sagt. Und das ist es, was ich tue. Selbst auf die Gefahr hin, dass ich von Ihnen und Ihren Kollegen in die Nazi-Ecke gestellt werde.«

Jetzt muss er sich zügeln. Je mehr er redet, desto mehr kann die Frau später rausschneiden. Je mehr Material er ihr gibt, desto mehr kann sie nachher an ihrem Schneidepult auseinandernehmen und neu zusammenstückeln, bis sie seine Aussagen so verdreht, wie es ihr passt.

»Apropos Nazi-Ecke«, hakt sie ein. »Die Polizei ermittelt nach wie vor in alle Richtungen, wie es heißt. Man schließe auch nicht aus, dass es bei dem Mord um eine interne Auseinandersetzung in der rechten Szene ging. Und dass der Blogger Magnus Mahlmann fürs Erste zum Schweigen gebracht worden ist, kommt Ihnen doch zumindest nicht so ungelegen, oder?«

»Ich weiß nicht, was Sie meinen.«

»Auf dem Blog *DAP-Leaks* wurde regelmäßig auch über Sie berichtet, über Ihre früheren Verbindungen zur Kameradschaftsszene …«

Unwillkürlich dreht sie den Kopf und Fred folgt ihrem Blick zu den Jungs, die etwas abseits stehen. Schädel ragt wie ein Turm aus der Gruppe heraus und schaut feindselig zu der Journalistin zurück.

Fred fällt eine Antwort ein, doch die schluckt er herunter. Stattdessen sagt er kühl: »Wenn ich alles lesen würde, was irgendwo über mich geschrieben wird, käme ich zu nichts anderem mehr.«

»Sie haben also keinerlei …«

»Bitte, Frau – äh – Kern, ich muss mich noch um ein paar Vorbereitungen kümmern. Das Interview ist zu Ende, okay? Sie können ja nachher noch meine Rede filmen.«

»Das tun wir«, nickt sie. »Danke für das Gespräch.«

Bei dem Wort *Danke* macht sie ein Gesicht, als müsste sie ins Dschungelcamp.

»Aber gern«, erwidert Fred und grinst.

Die Redakteurin und ihr Team ziehen sich zurück und gehen ein bisschen zwischen den Umstehenden hin und her, die immer zahlreicher werden. Offenbar versucht sie, ein paar Leute zu einem Statement zu bewegen, O-Töne einzufangen. Aber die meisten winken bloß ab. Sie haben längst begriffen, dass es Quatsch ist, mit den Mainstream-Medien zu reden.

Hinter dem Van hält jetzt ein Polizeiwagen. Zwei Beamte steigen aus. Das eine ist ein Mann, das andere Filiz Yeter. Kanaken-Bullenschlampe. Das geht ihm durch den Kopf, aber es kommt nicht über seine Lippen. Schon lange hat er solche Wörter aus seinem aktiven Wortschatz gestrichen. Er hat es einfach nicht mehr nötig, denn heute ist er viel weiter. Filiz Yeter lehnt sich an die Autotür und legt eine Hand auf das Holster, in dem ihre Pistole steckt. Was für eine Ironie: Sie ist hier, um ihn zu beschützen. Jedenfalls formal. Er hat diese Kundgebung ordnungsgemäß angemeldet und sie wurde ordnungsgemäß genehmigt. Also hat der Staat dafür zu sorgen, dass sie ordnungsgemäß durchgeführt werden kann. Ohne Störungen.

Seinetwegen könnte es allerdings ruhig mal knallen. Wenn es zum Beispiel irgendwelche Krawalle gäbe, und diese Türkin in der Uniform eines deutschen Polizisten würde ihre P99 ziehen und einen Schuss abgeben, auf einen seiner Leute etwa, dann wäre richtig was los. Das hätte noch eine viel größere Wirkung als Emils Tod. Ein einziger Schuss kann einen Weltkrieg auslösen wie 1914 oder zumindest eine Revolte wie 1967. Manchmal liegt doch jetzt schon so ein Brandgeruch in der Luft, ein Hauch von Bürgerkrieg, denkt Fred. Bürgerkriege sind das Feuer, in dem Nationen zu neuer Härte geschmiedet werden.

Bloß ist mit dem kläglichen Häuflein zottelig-zerlumpter Antifa-Spastis, das jetzt anrückt, wohl kaum ein Bürgerkrieg zu machen. Fast schüchtern entrollen sie ganz am Rande der wachsenden Menschenmenge ein Transparent, auf dem steht: *Keine Handbreit den Nazis.*

Wären die Bullen nicht hier und das Fernsehen, würden diese stinkenden Schädlinge eine ziemliche *Handbreit* auf die Rübe kriegen, denkt er. Schädel dampft förmlich vor Hass. Leider wird er mehr und mehr zum Risiko für Fred. Er hat sich einfach nicht im Griff, und das ist sehr schlecht. Nun ja. Vermutlich wird Magnus Mahlmann irgendwann aus seinem Koma aufwachen und eine Aussage machen, und Schädel wird für zwanzig Jahre in den Bau gehen. Natürlich wird er weder Nikolaj reinreiten noch erzählen, dass er selbst, Fred, etwas von dem Mord gewusst hat. Schädel wird sich opfern. Und bis dahin sitzt Fred, wenn alles gut läuft, längst in Berlin und hat all das hier hinter sich gelassen.

Nur der Stick mit dem verdammten Handyvideo von damals darf niemals auftauchen. Um diese Sache zu klären, können Schädel und Nikolaj und die anderen auf jeden Fall noch sehr nützlich sein.

Fred versteht sich selbst als rechts, aber nicht als einen Nationalsozialisten. Echt nicht. Doch ganz unideologisch betrachtet, kann man ja trotzdem eine Menge von Adolf Hitler lernen. Der hatte vor seiner Machtergreifung die SA, um die Straße zu kontrollieren, um Drecksarbeit zu erledigen und Gegner einzuschüchtern. Und nachdem er dann an der Macht war, hat er sich ihrer eiskalt entledigt. Ernst Röhm und diese Leute. Einige seiner besten und ältesten Freunde hat er einfach ausschalten lassen.

Ohne Zögern, ohne Skrupel.

Weil es Deutschland diente.

23

SCHÄDEL

Schädel ballt die Fäuste in den Taschen seiner Thor-Steinar-Jacke. Früher war es manchmal einfacher. Da hätten sie diese bekackten Antifa-Schwuchteln durch die halbe Stadt gejagt, bis die sich vor Angst in die Hose geschissen hätten. Heute ist es ihm manchmal viel zu brav. Viel zu geleckt antwortet Fred dieser Medienschlampe, anstatt ihr ihre bekackten Fragen zurück in ihre Lügenpressenfresse zu stopfen.

Früher waren sie einfach eine Kameradschaft. Es ging um Stolz und Zusammenhalt, fertig. Jetzt redet Fred nur noch von der Partei und der *Identitären Bewegung*. Der musste ja unbedingt Abi machen und zur Uni rennen. Schlau daherreden konnte der schon immer. Aber er gibt den Leuten Hoffnung. Auch ihm, Schädel. Denn da kommt eine richtig große Sache ins Rollen, und an Freds Seite kann man in der ersten Reihe mitmarschieren. Und wenn man wirklich was verändern will, darf man halt nicht immer nur der Bürgerschreck sein, da hat Fred nun mal leider recht. Obwohl Schädel manchmal gern einfach nur schön irgendwem aufs Maul hauen würde …

Wenn alles noch wie früher wäre, könnte Schädel abtauchen, in den Untergrund gehen. Er kennt genug Kameraden, die ihm weiterhelfen würden. Und wenn es eng würde, könnte er ja immer noch beim bekackten Verfassungsschutz anheuern. Haha. Nee, Quatsch. Abhauen ist eh keine Lösung, denn dann wäre ja sofort allen klar, wer der Täter ist. Und das würde auf die Partei zurückfallen. Früher oder später wird es eh rauskommen, aber hoffentlich erst nach der Wahl. Schädel ist bereit, für Fred in den Knast zu gehen. Ja, das ist er. Seine Treue ist aus Stahl und hält ewig. Fred würde dasselbe für ihn tun, davon ist Schädel überzeugt. Und vielleicht, wer weiß, kann Fred ihn eines Tages da rausholen, wenn die Partei erst mal richtig an der Macht ist …

Aber das ist Zukunftsmusik. Jetzt kommt es erst mal drauf an, die Nerven zu behalten. Und den Stick zurückzubekommen. Wenn … das gibt es doch nicht! Schädel kneift die Augen zusammen. Robin Fuchs. Die bekackte Zecke ist sich nicht zu blöd, hier aufzukreuzen. Hat seine kleine Schwester mitgebracht. Na, die kann ihm auch nicht helfen, wenn er ihn erst mal zu fassen kriegt. So gibt es immerhin doch noch einen, dem man mal schön aufs Maul hauen kann.

24

ROBIN Schädel hat mich sofort gesehen. Bläst die Nasenlöcher auf. Kann ja leider nichts machen, der Gorilla, hier stehen locker zweihundert Leute zwischen ihm und mir und außerdem die Polizei. Ich hätt nie gedacht, dass ich mal froh sein könnte, Cops zu sehen. Die Hälfte der Gesichter in der Menschenmenge ist mir völlig fremd. Fred hat einen ziemlich großen Fanclub, weit über den Block hinaus. Und einen kleinen Anti-Fanclub von Leuten, die ein Plakat ausgerollt haben, sich aber ziemlich abseits halten.

Mel begrüßt ein Mädchen, wohl aus ihrer neuen Schule.

»Das ist Robin, mein Bruder. Rob, das ist Marissa.«

»Hi.«

Mich begrüßt niemand. Also jedenfalls nicht richtig. Nur so lässiges Winken im Vorübergehen: *Hey, Rob, was geht?* Manchmal fehlt mir das. Richtige Freunde zu haben. Dann frag ich mich, warum ich so ein Einzelgänger bin. Aber sobald einer was von mir will, fällt es mir wieder ein: Ich find es einfach voll anstrengend, mich zu kümmern. Um irgendwen oder irgendwas. Wenn ich wollte, könnt ich mit Fred befreundet sein. Ich könnt es ja immer noch. Müsst ihm bloß den räudigen Stick wiederbeschaffen. Dann müsst ich mich auch nicht so von Schädel anglotzen lassen.

Plötzlich schiebt sich eine Frau im karierten Rock in mein Sichtfeld. Neben ihr steht ein Typ mit einer riesigen Kamera auf der Schulter, ein anderer hält ein Mikrofon an einem langen Stab.

»Dürfen wir euch fragen, warum ihr an der Mahnwache hier teilnehmt?«, will die Frau wissen.

»Nee«, sag ich, »auf keinen Fall.«

Mel ist kurz verunsichert. Doch dann sagt sie: »Klar. Ich bin hier, weil ich zeigen will, dass ich zu meiner Meinung stehe.«

Der Kameramann hält voll auf Mels Gesicht, der andere hebt ihr von unten das Mikro fast bis an die Nase.

»Aha«, macht die Frau. »Und was *ist* deine Meinung?«

»Dass ich für Meinungsfreiheit bin«, sagt Mel.

»Also«, sagt die Reporterin irritiert, »was ist deine Meinung zu alldem hier? Zu dieser Veranstaltung, zu Fred Kuschinski und der DAP?«

»Meine Meinung ist, dass ich meine Meinung sagen kann, wie und wo ich will.«

»Okay«, seufzt die Frau. »Dürfen wir deinen Namen wissen? Der wird dann eingeblendet. Der Vorname reicht.«

»Melanie Fuchs.«

»Vorname reicht«, brumm ich.

Das Fernsehteam zieht weiter und Mel dreht sich zu mir.

»Mann, was hast du nur für ein Problem?«

»Ach, das wär schön«, sag ich, »wenn ich *ein* Problem hätte.«

Um uns rum wird es still. Fred fängt an zu reden. Aber seine Worte gehen unter in dem Krach, der plötzlich losbricht. Die Leute von seinem kleinen Anti-Fanclub haben Rasseln und Trillerpfeifen ausgepackt.

Nikolaj gibt Fred ein Megafon.

Fred ruft den Protestierern zu: »Ich begrüße auch meine treuen linksautonomen Begleiter. Danke, dass ihr wieder einmal so treffend vorführt, wie die Gesinnungsdiktatur in unserem Land mit Andersdenkenden umgeht.«

Der Applaus ist so laut, dass man das Pfeifen und Rasseln für einen Moment nicht hören kann. Dann beginnt Fred mit seiner

Rede. Sein Megafon übertönt die Störgeräusche, in jeder Sprechpause gibt es Beifall. Und manchmal ruft die Menge in Sprechchören: »Wir sind das Volk!«

Mel und Marissa grölen mit. Es kommt mir wie eine große Party vor, alle feiern zusammen, feiern sich gegenseitig. Bestimmt ist es ansteckend, ich bin halt bloß nicht so der Feiertyp. Und Ibbi auch nicht. Ich seh ihn, wie er über die leeren Tische vor seinem Kiosk wischt, als wär er gar nicht hier.

Zwischendurch stupst mich Mel an und sagt Sachen wie: »Da hat er so was von recht, oder nicht?«

»Hm, hm«, brumm ich.

Keine Ahnung, was Fred da eigentlich redet. Ich hör zwar die Wörter, aber ich krieg den Zusammenhang nicht mit, weil ich die ganze Zeit am Überlegen bin, wie ich nachher an ihn rankomm und was ich dann zu ihm sag.

Und dann ist der Applaus ganz lang und ich schnall, dass die Rede jetzt zu Ende ist. Die Versammlung löst sich langsam auf. Ein paar Hardcorefans belagern Fred, vielleicht wollen sie Autogramme oder so. Ich will mich in ihre Richtung durchschieben, da hält Mel mich von hinten fest.

»Was hast du vor?«

»Ich muss kurz mit ihm reden.«

»Da kommen wir mit«, ruft sie begeistert. »Ob er wohl noch weiß, wer ich bin? Komm, Marissa, ich stell dich ihm vor.«

»Nee, stopp«, sag ich. »Ich muss was Privates mit ihm bereden.«

»Du bist so ein Arschloch«, empört sich Mel. »Wir können ja wohl zu ihm gehen, wenn wir wollen. Dafür brauchen wir dich gar nicht.«

Das tun sie dann aber doch nicht, bleiben nur stehen und gucken mir säuerlich nach. Aber bevor ich in Freds Nähe komm, steht plötzlich Schädel vor mir und packt mich am Arm.

»Lange nicht gesehen, Fuchs, du dreckige Zecke.«

»Lass mich los, Mann. Ich muss mit Fred reden.«

Er packt bloß fester zu.

»Voll die bekackte Aktion, heute Morgen. Was sollte das? Und wer ist die bekackte Negerschlampe, mit der du unterwegs warst? Jetzt hast du's dir wohl besser überlegt und willst den Stick lieber rausrücken, hä? Aber glaub nicht, dass du so einfach davonkommst. Los, gib mir das Teil.«

Ich winde mich unter seinem Griff und versuch, nicht vor Schmerz aufzustöhnen. Die Leute schieben sich um uns herum, keiner beachtet uns.

»Das berede ich nur mit Fred«, press ich hervor. »Lass mich endlich zu ihm.«

»Wie du willst.«

Fast verdreht er mir den Arm, als er mich weiter in Freds Richtung bugsiert. Der sieht mich, tritt aus dem Kreis seiner Fans heraus und breitet die Arme aus. Als wär ich ein uralter Buddy, den er seit ewig nicht getroffen hat. Schädel gibt mir einen Schubs und lässt mich endlich los, beinah flieg ich in Freds Arme und der drückt mich übertrieben.

»Robin!«, ruft er aus. »Mein guter alter Rob.«

Für einen winzigen Moment ist es schön. Als wär ich weit fort gewesen und käm nach Haus. Als hätt ich einen Bruder. Oder so was. Fred bringt seinen Mund ganz nah an mein Ohr und zischt: »Na, du kleiner Scheißer, hast du mir was mitgebracht?«

»Ja.«

»Dann gib's mir unauffällig.«

»Nicht hier. Wir müssen reden. In Ruhe.«

»Na schön.«

Er löst die Umarmung, dann sagt er laut zu den Umstehenden: »Mein alter Freund Rob und ich müssen was bequatschen. Unter vier Augen, nehmt's mir nicht übel. Wir sehen uns morgen Abend wieder hier. Gleiche Zeit, gleicher Ort.«

Er legt mir einen Arm um die Schultern und schiebt mich mit sich fort. Schädel will uns folgen, doch Fred macht nur eine leichte Kopfbewegung, da trollt er sich.

»Komm«, sagt Fred, »wir gehen zu Ibbi, wie in alten Zeiten.«

Keine Ahnung, was der mit den *alten Zeiten* meint. Klingt ein bisschen nach Opa. Vielleicht fühlt er sich ja so. Oder er meint die Zeit, als wir hier saure Drops für fünfzig Cent gekauft haben.

»Willst du 'n Bier?«, fragt er mich und deutet dabei auf einen der leeren Tische.

»Nee. 'ne Cola vielleicht.«

Ich setz mich und er verschwindet kurz im Innern des Stehcafés. Die Menge vor der Garageneinfahrt hat sich zerstreut, aber ein paar Leute stehen noch in kleinen Grüppchen rum und erzählen sich was. Manche begucken mich aus der Entfernung. Neugierig oder auch skeptisch oder was. Verdammt, Fred ist ja quasi ein Promi, und jetzt sitz ich hier und lass mir von ihm eine Cola spendieren, da fragen sich die Leute sicher, was das soll.

Er kommt wieder raus, setzt sich mir gegenüber, stellt die Cola vor mich hin und hebt seine Bierflasche.

»Prost, Rob.«

Wir stoßen an. Ich stell meine Flasche wieder ab. Meine Kehle fühlt sich an wie zugetackert.

»Trinkst du immer noch keinen Alkohol?«

Ich nicke.

»Weil's dir nicht schmeckt? Oder wegen deinem Vater?«

»Und bei dir so?«, frag ich zurück. »Wie läuft die Uni?«

»Läuft. Bevor ich anfing, dachte ich immer, dort träfe man ausschließlich Spackos in Barbour-Jacken.«

»Und in echt?«

»Und in echt trifft man tatsächlich nur Spackos in Barbour-Jacken. Ist wirklich nicht meine Welt, Mann.« Er lacht und sieht kurz aus wie früher. »Diese Leute wissen nichts vom Leben, überhaupt nichts. Haben keine Ahnung, wie der Asphalt riecht, mussten noch nie malochen, lösen alle Probleme mit Papis Kreditkarte.«

»Trotzdem bist du hingegangen.«

»Ja, genau. Um das System von innen zu verstehen. Um es von innen her zu bekämpfen. Und zu besiegen.«

»Glaubst du denn echt, dass ihr eines Tages an die Macht kommt? Du und deine Partei?«

Er nimmt einen tiefen Schluck und sagt: »Brauchen wir gar nicht. Wir herrschen längst. Wir dominieren die Talkshows und das Internet, die Zeitungen, das Fernsehen. Für die Dinge, die ich täglich sage, wäre man noch vor drei oder vier Jahren öffentlich geächtet worden. Heute hecheln die Altparteien hinter uns her. Weil sie wissen, dass das Volk in Wahrheit so denkt wie wir. Wir müssen erst mal gar nicht regieren. Für den Anfang reicht es doch, dass wir die Regierung vor uns hertreiben in die Richtung, die wir wollen. In die Richtung, die das Land braucht.« Er dreht sich um, erwidert die Blicke der Leute, die uns immer noch verstohlen angucken, winkt sogar. Dann sagt er: »Die Menschen hier im Block sind meine Basis. Solche Menschen bilden unsere Speerspitze. Aber unser eigentlicher Rückhalt ist die Mittelschicht. Weißt du, die Mitte der Gesellschaft driftet immer weiter auseinander, und wir werden diejenigen sein, die … ach, Rob, ich seh, ich langweile dich. Lass uns zur Sache kommen.«

Tatsächlich hab ich ihm nicht zugehört, sondern versucht, mir meine eigenen Worte zurechtzulegen. Klappt aber nicht so richtig. Kommt mir vor, als ob er mich mit seinem Gerede einwickeln will.

»Schau, Rob«, er lehnt sich zurück, »ich gar weiß nicht, ob ich dich verfluchen oder dir danken soll.«

»Wieso?«

»Ohne dein Eingreifen wäre Magnus Mahlmann vermutlich jetzt tot. Und ich hätte einen Feind weniger. Andererseits hätten die Gutmenschen dann einen Märtyrer, und so was kann ich ja nun auch nicht brauchen.«

»Eingreifen? Keine Ahnung, was du damit meinst.«

»Na, komm schon. Ich weiß, dass du ihn in der Nacht oben auf dem Spielplatz verarztest hast.« Er zwinkert mir zu. »Wer auch immer dir das beigebracht hat, so einen Verband anzulegen.«

»Du hättest einfach verhindern müssen«, geb ich zurück, »dass Schädel und Nikolaj den Typen abstechen, dann wär das alles gar nicht passiert.«

Wieso zur Hölle hab ich das jetzt gesagt? Um von mir abzulenken? Oder weil ich will, dass Fred aus der Deckung kommt? Er mustert mich eine Weile und trinkt an seinem Bier.

Dann sagt er: »Ich gehe wie alle anderen davon aus, dass es Hakan Topal war. Und wir alle sind froh, dass Hakan endlich von der Straße ist. Etwa nicht?« Er dreht sich zur offenen Tür vom Kiosk um und ruft: »Nicht wahr, Ibbi? Jeder hier im Block ist froh, dass Hakan Topal im Knast sitzt.«

Drin lehnt Ibbi am Tresen, zupft an seinem Schnurrbart und brummt: »Weiß nicht. Ich sprech mit vielen Leuten, aber nicht mit jedem. Darum weiß ich auch nicht, worüber jeder froh ist oder nicht.«

»Du solltest Diplomat werden«, grinst Fred.

»Bin ich eh«, antwortet Ibbi ungerührt.

Fred dreht sich wieder zu mir und sagt leise: »Der Alte ist ein Feigling. Hält sich aus allem raus. Immer nett und freundlich zu allen. Ich wette mit dir – wenn er könnte, wie er wollte, würde er mich sofort abstechen, so wie Hakan es mit Emil und dem Mahlmann gemacht hat. Das ist das Gefährliche an den Orientalen – dass sie so verschlagen sind. Ist er nicht sogar irgendwie mit den Topals verwandt? Ach, egal, die sind ja sowieso alle miteinander verwandt. Reiner Inzest. Jedenfalls, Rob: Sollte sich eines Tages wirklich herausstellen, dass Hakan es doch nicht war, dann würde derjenige, der es getan hat, vollumfänglich die Verantwortung übernehmen. Und zwar allein. Begreifst du, was ich dir damit klarmachen will?«

Ich nicke.

»Diese Systemlinge wollen mir alles Mögliche anhängen«, fährt er fort, »aber das wird nicht funktionieren. Unsere Bewegung ist einfach viel zu stark. Damit meine ich nicht nur die Jungs und mich oder die Partei. Ich spreche hier vom Volk, begreifst du das? Niemand ist gegen mich, weil er ein Problem mit mir persönlich hat. Sondern diese Leute sind gegen mich, weil sie deutschfeindlich sind. Sie haben schlimme Nationalkomplexe und wollen nicht, dass Deutschland wieder stolz und eigenständig wird. Und daraus folgt: Wer mich angreift, greift das Volk an. Aber das Volk wird das nicht zulassen, begreifst du das?«

Wieder nicke ich.

»Jetzt gib mir den Stick.«

»Das geht nicht.«

»Bitte?«

»Ich hab ihn nicht.«

»Willst du mich verarschen? Willst du *dein Volk* verarschen? Als ich vorhin fragte, ob du mir was mitgebracht hast, hast du Ja gesagt.«

Ich räusper mich, nehm meinen Mut zusammen und sag: »Ich hab dir stattdessen ein Angebot mitgebracht.«

»Ein Angebot.«

All das Freundliche, Offene ist aus seinem Gesicht gewichen. Er guckt mich an, als wär ich sein Todfeind. Bin ich in diesem Augenblick vielleicht sogar.

»Ich kann auf den Stick aufpassen«, sag ich. »Ich kann dafür sorgen, dass das, was drauf ist, nicht an die Presse kommt oder ins Internet oder was. Und im Gegenzug sorgst du dafür, dass Schädel und die anderen mich in Ruhe lassen.« Der Todfeindblick bricht ein bisschen. Er macht ein Pokerface, aber ich seh, dass er nachdenkt. Dafür kenn ich ihn zu lang. Vielleicht würd er mich gern hassen, kann's aber nicht. Ich werd mutiger und sag: »Außerdem will ich, dass Nikolaj mir die Kohle für zwei neue Reifen gibt. Meine alten hat er nämlich zerstochen.«

»Ich will nicht bereuen müssen, was ich letztes Jahr für dich getan hab«, sagt Fred kaum hörbar. »Wo ist der Stick? Bei diesem schwarzen Mädchen? Wer ist sie überhaupt? Deine neue Freundin? Oder arbeitet sie für den Mahlmann?«

»Egal.«

Kurz muss ich zu dem Gitter am Boden gucken, über dem Lichtschacht drüben an der Wand, wo wir heute Morgen aus dem Keller rausgeklettert sind, Henry und ich.

Fred scannt mich. Dann trinkt er, dann scannt er weiter. Plötzlich lacht er auf.

»Hey, du bist viel abgezockter, als ich dachte. Eigentlich könnte ich jetzt sagen, dass du nicht mit mir verhandeln solltest. Denn ich hab was gut bei dir, meinst du nicht? Du schuldest mir eigentlich sehr viel. Doch du willst einen Deal. Okay, du bist ein Dealer, und Dealer dealen nun mal. Schade.«

Sein Gesicht schaltet um, jetzt ist es wieder offen und zugewandt.

»Schau, Rob, ich möchte doch nicht, dass wir Feinde sind. Ich dachte immer, du hast was drauf. Und das denk ich immer noch. Der Tod deines Vaters hat dir schwer zugesetzt, ich weiß, doch eigentlich solltest du nicht tagsüber im Block abhängen und mit fremden Mädchen im Sand graben. Du solltest zur Schule gehen und einen Abschluss machen. Du solltest dich in die Volksgemeinschaft einbringen, du hast doch Talente. Du musst einfach nur endlich mal checken, wer deine Leute sind und wo du hingehörst. Wie wär's, wenn ich dir einen Job besorge?«

»Was könnte das schon sein?«

»Na, ich werde ein Büro haben. Zwei sogar – eines in Berlin und eines hier im Wahlkreis. Ich werde Mitarbeiter beschäftigen. Büroleiter, Referenten, Sekretariate. Du könntest bei mir eine Ausbildung machen, zum Bürokaufmann oder wie man das nennt. Und dich dann weiterbilden. Oder du machst Abi und kommst als studentische Hilfskraft zur mir. Ich könnte dich mit in die Hauptstadt nehmen, was hältst du davon?« Er lehnt sich zurück, macht eine ausladende Geste, wobei er noch mal seinen Fans winkt, und sagt leise: »Wir lassen das alles hinter uns und gehen nach Berlin. Wir drehen an den großen Rädern und erschaffen große Visionen. Wie klingt das für dich?«

»Ja, hm«, mach ich. »Große Räder, also … ich wär echt froh, wenn ich Kohle hätte, neue Reifen für mein Bike zu kaufen.«

»Denk halt drüber nach.« Fred leert seine Flasche. Beugt sich zu mir vor und flüstert: »Aber sobald dieses verdammte Video irgendwo in der Öffentlichkeit auftaucht, wirst du was ziemlich Unschönes erleben. Ich sag nicht, was, denn deine Fantasie reicht sowieso nicht aus, um es dir vorzustellen.«

Dann steht er auf, streckt mir beide Arme hin und ruft: »Ach, das war schön, mit dir zu plaudern, mein Lieber. Schade, dass du schon wegmusst. Wir bleiben in Kontakt.«

Ein bisschen gefühllos steh ich auch auf, lass mich wieder von ihm drücken und geh. Erst als ich mich noch mal umdreh, seh ich die volle Colaflasche da stehen. Ich hab nicht einen einzigen Schluck draus getrunken. Jetzt, wo ich den Platz verlassen hab, kommen die ganzen Fans rüber und umlagern Fred wieder. Auch Schädel ist dabei. Er schickt mir seinen Hassblick, nimmt meine Cola von Tisch und schüttet sie einfach neben dem Tisch auf den Boden aus. Dabei grinst er mich an, hebt die leere Flasche und führt den Flaschenhals an seiner Kehle vorbei wie einen Messerschnitt.

Ich dreh mich weg und geh.

Dann würde derjenige, der es getan hat, vollumfänglich die Verantwortung übernehmen, hat Fred gesagt. *Und zwar allein.*

Das ist ja noch so ein Vorteil daran, wenn du keine Freunde hast. Du kommst nie in eine Situation, wo du dich fragst, ob du sie verraten sollst.

MITTWOCH

25

ROBIN

»Verräter!«, schimpft Henry und knallt mir die Tür vor der Nase zu.

Na toll. Da bin ich zum ersten Mal seit ewig zu einer halbwegs wichtigen Sache nicht zu spät, sondern echt pünktlich, und dann so was. Was meint die bloß? Ich klopf und drück auf die Klingel.

»Hau ab!«, ruft sie von drinnen.

»Was ist denn? Was hab ich falsch gemacht?«

»Als wenn du das nicht wüsstest.«

»Nee, echt nicht.«

Ich bin ratlos. Da klappt die Tür einen Spalt auf und Henry schiebt die linke Hand durch. Die Hand hält ihr Smartphone und auf dem Display seh ich Fred, wie er vor der Garage steht und seine Rede hält. In der Ecke oben das Logo vom Stadtfernsehen. Muss der Film sein, den die Fernsehleute gestern gemacht haben. Ich erkenn sogar die Stimme der Reporterin wieder, die Mel ausfragen wollte.

»… bewegt sich der smarte Nachwuchspolitiker gewohnt trittsicher beiderseits der Grenzen des guten Geschmacks. Oder auch des menschlichen Anstandes, je nach Sichtweise«, plärrt die Reporterin aus Henrys Handy. »Doch Kuschinskis Rückhalt, vor allem bei den Menschen hier im Wohnblock an der Breslauer Straße, ist nicht zu unterschätzen.« Schnitt. Die Rede ist zu Ende – ich seh die Menschenmenge, hinten Fred, vorn auf einmal Schädels Schädel und daneben einen anderen Kopf, meinen. Der fliegt auf Fred zu, herzliche Umarmung, Schnitt. Henrys Finger tippt auf Pause, ihre Augen funkeln mich an.

»Jetzt weiß ich«, schimpft sie, »warum du mir gestern ausgewichen bist, als ich dich gefragt habe, wie gut du ihn eigentlich kennst.«

Okay, denk ich. Fick dich, Henry, denk ich. So ist das eben, denk ich, wenn man sich auf andere Leute einlässt. Ärger, Enttäuschung, Missverständnisse, die ganze Scheiße. Hab ich echt kein Bock drauf. Ich dreh mich weg und Richtung Treppe.

»Was jetzt?«, fragt sie und macht die Tür ein Stück weiter auf.

»Nichts. Ich hau ab.«

Gut, sollte sie jetzt sagen, *hau halt ab und ich veröffentliche in einer Stunde das Video.*

Schließlich hat sie mich in der Hand, sie kann mich erpressen, und das sollte sie dann auch tun. Ich würd es jedenfalls an ihrer Stelle.

Aber sie sagt nur: »Komm schon rein, Mann.« Und öffnet die Tür ganz. »Bitte.«

Ich muss seufzen. Dann geb ich mir einen Ruck, geh zurück und rein ins Büro, lass mich aufs Sofa plumpsen.

»Tee?«, fragt sie.

»Nee danke.«

»Also.« Sie schließt die Tür. »Was sollte diese Show? Wie eng bist du mit diesem Hochhaus-Hitler wirklich befreundet?«

Ich muss lachen, obwohl ich das gar nicht will. Hochhaus-Hitler, das gefällt mir. Ihm würd es vielleicht sogar selber gefallen.

»Frag mich was Leichteres«, sag ich. »Ich versteh eigentlich nichts von Freundschaft und solchen Sachen. Ich glaub, der mag mich einfach irgendwie. Er … hat mir sogar einen Job angeboten.«

»Job?«

»Ja, er will mich mit nach Berlin nehmen, keine Ahnung, was ich da machen soll. Vor allem weiß er natürlich, dass wir den Stick haben, und er hat, glaub ich, richtig Schiss. Also dass der Film an die Öffentlichkeit kommt. Und ich bin mir ziemlich sicher – egal, ob er mich jetzt wirklich mag oder nicht –, sobald das passiert, bringt er mich um.«

»Hat er das gesagt?«

»So in der Art – ja.«

»Wow, das ist ein richtiges Schuldeingeständnis.«

»Das uns leider nicht weiterhilft.«

»Nein. Nicht, solange du keine Aussage machst. Und jetzt sag – warum habt ihr euch so überschwänglich begrüßt? Warum musstest du überhaupt mit ihm reden?«

»Ich musste – na ja – einen Deal mit ihm machen. Er dachte, ich wär gekommen, um ihm diesen Stick zu bringen. Ich musste ihm klarmachen, dass das nicht geht. Aber dass andererseits seine Leute mich in Ruhe lassen sollen, solange das Video unter Verschluss bleibt.«

Henry schüttelt sich.

»Widerlich«, sagt sie. »Ich hätte mich nicht darauf einlassen dürfen.«

Sie hockt sich neben mich aufs Sofa, guckt mich beschwörend an und sagt: »Lass uns zur Polizei gehen und denen alles erzählen, die ganze Geschichte.«

»Auf keinen Fall.«

»Kuschinski hat dir gedroht«, sagt sie. »Seine Männer haben uns verfolgt. Die Polizei muss das ernst nehmen. Wenn du aussagst …«

»Nein!«

»Sie werden dich beschützen.«

»Bullshit! Die Cops können gar nichts tun.«

»Vielleicht gibt es ein Zeugenschutzprogramm oder so. Du könntest irgendwo ein neues Leben anfangen … Gestern hast du selber gesagt, dass du eigentlich nichts zu verlieren hast.«

»Und *du* hast zugestimmt, dass wir einen Plan B suchen. Dass du uns Zeit gibst bis Freitag.«

Ich kling fast trotzig, wie ein kleines Kind. Das ärgert mich.

»Ich möchte dir so gern vertrauen«, murmelt sie.

»Dann tu es doch einfach«, ruf ich. »Ich vertrau dir auch. Würd ich sonst jetzt hier sitzen? Ich hätt ja Schädel auch einfach sagen können, wo du wohnst. Damit die Typen sich ihren fucking Stick zurückholen und ich aus der Nummer raus bin.«

Da springt sie auf.

»Soll das eine Drohung sein?«

»Unsinn. Ich hab das gesagt, damit du verstehst, dass ich kein falsches Spiel spiele. Weil wir nämlich beide in derselben Scheiße sitzen.«

»Okay.« Sie setzt sich wieder.

Plötzlich nimmt sie meine Hand.

»Du hast recht«, sagt sie. »Ich hab dir mein Wort gegeben und ich stehe dazu. Entschuldige … ich mache solche Sachen auch nicht jeden Tag. Ich fühle mich ehrlich gesagt ein bisschen überfordert. Ich möchte keinen Fehler machen. Ich will nichts tun, was dir schadet. Oder vielleicht mich selber in Gefahr bringt. Aber ich lasse Kuschinski auch nicht davonkommen. Das schwör ich dir.«

»Ja«, sag ich bloß und fühl ihre Hände an meiner.

Sie sind warm. Sonst haben Mädchen immer kalte Hände, denk ich, aber Henry nicht. Ich könnt für ewig so sitzen.

Bullshit.

»Lass uns über Plan B reden«, sag ich. »Zum Beispiel über diesen Zeugen, den du gestern erwähnt hast.«

Sie lässt meine Hand los, steht auf und setzt sich an den Schreibtisch.

»Wie gesagt, es gab da diesen Mann, den sie niedergeschlagen haben.« Sie öffnet den Rollcontainer unter dem Schreibtisch, sucht, zieht eine Akte heraus, blättert darin herum. »Es muss jemand aus eurem Block sein. Schon älter. Vielleicht kennst du ihn sogar. Wo steht es denn … Der Name kam natürlich nie in die Medien, aber Magnus hat ihn irgendwie herausgekriegt, warte … ah, hier. Ibrahim Bulut. Schon mal gehört?«

»Pff«, mach ich. »Nee, glaub nicht.«

»Irgendwo gab es auch ein Foto …« Sie blättert weiter. »Mann, dieses Chaos. Dass Magnus nichts vernünftig abheften kann! Jedenfalls hat er sich mit diesem Mann einmal getroffen und versucht, etwas aus ihm herauszukriegen. Aber ohne Erfolg. Wahrscheinlich haben Kuschinski und seine Leute ihn eingeschüchtert. Wo ist das verdammte Foto?« Sie legt die Akte zur Seite. »Puh. Bestimmt auf dem Rechner. Aber den hat jetzt die Polizei.«

»Gibt es keine Sicherheitskopie irgendwo?«

»Hm … er hat mal so was erwähnt. Ich weiß, dass er nie irgendetwas online ablegt, weil er sich vor Datenlecks fürchtet. Vermutlich gibt es eine externe Festplatte oder so was. Vielleicht kann Marie uns weiterhelfen.«

Sie tippt auf ihr Handy.

»Wer ist das?«

»Magnus' Frau.« Henry hält ihr Smartphone ans Ohr. »Hallo, hier ist Henry, ich wollte kurz … Ach. Echt? … Oh, das sind gute Nachrichten. Aber weswegen ich eigentlich anrufe – ich brauche Infos, die auf seinem Rechner sind. Weißt du zufällig, wo Magnus seine Sicherungskopien aufbewahrt?«

Ihr Blick wandert über meinen Kopf hinweg zur Wand und bleibt an dem alten Plakat aus der Jugendzeit von Magnus hängen.

»Echt? Witzig. Super, dank dir! Ich melde mich wieder.«

Sie legt ihr Handy weg, steht auf und mustert das Plakat.

»Von was für einer guten Nachricht hast du gesprochen?«, frag ich.

»Es geht ihm viel besser, sagt Marie. Also Magnus. Sie wollen schon heute damit beginnen, ihn aus seinem Koma aufzuwecken.«

»Ah, gut«, sag ich. Dabei weiß ich gar nicht, ob ich das wirklich gut finde. Also für mich. Für ihn natürlich schon. »Und die Daten?«

»Sind angeblich hier«, sagt Henry, schiebt den Stuhl unter das Plakat und steigt hoch. »Auf der Rückseite.«

Vorsichtig zieht sie die Reißzwecken heraus, mit denen das Plakat an der Wand befestigt ist. Sanft gleitet es herab. Henry legt es mit der Vorderseite nach unten auf den Boden.

»Wow«, macht sie und beugt sich über die Rückseite. »Anscheinend hat Magnus doch so was wie eine wohlsortierte Aktenablage.«

Auf der Rückseite des Plakates kleben winzige Speicherkarten, ungefähr zwanzig Stück. Sie sind wie ein Raster angeordnet, eine Art Tabelle oder was, und daneben stehen mit feinen Bleistiftstrichen notierte Stichworte.

»Diese muss es sein.« Henry bückt sich und löst mit dem Fingernagel eine der Speicherkarten vom Papier.

Anschlag Moschee Breslauer Straße, steht daneben.

»Und jetzt?«, frag ich.

»Gucken wir mal nach.« Aus einem Rucksack holt sie ihren Laptop raus und startet ihn, dann fummelt sie die Karte in einen Adapter, schiebt das Ding an der Seite rein und öffnet einen Dateiordner. »Ah, hier«, sagt sie und klickt auf ein Foto. »Voilà, Ibrahim Bulut.«

Das Bild öffnet sich vor unseren Augen. Der gezwirbelte Schnurrbart ist unverkennbar.

»Na, so was«, ruft Henry, »den Mann haben wir doch gestern getroffen, als wir aus dem Fenster geklettert sind.«

»Onkel Ibbi«, sag ich. »Irgendwie logisch, dass er es ist. Soweit ich weiß, macht er manchmal nebenbei Hausmeisterjobs in der Moschee. Sicher ist er den Typen in dieser Nacht damals in die Quere gekommen.«

»Na gut«, sagt Henry. »Dann wissen wir jetzt, wer er ist. Damit stehen wir genau da, wo Magnus vor eineinhalb Jahren auch schon mal stand. Glaubst du denn, wir können ihn dazu bewegen, doch noch eine Aussage zu machen? Wenn Magnus es nicht konnte?«

»Wir werden gar nicht mit ihm reden«, sag ich. »Jemand anders wird das für uns tun.«

Mir ist nämlich Freds kleine Bemerkung von gestern eingefallen. *Ist er nicht sogar irgendwie mit den Topals verwandt?* Ich erinnere mich, dass Arzu tatsächlich früher mal was in die Richtung gesagt hat.

»Wer?«, fragt Henry. »Wer soll für uns mit Ibrahim Bulut reden?«

»Hakan Topals Schwester«, sag ich. Komischerweise hemmt mich irgendwas, Henry gegenüber Arzus Namen auszusprechen. »Wenn ich nicht komplett danebenliege, sind Ibbi und die Topals irgendwie verwandt.«

Henry guckt mich skeptisch an.

»Wo ist der Zusammenhang?«

»Ich stell mir das so vor: Wenn Fred wegen dem Anschlag in den Knast geht, dann wird auch rauskommen, wer Emil getötet und Magnus verletzt hat. Und dann würde Hakan ja freigelassen werden. Also hätte Ibbi eine gewisse Motivation, doch noch auszusagen. Und Hakans Schwester hätte deswegen einen ziemlich guten Grund, zu Ibbi zu gehen und mit ihm zu reden. Nämlich, weil sie auf die Weise was für ihren Bruder tun kann.«

»Aha«, macht Henry. »Klingt nicht sehr stichhaltig für mich. Aber okay. Und wie kommst du an diese Schwester von Hakan heran? Kennst du sie gut?«

»Einigermaßen«, sag ich und merk, dass ich plötzlich rot werde.

»Oh – ich … verstehe«, sagt Henry und guckt weg.

Kurz ist da ein komisches Schweigen zwischen uns. Dann klickt Henry auf ihrem Rechner herum.

»Was tust du?«, frag ich.

»Ich kopiere das Video auf die Speicherkarte. Da gehört es ja eigentlich auch hin.«

Sie nimmt die Karte aus dem Rechner, holt einen Klebstift und befestigt sie wieder an derselben Stelle auf der Rückseite des Plakats. Dann hebt sie es auf, steigt auf den Stuhl und hält es gegen die Wand.

»Hilf mir mal«, sagt sie und nickt zu den vier kleinen Reißzwecken, die bei dem Stuhl am Boden liegen.

Ich sammle die Dinger auf und reck mich neben Henry hoch, um das Plakat an seinem alten Platz zu befestigen. Ich spüre Henrys Bauch und Busen an meinem Rücken und versuche, Arzus Gesicht aus meinem Kopf zu kriegen. Die ganze Geschichte wird mir langsam viel zu kompliziert. Einen Moment bleiben wir so, bevor Henry runtersteigt und den Stuhl wieder zum Schreibtisch schiebt.

»Soll ich nicht mitkommen, wenn du dich mit diesem Mädchen triffst?«, fragt sie.

»Nee.«

»Dachte ich mir. Aber ruf mich an, wenn du mit ihr geredet hast, ja?«

»Mach ich.«

»Okay.«

»Okay.«

»Haben wir dann alles besprochen?«, frag ich.

»Ich glaube schon«, sagt sie.

»Gut.«

»Ja.«

»Dann geh ich mal.«

»Ja. Und ruf mich an.«

26

FRED

Fred hasst das ratternde Lärmen des Akkuschraubers, das klingt so sinnlos überdreht. Sinnlos wie diese Arbeit. Die ist dermaßen absurd, dass man eigentlich Fotos davon auf Facebook und Instagram posten müsste, um den Leuten die Augen zu öffnen, aber das würde bei seinen Feinden nur Häme erzeugen und bei seinen Anhängern womöglich Mitleid. Darauf kann er verzichten. Also löst er stumm die letzte Schraube, hebt den Briefkasten behutsam aus der Verankerung am Klinkerstein und entsorgt ihn samt seinem widerwärtigen Inhalt in der Mülltonne neben dem Gartentörchen. Anschließend steigt er in den Keller hinab, wo noch sieben absolut identische Briefkästen lagern, nimmt eines der silbernen Blechteile mit hinauf und befestigt es am vorgesehenen Platz. Auch Namensschilder hat er auf Vorrat produziert: *Familie Kuschinski*. Er löst eines vom Blatt und klebt es auf. Stumm räumt er den Akkuschrauber wieder weg, stumm wäscht er sich die Hände. Riecht immer wieder an dem scharfen Zitronenaroma der Handseife, inhaliert es, bis sich seine Nasenschleimhäute verätzt anfühlen und der Kotgestank endlich verschwunden ist.

Es war jetzt schon das sechste Mal, dass jemand Hundescheiße in den Briefkasten geworfen hat. Jedenfalls will Fred sich nichts anderes vorstellen, als dass es *Hunde*-Scheiße ist, wobei diesen Gutmenschen ja durchaus alles Abartige zuzutrauen wäre. Beim ersten Mal hat er den Briefkasten tatsächlich noch geleert und geputzt. Beim zweiten Mal hat er ihn abmontiert und weggeworfen, beim dritten Mal hat er im Baumarkt gleich zehn neue Briefkästen auf einmal gekauft. Berufsrisiko, könnte man sagen. Aber für Mama und Papa ist das natürlich eine extreme Belastung. Die Anschläge auf den Briefkasten, die Farbschmierereien am Haus, anonyme Anrufe, manchmal sogar Pöbeleien auf offener Straße: »Na, wie ist das, wenn man merkt, dass man einen Nazi großgezogen hat?« Von wegen Nazi – so was nennt man Sippenhaft. Der Feind ist es doch, der Nazimethoden anwendet, findet Fred, nicht er und seine Freunde.

Für seine Eltern wird es hoffentlich bald vorbei sein, denn wenn Fred erst mal Berufspolitiker ist, wird er sich eine eigene Wohnung leisten können. Eine schöne Wohnung hier in der Stadt und vielleicht noch ein Apartment in Berlin. Oder auch umgedreht, mal sehen. Ob es jemals vor ihm einen Bundestagskandidaten gab, der noch bei seinen Eltern lebt? Auf vierzehn Quadratmetern mit Dachschräge, im verklinkerten Reihenhaus, so einer anderthalbgeschossigen Ausgeburt der Vorstadthölle? Wobei – man soll die Vorstädte nicht verächtlich machen. Denn hier wohnt die Mittelschicht. Viele Nachbarn, die es niemals offen zugeben würden, werden an diesem Sonntag in der Wahlkabine stumm ihr Kreuz neben seinen Namen setzen. Für Mama und Papa war es ein großer Schritt, dieses Haus zu kaufen und dem Block zu entrinnen. Eine Bestätigung, dass man es mit harter Arbeit schaffen kann, seine Träume zu verwirklichen. Mama hat die Vorhänge ausgesucht und Papa den Gartenzaun. Sie sind hier sofort heimisch geworden, aber er nicht. Nirgends war er je richtig zu Hause. Nicht als Kind in Polen, nicht später im Block, schon gar nicht hier. Auch nicht bei den Pfadfindern oder dem Jugendrotkreuz. Lange ist er auf der Suche gewesen, hat sich früh für Politik interessiert. Die FDP fand er irgendwie cool und wollte mit gerade mal vierzehn Jahren bei den Jungen Liberalen eintreten. Doch da ging es nicht um Politik, sondern darum, wer die reichsten Eltern hat. Klamotten, Handys und BWL-Phrasen. Also wechselte er zur Jungen Union. Eine Ansammlung karrieregeiler Duckmäuser. Sie bezeichneten sich als konservativ und redeten von Leitkultur, aber immer wenn Fred etwas sagte, zuckten sie zusammen und nannten ihn radikal. Dann endlich tauchte die DAP auf. Dort war Platz für junge, unverbrauchte Talente. Als sich der Kreisverband gründete, trafen sich vor allem Männer um die fünfzig. Sie waren zornig auf den Euro, die Kanzlerin und die Flüchtlinge, hatten aber keine Visionen. Bei seiner ersten Rede bejubelten sie Fred wie einen neuen Messias. Es war ein Leichtes, in den Kreisvorstand gewählt zu werden – da war er gerade mal siebzehn gewesen. Er besuchte Seminare beim neurechten Staatspolitischen Institut und knüpfte Kontakte zur Identitären Bewegung – einem rechtsradikalen Club, der ihm cooler und vor allem intelligenter vorkam als die klassischen Neonazis, die er aus dem Block kannte und denen er immer bloß aus dem Weg gegangen war; die *Kameradschaft* rund um Schädel. Doch die wurden ihrerseits plötzlich auf ihn aufmerksam und begannen, ihn zu umwerben. Bis Fred klar wurde, dass Schädel, Niko und die anderen keinen neuen Kameraden in ihm suchten, sondern einen Anführer. Jemanden, der ihrer ungezügelten Wut und ihrer rohen Gewalt eine Richtung gibt, einen tieferen Sinn. Natürlich existiert offiziell keinerlei Verbindung zwischen der Partei und den Jungs …

Er trocknet sich die Hände ab und geht nach oben, setzt sich an den viel zu kleinen Schreibtisch und lässt den Blick lustlos über die dicken roten Ordner mit den Gesetzessammlungen gleiten. In wenigen Wochen beginnt das neue Semester, doch er wird nicht mehr dabei sein. Vielleicht gibt es ja die Möglichkeit, nebenher ein Fernstudium zu absolvieren. Aber im Grunde ist das doch auch egal. Der Nominierungsparteitag, bei dem er als Kandidat für den Bundestag aufgestellt wurde, war ein Triumphzug gewesen, niemand fragte nach einem Berufsabschluss. Und vielleicht werden sie ja tatsächlich eines Tages das ganze korrupte System hinwegfegen; dann regiert der gesunde Menschenverstand, der wahre Volkswille. Und der lässt sich eh nicht in kleinliche Gesetze pressen und in solchen roten Ordnern abheften. Der ist vital und lebt von Identität, vom Heimatgefühl. Ja. Fred Kuschinski, der so lange heimatlos war, hat sein Zuhause gefunden.

Der Feind nennt so etwas *postfaktisch* – also sich von Gefühlen anstelle von Fakten leiten zu lassen. Aber sind denn die Deutschen etwa ein Volk von Robotern? Das denken vielleicht die Bürokraten in Brüssel. Aber die werden sich noch wundern. Ein Anruf reißt Fred aus seinen Gedanken.

»Niko. Was gibt's?«

»Du hattest recht«, sagt Niko. »Sie arbeitet tatsächlich für Mahlmann. Als Praktikantin. War nicht schwer, sie im Internet zu finden. Ihr Name ist Henrietta Odukoya. Die Adresse kriege ich noch raus.«

»Gut gemacht.« Fred holt seinen PC aus dem Standby und öffnet Facebook. »Aber ihr unternehmt vorläufig nichts, verstanden?«

»Sollen wir ihr nicht wenigstens einen kleinen Besuch abstatten? Zumindest mal ein bisschen Angst machen?«

»Nein. Das sparen wir uns für später auf. Ich will es erst mit etwas subtileren Methoden versuchen.«

»Versteh nicht, was du meinst.«

»Nicht schlimm«, sagt Fred. »Du siehst das dann schon. Denn immerhin sind nicht alle Blogger linksgrün-versifft; es gibt auch ein paar, die sich für ihr Vaterland einsetzen. Ihr bereitet nachher im Block wieder alles für die Mahnwache vor, ja?«

»Natürlich. Bis später.«

Fred klickt auf das Profilbild von Henrietta Odukoya. Was sind schon Fakten? Was ist Wahrheit? Es gibt sowieso keine absolute Erkenntnis. Jedes Faktum sieht von jedem Standpunkt aus betrachtet ganz verschieden aus. Wahr ist am Ende das, was dem Volk dient. Im Verzeichnis seines Smartphones tippt er auf die Nummer von Jost. Es geht doch nichts über ein gutes Netzwerk. Jost meldet sich sofort.

»Hallo, mein Lieber. Hast du ein paar Minuten Zeit für mich? Sitzt du gerade am Rechner?«

»Beides«, sagt Jost.

»Gut. Geh doch mal bitte auf Facebook, auf die Seite von Mahlmann. Scroll ein bisschen runter. Da hat er einen Beitrag geteilt von einer gewissen Henrietta Odukoya. Hast du's?«

»Ja.«

»Geh auf ihr Profil.«

»Mach ich … Ah ja. Schau an, die hat mich offenbar abonniert.«

»Wundert mich nicht. Sie arbeitet sich genau wie der Mahlmann an uns und unserer Bewegung ab. Angeblich ist sie seine Praktikantin.«

»Sieht ganz süß aus.«

»Ja, schon. Aber irgendwie auch ein bisschen nuttig, oder?«

Jost lacht.

»Ah, ich ahne, worauf du hinauswillst. Was hat dir die Kleine denn getan?«

»Bis jetzt noch nichts. Aber für den Fall, dass sich das ändert, könnten wir schon mal ein wenig das Feld bereiten. Super wäre eine Verbindung zwischen ihr, Mahlmann und diesem Hakan Topal, du weißt schon.«

»Ja. Allerdings wird bei Topal das Eis immer dünner. Vorhin hab ich irgendwo gelesen, der Verdacht hätte sich bislang nicht weiter erhärtet oder wie sie das ausdrücken. Immerhin bleibt er trotzdem weiter in U-Haft. Hm. Kann man natürlich auch so verstehen, dass da wieder mal irgendwas verschleiert wird. Wäre ja typisch. Aber eine Verbindung zu Mahlmann?«

»Na, Topal ist Moslem und Mahlmann ist Moslemversteher.«

»Wenn es so einfach wäre.« Wieder lacht Jost. »Wobei – da fällt mir was ein. Ich hatte mir mal angesehen, was man über dieses *Projekt* weiß, diese antideutschen Aktionen, die Mahlmann als Jugendlicher gefahren hat. Diese Clique damals, das muss eine ziemliche Kifferrunde gewesen sein.«

»Und Topal ist dick im Drogengeschäft«, sagt Fred. »Da haben wir's doch.«

»Gut, zu einem ersten Aufschlag reicht es. Aber wie kriegen wir das Mädchen mit rein?«

»Starte mit ein paar Andeutungen. Ich schau inzwischen, ob ich noch was über sie herausfinde. Ich melde mich wieder. Du kannst ja schon mal was raushauen. Dank dir.«

»Immer gern.«

27

ROBIN

»Bitte?«, fragt der Typ hinterm Tresen. »Noch mal dasselbe?«

»Jep«, nicke ich.

»Also noch mal das Big-Mac-Menü mit Cola und noch mal zwanzig Chicken Nuggets?«

»Und eine Apfeltasche.«

Lässig leg ich zwanzig Euro vor ihn hin. Es ist einfach ein geiles Gefühl, mal Kohle in den Fingern zu haben. Geld stinkt ja angeblich nicht, heißt es. Wobei – keine Ahnung, ich hab noch nie dran gerochen.

Als ich wieder auf meinem Platz sitz und weiteress, merk ich, dass ich eigentlich doch schon längst satt war. Der angebissene Big Mac guckt mich vorwurfsvoll an.

»Was glotzt du denn so?«, frag ich den Big Mac.

»Weißt du genau«, sagt der Big Mac. »Warum hast du ihr vorhin nicht alles gesagt?«

»Keine Ahnung, was du meinst.«

»Ich meine zum Beispiel«, sagt der Big Mac, »wie du heute Morgen aus dem Haus gehen wolltest. Dass da plötzlich dein Bike im Flur stand. Mit flammneuen Reifen. Und dass unterm Sattel ein zusammengerollter Hundert-Euro-Schein in der Halterung steckte.«

»Halt einfach dein großes Maul, okay?«, sag ich, pack den Big Mac und stopf mir so viel davon in den Mund, wie reingeht.

Mein Handy brummt. Fred. Wenn ich ihn jetzt wegdrück, frag

ich mich den Rest des Tages, was er wohl von mir wollte. Also geh ich dran.

»Hey, du hast ja deine alte Nummer noch«, sagt er. »Stör ich?«

»Geht so. Ich ess gerade.«

»Dann lass es dir schmecken. Du bist sozusagen eingeladen.«

»Danke.«

»Sieh es einfach als Geste meines guten Willens. Ich kann übrigens noch was nachlegen, also falls du mal wieder knapp bei Kasse sein solltest.«

»Was willst du von mir?«

»Ach, gar nichts Besonderes. Ich fand es schön, gestern mit dir zu plaudern. Das könnten wir bei Gelegenheit wiederholen. Einfach plaudern. Zum Beispiel über Henrietta Odukoya und was sie gerade macht, was sie so treibt, und wie es um Magnus Mahlmann steht. Einverstanden?«

Ich kaue. Woher kennt er Henry? Lässt der mich ausspionieren?

»Rob?«

»Sorry, hatte gerade den Mund voll.«

»Na dann. Ruf mich an, wenn du etwas Interessantes für mich hast. Weiterhin guten Appetit.«

Ich leg das Handy weg und starr auf die Reste von dem zerstörten Big Mac. Der wird mir keine blöden Vorwürfe mehr machen. Aber dafür rumort er jetzt in meinem Magen. Ich glaub, ich muss mal raus an die Luft. Mir wird echt schlecht. Die totale Scheißidee, sich dermaßen vollzufressen, wenn man tagelang kaum was gegessen hat. Bis raus schaff ich es gar nicht mehr, aber immerhin bis zum Klo. Häng den Kopf in die bepisste Schüssel und kotz mir die Seele aus dem Leib.

Als es endlich vorbei ist und ich mir gründlich die Hände und das Gesicht wasch, fällt mir was ein: Mein schöner Plan, dass Arzu den guten Ibbi bequatscht, um Fred in den Knast zu bringen, hat einen riesen Haken. Denn wenn Magnus Mahlmann tatsächlich heute oder morgen aufwacht und der Polizei sagt, wie es wirklich war, dann werden Schädel und Nikolaj eh in den Knast gehen. Hakan wird freigelassen, und damit hat Arzu gar keinen Grund mehr, dass sie Ibbi überzeugen muss, gegen Fred auszusagen. Dann wären wir wieder am Anfang. Und Henry würd doch noch den fucking Film in die Presse bringen. Und an Schädels Stelle würd Fred halt wen anders finden, der mich umbringt. Oder nicht?

Das kalte Wasser macht mich seltsam klar. Für einen Moment frag ich mich, ob ich dieses ganze Affentheater nur deshalb veranstalte, damit am Ende nicht ich es bin, der Fred in den Knast bringt und seine Karriere zerstört. Nicht aus Angst, sondern aus schlechtem Gewissen? Weil ich ihn halt nicht hassen kann, auch wenn ich's gern würd, so wie er mich nicht hassen kann?

Mann, alles dreht sich in meinem Hirn. Hätt ich doch bloß noch irgendwo was zum Rauchen. Mit letzter Kraft schreib ich Arzu, dass ich sie unbedingt treffen muss. Dringend.

Dann fahr ich heim. Auf meinem Bike mit den flammneuen Reifen. Rechts und links von der Garageneinfahrt im Block stehen die roten Grabkerzen von gestern und vorgestern. Heute Abend werden noch mehr dazukommen. Aber jetzt ist es erst Mittag. Die Kerzen leuchten sinnlos im Sonnenschein. Heute Abend wird der Platz wieder Fred und seiner Partei gehören, seinen Leuten und seinen Ideen. Jetzt sind da nur die Gäste in Ibbis Stehcafé. Deutsche, Marokkaner, Russen; Alkis, Junkies, Nazis; vor Ibbis Theke sind sie alle gleich. Sitzen da an den Tischen in der Herbstsonne oder stehen in kleinen Grüppchen beisammen. Friedlich. Jeder lässt jeden leben. Ibbis Laden ist das letzte neutrale Fleckchen hier. Jeder respektiert ihn. Weil er nämlich auch jeden respektiert. Ob er das wirklich aufs Spiel setzen würde? Kann ich mir kaum vorstellen. Aber Arzu hat geantwortet. Nach der Schule, um vier.

Bis dahin verzieh ich mich nach Haus und in mein Zimmer.

Mach die Musik lauter als sonst. Hilft aber nicht.

28

HENRY

Es ist ein bisschen wie eine Zeitreise, denkt Henry, als sie das Café betritt. Während der Oberstufe hat sie hier viele Freistunden und unzählige Nachmittage verbracht, die Schule liegt gleich um die Ecke. Seit dem Abi ist sie nicht mehr hier gewesen. Gerade einmal vier Monate, die sich anfühlen wie ein halbes Leben. Isa und Nathan sind schon da, sitzen hinten am angestammten Platz, Chai Latte und Laptop vor sich auf dem Tisch, sehen Henry kommen und stehen auf. Herzliche Umarmung, Wangenküsschen, es ist schön, die beiden zu sehen.

»Mensch, da bist du ja«, sagt Isa und rückt ihre große rote Hornbrille zurecht. »Gut siehst du aus.«

»Ich hab auch nichts anderes behauptet«, lacht Henry und setzt sich.

»Nee«, sagt Nathan und grinst. »Genau darum wollten wir uns persönlich davon überzeugen, dass es dir gut geht. Die ganze Stadt spricht von dem Mord im Breslauer Block und von dem Angriff auf deinen Chef, und du steckst da mittendrin in dem ganzen Drama.«

»Genau«, sagt Isa, »wir machen uns einfach ein bisschen Sorgen.«

»Ach«, winkt Henry ab, »ihr wisst doch – im Auge des Sturms herrscht Windstille.«

Was für ein bescheuerter Spruch, denkt sie. Aber er klingt halt gut. Sie bestellt einen Tee.

»Erzähl doch mal«, sagt Isa, »wie geht es dir wirklich? Das muss doch sehr belastend für dich sein. Ständig hört man, dass dieser Junge, den sie verhaftet haben, es vielleicht gar nicht gewesen ist. Sondern welche von den Rechten. Hast du gar keine Angst?«

»Das beste Mittel gegen Angst sind gute Freunde«, sagt Henry.

Das ist eigentlich auch nur ein Spruch. Sie wünschte sich, dass er zuträfe. Tut er aber nicht, das spürt sie in diesem Augenblick. Kurz überlegt sie, einfach alles zu erzählen – von Robin und dem Stick, von ihrer Strategie und der Deadline; dass sie den Film übermorgen online stellen wird, falls Ibrahim Bulut nicht vorher zur Polizei geht. Dass sie Angst hat, einen Fehler zu machen. Am liebsten würde sie jetzt sofort den Stick rausholen, in Nathans Laptop stecken und den beiden das Video von dem Attentat zeigen, ihnen vielleicht sogar Kopien davon schicken, als Rückversicherung, nach dem Motto: Gebt das der Polizei, falls mir etwas zustößt … Aber das geht nicht. Gedanken und Gefühle kann man vielleicht teilen, denkt sie, aber nicht die Verantwortung. Die Verantwortung für das, was in den nächsten achtundvierzig Stunden geschehen wird, liegt bei ihr und Robin.

»Das hast du jetzt davon, Negerschlampe«, sagt sie und muss fast grinsen über die schockierten Gesichter von Isa und Nathan. »Ja, solche Mails kriege ich stündlich. Ich solle mich nicht wundern, heißt es da, dass Magnus das Opfer seiner *Fremdenliebe* geworden sei. Oder so in der Art. Manchmal denke ich, es zermürbt mich. Und dann denke ich wieder, dass der Hass dieser Menschen mich nur stärker macht.«

»Oh weh«, sagt Isa und nippt an ihrem Chai Latte. »Du Ärmste.«

»Das wird immer schlimmer«, meint Nathan. »In den Filterblasen und Echokammern des Internets drehen sich diese Menschen nur noch um sich selbst, verlieren jeden Bezug zur Wirklichkeit und erschaffen sich ihre eigene Parallelwelt. Da sind Flüchtlinge dann allesamt Kriminelle und Terroristen, da wird die Bundesregierung von den amerikanischen und israelischen Geheimdiensten gesteuert, da ist die Bundesrepublik bloß eine Erfindung fremder Staaten, um das Volk zu unterdrücken und so weiter. Manchmal lege ich mich mit solchen Trollen an. Es muss doch möglich sein, diese abstrusen Ideologien zu dekonstruieren. Vielleicht gar nicht mal durch Fakten und Argumente, sondern eher durch satirische Übersteigerung …«

Nathan referiert noch endlos weiter. Und er hat ja auch mit allem recht, denkt Henry. Nur hat es überhaupt nichts mit ihrer Situation zu tun, ihren Bedürfnissen.

Aber was genau wäre eigentlich ihr Bedürfnis? Dummerweise könnte sie das gar nicht sagen. Nathan und Isa sind wunderbare Freunde, ihr Interesse ist aufrichtig, aber – auch wenn das egoistisch klingen mag – es hilft ihr eben im Moment überhaupt nicht weiter. Ihre Gedanken kreisen um Robin. Der hat bestimmt noch nie über Filterblasen und Echokammern im Internet oder über die Dekonstruktion von irgendetwas nachgedacht. Man könnte ihn für schlicht halten, für ungebildet; Letzteres ist er wohl auch, aber nur dann, wenn man einen ziemlich bornierten Begriff von Bildung als Maßstab nimmt. Da liegt immer diese seltsame Leere in seinem Blick. Aber nicht, weil da weiter nichts wäre, sondern im Gegenteil – weil da Abgründe sind, unendlich tief. Henry würde gern hineinsehen. Warum, weiß sie gar nicht; selbst wenn sie wollte, könnte sie nicht sagen, was diesen fremden Jungen aus dem Breslauer Block anziehend für sie macht. Und warum sie seinetwegen bis jetzt darauf verzichtet hat, den Film einzusetzen. Die einzige Waffe, die sie hat.

»Oder nicht?«, fragt Isa.

»Bitte?«

»Na, ich meinte – damals, als wir in der Zehnten mit dem Aktionsteam gestartet sind, wisst ihr noch? Wir wollten das Klima retten und Geflüchteten helfen, wir wollten faire Bildungschancen für alle, Homoehe und Frauenquote, wir wollten die Bienen beschützen und die Regierung stürzen. Wir waren im Vorwärtsgang, im Angriffsmodus. Aber inzwischen schlagen wir nur noch Abwehrschlachten. Wir versuchen irgendwie, die gesellschaftlichen Errungenschaften unserer Eltern zu verteidigen. Früher hatten wir Träume, jetzt hoffen wir bloß noch, dass nicht alles immer schlimmer wird.«

Nathan lacht. »Hey, Isa, das klingt ja, als wären wir sechzig Jahre alt und würden wehmütig an unsere wilde Jugend zurückdenken.«

»Manchmal fühl ich mich tatsächlich so«, meint Henry. »Ich verstehe genau, was du meinst, Isa. Mir geht das auch gewaltig gegen den Strich. Aber irgendwann kommen wir wieder in die Offensive, da bin ich mir ganz sicher. In den Angriffsmodus. Aber – jetzt mal genug von der Politik. Wenn wir uns schon treffen, will ich auch was von euch hören, wie es bei euch so läuft. Was machen deine Kinder, Nathan?«

»Die sind cool«, sagt Nathan. »Die Jungs in der Gruppe, wo ich eingesetzt bin, hängen ständig an mir dran. Für die bin ich fast eine Vaterfigur. Witzig, oder?«

Er macht ein freiwilliges Jahr im Kinderheim und erzählt jetzt von den Nachtdiensten, den schwierigen Geschichten, die man so mitkriegt, und von der rothaarigen Kollegin, in die er sich ein bisschen verguckt hat. Isa erzählt von der endlosen Suche nach einem bezahlbaren WG-Zimmer in der Südstadt, von den Tücken des Umzugs und wie sie sich bei ihrer punkigen Mitbewohnerin Madita einlebt. Das ist alles interessant und Henry würde wirklich gern aufmerksam zuhören, aber immer wieder ertappt sie sich dabei, wie sie verstohlen nach ihrem Smartphone schielt, das neben der Teetasse auf dem Tisch liegt. Wann wird Robin mit diesem Mädchen sprechen, der Schwester von Hakan Topal? Wann ruft er an? Drei neue Benachrichtigungen von Facebook.

»Entschuldigt … das ist ja krass«, murmelt sie, »das muss ich mir kurz ansehen.«

»Was denn?«, fragt Isa.

»Jost Heidkamp hat mich in einem Beitrag erwähnt …«

»Wer ist das?«

»Ein Blogger, einer dieser neurechten Pseudointellektuellen.« Henry tippt auf das Display. »Er verbreitet Fakenews und Verschwörungstheorien und so Zeug, er … oh Gott!«

Henry spürt, wie ihre Knie weich werden.

»Hey, Henry«, sagt Nathan, »was ist los? Sag schon, was steht da?«

Isa nimmt ihr das Handy aus der Hand und liest halblaut vor:

Drogengerüchte um Magnus Mahlmann

Nach den bisherigen polizeilichen Ermittlungen soll die blutige Begegnung des Bloggers Magnus Mahlmann und des Anwohners Emil Becker mit dem moslemisch-türkischen Intensivtäter Hakan T. reiner Zufall gewesen sein. Offensichtlich reicht die Fantasie unserer Ermittlungsbehörden nicht sehr weit. Oder sollen uns auf Anweisung von ganz oben wichtige Informationen vorenthalten werden? Mahlmann, der schon als Jugendlicher allen möglichen Drogen gegenüber höchst aufgeschlossen war, verfügt durch sein krankhaftes Gutmenschentum über etliche Kontakte ins Migrantenmilieu, wo sich bekanntermaßen Dealer und Zuhälter vom Schlage eines Hakan T. tummeln. Kannten er und Hakan T. sich schon länger? Ist das Mordopfer Emil Becker vielleicht gezielt in die Falle gelockt worden, um falsche Fährten zu legen? Welche Rolle spielt die blutjunge Afrikanerin Henrietta Odukoya, die Mahlmann angeblich als »Praktikantin« beschäftigt und die in seinem Auftrag antideutsche Hass-Posts im Internet verbreitet? Dass jetzt in der Mainstream-Presse zu lesen war, die Polizei schließe einen völlig anderen Hintergrund der Tat, nämlich aus dem Umfeld rechter Kreise im Block, nicht aus, drängt uns doch erst recht zu der Frage: Von welchen Multikulti-Schweinereien wollen die Behörden hier eigentlich ablenken?

»Was für ein Wichser!«, schimpft Nathan.

»Stimmt das denn?«, fragt Isa. »Dass dein Chef Drogen nimmt?«

»Selbst wenn«, sagt Nathan. »Hast du mir vorhin nicht zugehört? Denen geht es doch nicht um Tatsachen, die wollen Stimmung machen. Egal wie abstrus die Behauptung ist, so nach dem Motto: Irgendwas bleibt immer hängen.«

»Den würde ich sofort anzeigen«, meint Isa. »Das ist doch Verleumdung oder üble Nachrede, Rufmord, wie immer man das nennt.«

»Ich fürchte, nicht«, widerspricht Nathan. »Der Wichser hat das ja alles als Frage formuliert. Die sind geschickt darin, immer am Rand der Legalität vorbeizukratzen.«

Henry nimmt das Smartphone wieder an sich. Ihre Hand zittert leicht.

»Jetzt haben die mich auf dem Radar.« Unwillkürlich hat sie geflüstert. »Sie haben Angst, dass Magnus und ich vor der Wahl etwas bringen könnten, was der DAP schadet. Und deshalb sorgen sie vor. Sie wollen uns in den Dreck ziehen, damit wir unglaubwürdig werden. Damit das, was wir bringen, wie ein billiger Racheakt aussieht und nicht wie Journalismus.«

»Aber *was* könntet ihr denn bringen, Henry?«, drängt Nathan. »Habt ihr da irgendwas aufgedeckt? Komm schon … uns kannst du es doch sagen.«

»Wir … nee.«

Henry schaut zwischen den beiden hindurch an die Wand.

»Am ekligsten finde ich«, sagt Isa nach einer Weile, »dass er das Wort Praktikantin in Anführungszeichen geschrieben hat.«

»Ja«, sagt Henry und steckt das Handy ein. »Das. Und der ganze Rest auch. Und nur der Vollständigkeit halber: Magnus nimmt keine Drogen. Ich glaub, ich fahr mal ins Büro, schau mir das in Ruhe an und telefoniere mit Kollegen. Mal sehen, welche Maßnahmen wir da am besten ergreifen.« Sie kramt in ihrer Tasche, legt ein paar Münzen auf den Tisch und steht auf. »Es war echt schön mit euch. Komisch, wie selten man sich trifft, wenn man sich nicht mehr automatisch in der Schule sieht.«

»Ja, das sollten wir bald wiederholen«, sagt Nathan und drückt Henry fest.

»Pass auf dich auf«, sagt Isa. »Und falls wir irgendwas für dich tun können … Da, wo ich jetzt wohne, das ist ein richtiges Antifa-Nest. Also, wenn du Hilfe brauchst, ruf mich jederzeit an.«

»Mach ich.«

Als müsse sie fliehen, eilt Henry zur nächsten Straßenbahnstation; es fühlt sich an, als kenne plötzlich jeder ihr Gesicht und starre ihr hinterher; als sei ein Steckbrief mit dem Bild von ihr an jedem Laternenpfahl angebracht. Doch da hängen nur Wahlplakate. Sie lässt sich in eine der Sitzschalen fallen und holt das Handy wieder hervor. Es gibt keine Kollegen, mit denen sie telefonieren wird, um *Maßnahmen zu ergreifen*. Ja, sie könnte mit befreundeten Bloggern sprechen, damit die sofort beginnen, dieser widerwärtigen Kampagne etwas entgegenzusetzen. Sie könnte Marie anrufen. Sie hätte Nathan und Isa bitten können, dass sie gemeinsam mit allen verfügbaren Freunden und Bekannten aus der Schule, dem Sportverein und weiß der Geier wem noch online über diesen Jost Heidkamp herfallen, um ihn in die Schranken zu weisen. Sie scrollt durch die Kontaktliste in ihrem Handyspeicher. Zweihundert Namen und Nummern. Und dazu noch knapp achthundert Facebook-*Freunde*. Die allermeisten würden sofort mitmachen. Im Handumdrehen ließe sich ein anständiger Shitstorm entfachen. Allein der Gedanke hat schon etwas Tröstliches.

Aber es wäre leider kontraproduktiv. So eine Aktion würde am Ende vor allem die Reichweite dieses Posts noch erhöhen, gegen den sie sich richtet. Ein verfluchter Teufelskreis. Und außerdem sind diese virtuellen Schlachten nicht entscheidend. Viel wichtiger ist erst mal, was Robin erreicht. Ihr Daumen bleibt in der Liste an seinem Namen hängen. Ja, sie wollte auf seinen Anruf warten. Aber sie möchte jetzt mit ihm reden, nicht später. Seine Stimme hören. Warum auch nicht?

Es tutet sehr, sehr lange. Dann drückt er sie weg.

Ratlos blickt sie auf. Vermutlich spricht er gerade mit diesem Mädchen. Na und?

Leute gehen vorüber, glotzen sie an. Glotzen die Leute nicht immer? Ist Henry etwa nicht damit aufgewachsen, andauernd weiße Blicke auf ihrer schwarzen Haut zu spüren, weil schwarze Deutsche selbst im einundzwanzigsten Jahrhundert noch immer Exoten sind? Oder haben alle den Post von Jost Heidkamp gelesen? Sehen alle den Stick in ihrer Hosentasche? Seit gestern trägt sie ihn immer bei sich. Er brennt sich fast in ihren Oberschenkel, wird immer heißer und wiegt immer schwerer. Wie bei *Herr der Ringe* – Saurons Auge starrt sie an. Die Bahn kommt. Henry springt auf, zieht den Stick hervor, lässt ihn in den Mülleimer fallen und steigt ein. Eine Kurzschlussreaktion. Die Tür schwingt zu. Es erleichtert sie irgendwie. Zwei Kopien gibt es noch. Die eine auf ihrem Laptop und die andere auf der Karte, auf der Rückseite des Plakates an der Wand von Magnus' Büro. Dass sie ihren Laptop vorhin ebenfalls im Büro zurückgelassen hat, bevor sie zu ihrem Treffen aufgebrochen ist, stellt ein kleines Risiko dar. Soll sie hinfahren, ihn holen? Nein, sie will heim und sie will den Film nicht zu Hause haben oder bei sich tragen. Die Last wiegt einfach zu schwer, die Erleichterung fühlt sich im Augenblick zu gut an. Und der Witz ist – die Rechten dürften ja wohl davon ausgehen, dass Henry etliche Kopien davon irgendwo deponiert hat. Das Risiko ist also eigentlich gar keines.

29

ROBIN

Jedes Treppenhaus in diesem Block endet ganz oben an einer schweren Eisentür mit einem giftgelben Hinweisschild: *Durchgang verboten. Lebensgefahr.*

Und jede dieser Türen ist fest verriegelt. Bis auf die in Haus Nummer dreiundzwanzig. Das zerbeulte Schloss hängt lose in den Angeln. Die Tür quietscht, als ich sie aufzieh und rausgeh aufs Dach. Das hier ist schon lang kein Geheimtipp mehr, überall Kippen, Flaschen, Pizzakartons. Aber jetzt ist niemand hier außer uns. Arzu hockt ziemlich nah am Rand, dreht sich nicht mal um. Ich geh zu ihr und lass mich neben ihr nieder. Der Boden besteht aus so was wie Teerpappe, aufgefüllt mit feinem Kies, darauf wächst allerhand Grünzeug. Arzu hat ein paar Gänseblümchen ausgerupft und spielt damit zwischen den Fingern.

»Hey«, sag ich. »Danke.«

»Wofür?«

»Dass du hier bist.«

»Scheint ja dringend zu sein.«

»Ja.«

Sie dreht den Kopf zu mir, aber ich seh trotzdem ihre Augen nicht. Hier oben bläst starker Wind und lässt ihr schwarzes Haar vor ihrem Gesicht rumflattern.

»Es geht um Hakan«, sag ich. »Pass auf – ich erzähl dir was, aber ich kann dir keine Fragen beantworten, okay? Ich weiß, dass das bescheuert klingt. Ist aber halt so.«

Sie sagt nichts, schaut mich nur an, ohne mich anzusehen, mit ihrem flatternden Haar.

»Also«, fang ich an. »Ich glaub, dass Schädel – Marc Dorfmann – und Nikolaj Müller Emil Becker getötet und den Blogger Mahlmann verletzt haben. Und dass dein Bruder nichts damit zu tun hat. Und ich glaub, dass Fred Kuschinski da irgendwie mit drinsteckt. Vielleicht hat er ja sogar den Auftrag dazu gegeben. Aber es gibt keine Beweise dafür.«

»Aber woher …« Sie streicht sich die Haare aus dem Gesicht.

»Egal«, sag ich. »Stattdessen könnte man was anderes beweisen. Erinnerst du dich, wie es damals in der Moschee gebrannt hat? Hinter diesem Anschlag stecken die auch. Fred und seine Jungs. Und weißt du was? Onkel Ibbi war dabei. Er hat die Typen gesehen. Aber er wollte lieber keine Aussage machen.«

»Warum erzählst du mir das?«

»Seit wir Kinder waren, nennen wir ihn Onkel Ibbi, weil wir halt immer unsere Süßigkeiten bei ihm gekauft haben. Er ist natürlich nicht der Onkel von uns allen. Aber deiner schon. Jemand muss mit ihm reden. Jemand muss ihn davon überzeugen, endlich zur Polizei zu gehen. Dann wandern Fred und Schädel und Nikolaj in den Knast. Und dann kommt auch raus, dass sie die Täter von Montagnacht sind – und nicht dein Bruder.«

Arzu schiebt eine lange Strähne hinter ihr Ohr und guckt mich scharf an.

»Du willst, dass ich runtergehe zu Ibbi und ihm genau das sage? Dass er die drei Typen anzeigen soll?«

»Richtig.«

»Wieso soll er ausgerechnet auf mich hören?«

»Na, weil er dein echter Onkel ist. Ist er doch, oder nicht?«

»Ja, schon. Also sein Vater ist der Bruder von meinem Opa. Meine Mutter ist seine Cousine. Na und?« Sie wirft die Gänseblümchen in den Wind. »Woher hast du … nee, willst du mir ja nicht sagen. Aber ich meine – wenn du das angeblich alles weißt, warum gehst du nicht selber zur Polizei? Sondern willst den armen Ibbi schicken?«

»Weil ich halt selber nicht dabei war. Aber Ibbi schon.«

»Dann rede du doch mit ihm.«

»Geht nicht.«

»Warum nicht?«

»Weil …« Ich fahr mit den Fingerspitzen über den Boden. Am liebsten wär ich ein winziges Insekt und würd mich zwischen den kleinen weichen Moosbällchen verstecken. »Weil ich nun mal feige bin und du nicht.« Ich guck sie an. »Du bist jemand, der sich um die Menschen kümmert, die ihm wichtig sind.«

»Und du nicht, oder was?«

Meine Finger graben sich zwischen das Moos und die Steinchen. In meiner Hosentasche dudelt es.

»Dein Handy«, sagt sie.

Ich zieh es raus. Henry.

Arzu wendet den Kopf ab, guckt in die Ferne. Die ganze Stadt sieht man von hier oben und weit übers Land. Ein Meer aus Dächern, Kirchtürmen, Hochhäusern, Fabrikschloten; der Fluss ist ein graues Band und auf den Brücken stauen sich winzige Matchboxautos; die Leute haben Feierabend und wollen nur noch raus, in ihre Vororte und Dörfer, hinter den sieben Bergen bei den sieben Zwergen. Lächerlich klein sieht das von hier oben aus, die Häuser, Autos und Leute, ihre Träume und Probleme. Hier oben haben wir letzten Sommer über den Dingen geschwebt, haben rumgelegen, uns geküsst und Witze erzählt, und der Moosbällchen-Kiessteinchen-Teerboden war noch warm, wenn hinter der Stadt schon die Sonne unterging und der erste Stern blinkte. Jetzt ist der Boden kalt. Die Sonne steht tief und wirft ellenlange Schatten hinter uns. Der Wind bläst eisiger.

Ich drück den Anruf weg.

»Ich weiß nicht, was es bringen soll«, sagt Arzu, »aber okay. Wenn auch nur die allerkleinste Chance besteht, dass ich meinem Bruder helfen kann, dann spreche ich mit Ibbi. Ich hab schon verstanden, dass du keine Fragen beantworten willst. Aber erzähl mir trotzdem so viel wie möglich darüber, damit Ibbi begreift, dass ich keinen Mist rede.«

30

MEL

Schon wieder sieben neue Freundschaftsanfragen. Mel hätte nie gedacht, wie groß und weit verzweigt die Bewegung ist. Seit sie bei Facebook die Seiten von Fred und der DAP gelikt hat und ein paar *patriotischen* Gruppen beigetreten ist, hat sich die Zahl ihrer Freunde mehr als verdoppelt. Da hat sich ein ganz neues Universum aufgetan: Plötzlich erfährt man Dinge, die niemals in den Nachrichten kommen oder in der Zeitung stehen – geheime Pläne der Regierung, nach der Wahl alle *Asylkritiker* in Konzentrationslager zu sperren, zum Beispiel. Na, sie glaubt nicht ernsthaft daran, dass das passieren wird, selbst wenn die jetzige Regierung noch mal die Wahl gewinnen würde. Aber es erscheint ihr plausibel, dass in irgendwelchen Ministerien Leute sitzen, die solche Pläne aushecken. Aus lauter Angst um den eigenen Job. Und wenn man solche Informationen teilt und weiterverbreitet, dann sieht die Regierung vielleicht, dass sie damit aufgeflogen ist, und lässt die Pläne wieder fallen. Insofern wäre dann die Tatsache, dass es im Nachhinein doch nicht geschieht, geradezu ein Beleg dafür, dass es wirklich gestimmt hat. Moment mal … ist das jetzt logisch?

Sie schaut an ihrem Smartphone vorbei an die Zimmerdecke. Ist ja eigentlich fast egal, überlegt sie. Ob es stimmt, dass Flüchtlinge wirklich verfolgt sind und Hilfe brauchen oder nicht. Ob es stimmt, dass jeder Syrer zweitausend Euro pro Monat bekommt, oder nicht. Ob es wirklich einen Klimawandel gibt oder nicht. Ob das eine Waschmittel wirklich weißer wäscht als das andere oder nicht. Eigentlich sind alle News Fake News. Und der fettreduzierte Joghurtdrink besteht zur Hälfte aus Zucker. Vertrauen braucht keine Fakten, denkt Mel, Vertrauen braucht Gemeinschaft. Zusammenhalt.

Fred hat auf seiner Facebook-Seite einen Bericht über den Blogger Mahlmann geteilt. Der hat angeblich mit Drogen zu tun. Ob er am Ende sogar einer von Robs Kunden war? Sie spürt genau, dass Rob mit dieser Sache zu tun hat, kann sich bloß immer noch keinen Reim darauf machen. Luis aus dem dritten Stock hat erzählt, dass Frau Wittek von gegenüber gehört hat, dass der komische Katzenmann angeblich gesehen haben soll, wie Rob und Schädel gestern Morgen auf dem Hof ein Wettrennen gemacht hätten, und Rob hätte ein schwarzes Mädchen im Schlepptau gehabt. Und jetzt steht hier in diesem Artikel etwas von einer *blutjungen Afrikanerin*. Zufall? Rob spricht ja kaum noch mit Mel. Seit Montag noch weniger als eh schon. Sie muss auf ihn aufpassen. Vertrauen, Zusammenhalt. Darum geht es doch. Sie passt auf Rob auf und Fred auf sie alle.

Sie wischt über das Display und schaut sich zum x-ten Mal den kurzen Ausschnitt aus dem Bericht des Lokalfernsehens von gestern an. *Melanie, 16,* steht unter ihrem Gesicht.

»Meine Meinung ist, dass ich meine Meinung sagen kann, wie und wo ich will.«

Jemand, den sie gar nicht persönlich kennt, hat den Ausschnitt auf ihre Timeline gepostet und dazugeschrieben: »So sieht Mut aus! Kompliment, junge Frau!«

Fast zweihundert Likes, die Zahl steigt noch. Irgendein pseudointellektueller Gutmenschendepp aus ihrer Schule hat kommentiert: »Was soll an diesem lächerlichen redundanten Gefasel mutig sein?«

Ihr ist ziemlich wurst, was der Typ denkt oder was eigentlich *redundant* heißen soll. Die anderen haben ihn mit ihren Antworten eh zum Teufel gejagt. Noch bevor Mel ihn *entfreunden* konnte, hat er es selbst getan. Und die Woge der Zustimmung trägt. Ja, eine warme Woge, die weiterträgt, eine Welle, die hochschlägt; Mel ist mittendrin statt nur dabei, sie gehört dazu. So einfach kann das sein.

Die Wohnungstür klappt zu. Mel stellt den Ton ab und lauscht. Aber Rob kommt nicht zu ihr, sagt nicht einmal Hallo, sondern verzieht sich sofort in sein Zimmer. Schlechte Laune vom Nichtstun wahrscheinlich. Bestimmt wird gleich diese grässliche Musik losheulen.

Aber es dringt keine Musik von drüben herüber, nur seine gedämpfte Stimme ist zu hören. Ob er Besuch hat? Nein. Er telefoniert. Da ist wieder dieses untrügliche Gespür in Mel, fast wie ein Alarmsignal. Sie rückt auf ihrem Bett ein wenig näher an die Wand und presst ein Ohr dagegen. Es hat auch seine guten Seiten, dass der Plattenbau so hellhörig ist.

31

ROBIN

»Ich hab doch gesagt, dass ich mich melde«, sag ich und hör, dass es vorwurfsvoll klingt. Das mein ich gar nicht so, aber ich will halt auch nicht, dass Henry mich dauernd unter Druck setzt. »Ich hab mit ihr gesprochen und sie wird mit ihm reden. Mehr kann ich jetzt nicht machen. Drück einfach die Daumen, dass morgen die Polizei auftaucht und die Typen einkassiert.«

»Das mache ich«, sagt Henry. »Die sind schon ganz blau. Meine Daumen, meine ich. Ich hoffe bloß, dass es hilft.«

»Und ich hoffe«, sag ich, »dass nicht vorher einer nervös wird.«

»Wer soll denn nervös werden? Ich etwa?«

»Du oder einer deiner Freunde. Du hast den Film doch bestimmt zur Sicherheit an ein paar Leute weitergegeben, denen du vertraust.«

So stell ich mir das jedenfalls vor, wenn man Freunde hat.

»Hab ich tatsächlich überlegt«, sagt sie zögernd. »Aber ich hab mich dagegen entschieden. Ich will niemanden da hineinziehen. Es ist mir … ich weiß auch nicht. Es war sicher eine Scheißidee, aber mir war plötzlich alles zu viel. In einem Anfall von Panik hab ich den Stick weggeworfen.«

»Du hast ihn weggeworfen?« Ich kann es gar nicht fassen. »Den fucking Stick, für den wir beide fast zu Mus gehauen worden wären, hast du einfach weggeworfen?«

»Ich sag ja – es war sicher eine Scheißidee. Aber wenn mich einer versteht, dann doch wohl du. Du weißt doch am besten, wie es ist, wenn man vor seiner Verantwortung davonläuft.«

Ach, fick dich, denk ich, das hab ich ja wohl nicht nötig, mich hier beleidigen zu lassen. Andererseits – ich muss schlucken – lauf ich ja wirklich dauernd davon. Erst eben noch, als ich Arzu zu Ibbi geschickt hab, statt selber zu ihm zu gehen.

»Dann gibt es also nur noch zwei Kopien«, sag ich. »Die an der Wand im Büro und die auf deinem Laptop.« Ich muss lachen. »Fred würd alles dafür geben, wenn er das wüsste.«

»Er weiß es aber nicht«, sagt Henry und klingt plötzlich sehr misstrauisch. Und schiebt nach: »Und der Laptop ist an einem sicheren Ort.«

»Dann ist ja gut«, sag ich. »Henry?«

»Ja?«

»Von mir wird Fred nichts erfahren.«

»Ich weiß.«

»Ich wollte es nur noch mal …«

»Klar.«

»Gut. Dann warten wir jetzt.«

»Okay. Bis dann.«

Bis dann. Was immer *dann* bedeutet. Und *wann* immer es sein wird. Ich leg das Handy aus der Hand und seh aus dem Fenster. Unten sammelt Ibbi ein paar leere Flaschen von den Tischen ein. Hoffentlich geht Arzu wirklich heute noch zu ihm. Hoffentlich handelt Ibbi spätestens morgen. Eigentlich kann ich jetzt nix weiter tun als auf die Cops warten. Auf Blaulicht im Block. Komisches Gefühl, wenn man plötzlich auf so was hofft.

Es klopft und die Tür geht auf.

»Hi«, sagt Mel, »alles klar bei dir?«

»Jep.«

»Sag mal – hast du eigentlich die Handynummer von Fred?«

»Ähm – wieso?«

»Ich will ihm schreiben, okay?«

»Was willst du von ihm?«

»Das tun, was wir alle tun sollten – ihm meine Unterstützung anbieten.«

Ich muss lachen.

»Was für eine Art Unterstützung soll das sein?«

Mel holt tief Luft, will mir eine harte Antwort entgegenschleudern, das seh ich. Aber aus irgendeinem Grund lässt sie es bleiben und sagt nur: »Vielleicht braucht er noch Leute, die Flugblätter verteilen oder so was.«

»Du gehst doch bestimmt gleich wieder zu der Mahnwache«, sag ich. »Warum sprichst du ihn dort nicht direkt an?«

»Weil man ja nicht so leicht an ihn rankommt«, brummt sie, »außer man ist so ein guter alter Freund, wie du es scheinbar bist. Also warum gibst du mir die Nummer nicht? Hast du irgendwas zu verbergen, was Fred betrifft?«

»Bullshit, was soll das sein? Na gut, ich schick sie auf dein Handy.«

32

HENRY

Henry legt ihr Handy weg und lässt den Blick über die Buchrücken in ihrem Zimmer streunen, ohne irgendein Wort zu erfassen. Tausende Seiten bedruckten Papiers, jedes Buch eine Welt und jeder Titel eine Verheißung. Geschichten über Hoffnung und Angst, Vertrauen und Verrat. Darum geht es doch eigentlich in jeder Geschichte oder nicht? Selbst die Sachbücher handeln davon, das ganze Regal drüben, all die Abhandlungen über Demokratie, Menschenrechte, Emanzipation, Klimaschutz, soziale Gerechtigkeit – am Ende geht es um Vertrauen. Wenn die Menschen der Freiheit nicht mehr trauen, kippen sie sie weg. Schmeißen sie fort, wie Henry es vorhin mit dem Stick getan hat, weil die Freiheit einfach zu heiß geworden ist, zu schwerwiegend.

All die Bücher, all die Geschichten. Fred Kuschinski ist ein Storyteller. Vielleicht liegt hier das Problem. Die Rechten mit ihrer DAP haben eine Geschichte zu erzählen, die Story vom betrogenen Volk. Sie ist nicht wahr, aber Mittelerde existiert ja auch nicht, trotzdem ist die Geschichte gut.

Die Linken haben keine Story mehr, die in der Mitte schon gar nicht. Obama, der hatte eine Story: *Yes, we can* – alles, was ein guter Plot braucht. Hillary Clinton hatte keine Story zu erzählen, bloß eine Art von Weiter-so. Die Story von Donald Trump dagegen war nichts als Trash. Aber Trash, heftig genug inszeniert, kommt an. Und diesseits des Atlantiks? Was ist aus dem großen europäischen Epos von Frieden und Freiheit geworden? Bürokratie, Steuervermeidung, Grenzpatrouillen im Mittelmeer. In Deutschland behauptet die große Koalition, es gäbe keine Alternativen. Die DAP hält sich selbst für eine – und jeder siebte Deutsche glaubt es ihr, es werden täglich mehr. Wo bleibt die Alternative zu dieser Alternative?

Und welche Geschichte würde Henry eigentlich erzählen, wenn man sie darum bäte? Kein Epos. Eher was Persönliches. Vielleicht diese hier.

Doch im Augenblick geschieht in dieser Geschichte hier gar nichts. Sie kann nur warten. Vielleicht ein Buch lesen.

Wie ist das eigentlich in Büchern, wenn gewartet werden muss? Wie erzählt man davon, dass die Zeit nicht vergehen will? Meistens bellt draußen irgendwo ein Hund. Oder die Wolken ziehen dahin, ein einsames Mofa fährt vorbei. Oder jemand ruft an.

Tatsächlich.

Henry hofft auf Robin. Doch es ist Marie.

»Er ist schon wach!«, ruft sie aufgeregt. »Ich hab vorhin mit ihm gesprochen. Er ist wach, er spricht, er lacht, er isst, es geht ihm gut! Ich bin so glücklich, ich kann dir gar nicht sagen, wie! Morgen früh wird er von der Intensivstation in ein normales Krankenzimmer verlegt. Er kann ab Mittag Besuch empfangen. Und er will dich sehen. Kannst du kommen?«

»Klar, natürlich. Aber sag – hat er … du weißt schon.«

»Ähm, nein.« Marie wird plötzlich leiser. »Das ist einer der Gründe, warum er dich rasch sehen möchte. Er will mit dir über den Stick sprechen und den Vorfall von Montagnacht. Denn das Problem ist: Ihm fehlt jede Erinnerung an das, was in der Garage im Block geschehen ist.«

33

ARZU

»Gibt's hier auch Frikadellenbrötchen?«, ruft jemand.

»Komme gleich«, ruft Ibbi zurück. Und zu Arzu gewandt: »Wie du siehst, kleine Blume, habe ich jetzt wirklich keine Zeit zu sprechen.«

»Ich brauche aber deine Antwort«, sagt Arzu und lehnt sich mit verschränkten Armen gegen den winzigen Tisch im Hinterzimmer von Ibbis Laden.

Ihr Blick folgt ihrem Großonkel durch den Perlenvorhang hindurch in den Laden, wo gerade Andrang herrscht. Gleich wird Frederik Kuschinski wieder seine Mahnwache abhalten, einige Teilnehmer wollen sich vorher stärken. In einer Ecke des Cafés sitzen derweil drei Kerle im Hooligan-Outfit beim Bier, in einer anderen hocken vier Männer mit langen Bärten und Gebetsmützen und trinken Ayran, beide Gruppen beäugen einander feindselig. Ibbi reicht Brötchen, Bierflaschen, Zigaretten über die Theke, die Kasse klingelt, Scheine und Münzen wandern hin und her, die Schlange löst sich auf. Ibbi kommt zurück hinter den Perlenvorhang.

»Ich verstehe nicht«, sagt Arzu, »dass du diese Leute bedienen kannst.«

»Sie haben Hunger und Durst«, antwortet Ibbi.

»Sie hassen uns!«

»Wer?«

»Die da. Die gleich zu der Demo drüben am Parkhaus gehen. Und die da in der Ecke mit den schwarzen Pullis.«

»Mag sein. Und die da, die hassen uns auch.« Er nickt mit dem

Kopf in Richtung der Bärtigen. »Die einen hassen uns, weil wir Muslime sind, die anderen hassen uns, weil wir ihnen nicht islamisch genug sind. Ob sie nun *Allahu Akbar* schreien oder *Wir sind das Volk* brüllen; ob sie nun Männern wie Kuschinski hinterherlaufen oder Männern wie Abu Tarek – sie alle müssen zwischendurch mal was essen und trinken.« Er zwirbelt seinen Schnurrbart und zwinkert. »Ich bin hier die UNO im Block, weißt du? Kennst du irgendeinen anderen Ort, wo Salafisten und Hooligans friedlich in einem Raum sitzen können?«

»Aber wenn das stimmt, was ich gehört habe«, sagt Arzu, »dann kann dir das nicht gleichgültig sein. Wenn du wirklich gesehen hast, wie Kuschinski und seine Freunde die Moschee angezündet haben. Wenn es stimmt, dass sie dich angegriffen haben – wie kannst du dazu schweigen?«

»Vielleicht, weil schweigen manchmal weise ist.«

»Und die Gerechtigkeit? Es geht doch um Hakan.«

»Hakan«, schnaubt Ibbi plötzlich. »Gerechtigkeit! Vielleicht ist es Gottes Wille, dass dein Bruder für etwas bestraft wird, das er nicht getan hat? Nachdem er allen Strafen bisher entgangen ist? Ein paar Jahre im Gefängnis sind für den Jungen sicher besser als die ganze Ewigkeit in der Hölle.«

»Unsinn!«, schimpft Arzu. »Wie redest du denn?«

»Wie redest *du* denn, kleine Blume? Ist das die Art, wie du deinem Onkel Ehre erweist?«

»Ach, Ehre! Wo ist denn deine? Du hast es in der Hand, einen sehr gefährlichen Mann ins Gefängnis zu bringen.«

»Gefährlich für wen? Sie werden ihn wählen, und dann geht er nach Berlin und wir haben hier Ruhe vor ihm.«

»Wenn seine Leute das ganze Land beherrschen, gibt es keine Ruhe mehr, für keinen von uns, nirgendwo.« Seltsam, denkt Arzu, sie ist doch aus ganz persönlichen Gründen hergekommen. Und plötzlich diskutiert sie über Politik. Das hat sie noch nie getan.

»Sie werden nicht herrschen«, winkt Ibbi ab. »Und falls doch, können wir immer noch zurück in die Türkei gehen.«

»Ich nicht«, sagt Arzu. Sie wird richtig wütend, als hätte sich da was bei ihr aufgestaut. »Meine Heimat ist hier, ich habe einen deutschen Pass, den lass ich mir nicht nehmen. Und außerdem, lieber Onkel – die Türkei, die du gekannt und geliebt hast, die gibt es nicht mehr.«

»Jetzt gehst du langsam zu weit, kleine Blume.«

»Ich fange gerade erst an, Onkel. Ja, ich weiß, in eurer Generation denkt man, dass Mädchen lieber den Mund halten sollen, anstatt mit Männern zu diskutieren. Das habe ich auch jahrelang brav gemacht. Als Kind habe ich mit den Frauen in der Küche gesessen, bei allen Familienfeiern, während ihr Männer euch im Wohnzimmer die Köpfe heißgeredet habt. Du, mein Großvater, ihr alle. Wart ihr nicht glühende Kemalisten? Und jetzt schau dir dein Land an, Onkel. Erdoğan hat die Republik getötet. Er spuckt auf Kemals Sarg. Dieses große, stolze Land. Erdoğan hat es zu seinem persönlichen Hobbykeller gemacht. Und wenn du nicht willst, dass die DAP mit Deutschland dasselbe tut, dann gehst du zur Polizei und zeigst diese Männer an.«

Ibbi klappt den Mund auf, aber es kommt lange nichts heraus.

»Hallo?«, ruft jemand aus dem Landen. »Bedienung?«

Ibbi dreht sich auf dem Absatz um und tritt durch den Perlenvorhang. Smalltalk, Kassenklingeln, Bierflaschenploppen. Schließlich kommt er zurück. Dieser Vorhang kann Ibbis Lächeln an- und ausknipsen wie ein Schalter. Mit versteinerter Miene mustert er seine Großnichte.

»Die Antwort ist nein.«

»Pah«, macht Arzu und wirft eine Hand in die Luft, als müsse sie etwas Klebriges von den Fingern schütteln.

Ohne jedes weitere Wort rauscht sie durch den Perlenvorhang, dass es nur so klirrt, und verlässt das Café. Was für ein dickfelliger anatolischer Eselssohn, denkt sie, selbst wenn sie damit ihre eigenen Vorfahren beleidigt. Was für ein Sturkopf!

Anatolien heißt übersetzt: Land des Sonnenaufgangs. Und hier steht sie, ein Mädchen aus dem Morgenland, während hinter den Dächern der Hochhäuser blutrot die Sonne sinkt und drüben vor der Garage die Menschen sich sammeln, um ihr Abendland zu verteidigen. Oder was sie dafür halten.

Arzu hat nichts erreicht, weder für Hakan noch sonst irgendwas. Trotzdem kommt es ihr wie ein Sieg vor. Schweigen mag weise sein, vielleicht stimmt das sogar. Aber sie hat schon zu lange geschwiegen. Reden fühlt sich einfach viel besser an. Vielleicht sollte Rob es auch mal versuchen.

Sie zieht ihr Handy aus der Tasche und schreibt ihm eine Nachricht.

34

FRED

Am anderen Ende des Platzes hat Fred ebenfalls sein Smartphone in der Hand. Es reizt ihn, ein Foto von der Menge zu machen. Das müssen noch einmal doppelt so viele sein wie gestern. Zwar war der Fernsehbericht natürlich extrem negativ ausgefallen, aber das macht nichts. Die Leute haben ihn im Fernsehen gesehen und jetzt wollen sie ihn live sehen. Er mobilisiert die Massen. Er ist wirklich zum Führen geboren! Ein geborener Führer macht keine Selfies von sich und seinen Anhängern. Schade eigentlich, aber ein gewisser Nimbus muss schon sein, findet er. Zwei Nachrichten sind eingegangen. Die eine ist vom Landesvorstand und enthält den Link zur Website eines Hotels. Dort kommen morgen Vormittag alle Kandidaten der Landesliste zu letzten Absprachen zusammen. Solche Treffpunkte werden immer erst ganz kurzfristig festgelegt, damit der Feind keine Zeit hat, irgendwelche Gegendemos vor der Tür zu organisieren. Es wird sicher kein leichter Termin werden, aber er liebt diese Herausforderungen. Dass sich heute Abend so viele Bürger um ihn scharen, wird seine Position morgen gewaltig stärken. Die andere Nachricht kommt von einer Handynummer, die nicht in seinem Verzeichnis gespeichert ist:

Hallo, hier schreibt Melanie Fuchs. Erinnern Sie sich noch an mich? Ich bin die Schwester von Robin. Ich habe eine Information, die vielleicht wichtig für Sie sein könnte. Aber bitte kein Wort zu meinem Bruder! PS: Ich bin ein großer Fan!

35

ROBIN

Ich blinzel durch die staubige Scheibe meines Fensters durch, ob ich Mel erkennen kann oder andere Leute. Geht aber nicht. In der Dämmerung verschwimmen die alle zu einer einzigen Masse. Jeden Abend werden es mehr rote Kerzen. Und mehr Leute. Mehr Fred-Fans. Auch mehr Anti-Fans, aber die sind trotzdem nur ein kleiner Haufen im Vergleich zu der Menge, die heute schon fast von der Garageneinfahrt bis zu Ibbis Café reicht. Nur Fred seh ich, der heute gleich von Anfang an ein Megafon nimmt. Ich hör es dröhnen, aber das Fenster ist zu, es kommen keine einzelnen Worte durch. Die da unten haben alle einen festen Platz. Die wissen genau, auf welcher Seite sie stehn. Ich steh hier oben. Allein.

Kann schon sein, dass das schön ist, wenn man so zu einer Masse gehört. Ich könnt ganz easy runtergehen und mich dazustellen. Ich könnt Fred sagen, dass es nur zwei Kopien von dem Film gibt, dann schickt er Schädel los, dass er die Teile klarmacht und vernichtet. Und ich geh mit Fred nach Berlin. Oder ich könnt, wenn Henry übermorgen den Film veröffentlicht, anschließend den Cops alles sagen, was ich weiß. Ich würd mit Henry zusammen Interviews geben und ein Held werden an ihrer Seite; wir wären die zwei Jugendlichen, die den gefährlichen Kuschinksi entlarvt haben. Mein Bewährungshelfer könnt mir unauffällig einen Job oder eine Ausbildung irgendwo in einer anderen Stadt suchen, die DAP-Leute würden mich nicht finden, schon gar nicht, wenn Fred und Schädel und Nikolaj im Knast sitzen.

Wie's aussieht, muss ich einen verraten. Fred oder Henry.

Oder vielleicht beide? Ich könnt einfach meine Sachen packen und Richtung Autobahn laufen. Daumen raus und mal gucken, wo's hingeht.

Ich mach Musik an. Sitz ewig vor meiner Skulptur, doch meinen Händen fällt nix ein. Eigentlich sollte ich Henry anrufen und ihr sagen, dass Ibbi sich weigert.

Du musst wohl doch selber zur Polizei gehen, hat Arzu geschrieben. *Wenn du es möchtest, werde ich mit dir gehen.* Wenn ich es möchte, wird sie mit mir gehen. Ist das so doppeldeutig gemeint, wie es klingt?

DONNERSTAG

36

FRED

Um nicht mit dem alten Skoda seiner Eltern vorzufahren, hat Fred sich an diesem Vormittag den BMW von Niko ausgeliehen. Der sieht zwar etwas prollig aus, ist aber trotzdem besser. Natürlich liegt dieses Hotel nicht in der Stadt. Es ist auch gar kein Hotel im glanzvollen Sinne des Wortes, sondern ein räudiger Landgasthof irgendwo im Nirgendwo. Aber der Wirt steht der Bewegung nahe, und das ist schon was wert. Je bekannter die Partei während der letzten Jahre geworden ist, desto schwieriger gestaltet es sich, überhaupt noch Versammlungsräume anzumieten. Die einen weigern sich aus schlichtem Gutmenschentum, die anderen haben Angst vor schlechter Presse und linken Krawallmachern. Bevor Fred hineingeht, schaut er noch mal aufs Smartphone. Er hat Melanie Fuchs gestern Abend nicht geantwortet, sondern erst vorhin. Es soll auf keinen Fall so aussehen, als hielte er ihre Mitteilung für irgendwie brisant.

Habe um 10 Uhr Pause, hat das Mädchen geschrieben, *dann können wir sprechen.*

Der Restaurantbereich des Gasthofs ist geschlossen. Über einen Hintereingang betritt Fred einen angestaubten Tanzsaal. Sein Erscheinen lässt den Altersdurchschnitt der Versammlung rapide abfallen. In zwei langen Tischreihen sitzen an die sechzig Herrschaften, die meisten knapp vor oder schon im Rentenalter; immerhin drei Frauen sind darunter. Unter einem ausladenden Hirschgeweih an der Stirnseite thront der Landessprecher. Man trinkt lauwarmen Filterkaffee und popelt trockene Kekse aus der Einschweißfolie. Der Landessprecher hält eine umständliche Rede; er versucht sich an einer *Manöverkritik* des bisherigen Kampfes – er sagt dauernd nur *Kampf* statt *Wahlkampf* – und bemüht sich, alle auf den bevorstehenden großartigen Sieg einzuschwören. »Sieg« heißt in diesem Fall natürlich nicht »Mehrheit«, sondern ein zweistelliges Ergebnis.

Alle im Saal träumen vom Einzug in den Bundestag. Laut Umfragen steht die Partei hier im Bundesland bei knapp zehn Prozent. Die tatsächliche Zahl wird aber höher ausfallen, weiß Fred, denn bei Umfragen trauen sich viele DAP-Wähler nicht, zu ihrer Ansicht zu stehen. Alles in allem dürften, wenn es gut läuft, die ersten zwanzig Kandidaten auf der Landesliste tatsächlich demnächst Abgeordnete sein. Fred hat Platz sieben. Eine sichere Sache. Aber darauf ruht er sich nicht aus. Sein großes Ziel ist das Direktmandat: Er will in seiner Stadt die meisten Stimmen aller Kandidaten erringen. Das würde ihn schlagartig in ganz Deutschland bekannt machen. Nicht nur mit Abstand jüngster Abgeordneter im Bundestag, sondern auch noch Sieger vor Ort, mit einem direkten und eindeutigen Auftrag des Wählers. Aus dem Volk, mit dem Volk, für das Volk.

Der Landessprecher müht sich redlich, aber der Funke will nicht überspringen, er hat es rhetorisch einfach nicht drauf.

»Aber wenn ich sage«, spricht der Sprecher, »dass Sie alle herzlich eingeladen sind, auf den letzten Metern noch die eine oder andere gezielte Provokation in den Systemmedien zu setzen, weil wir eben eine Protestpartei sind und Tabus brechen, dann meine ich damit allerdings nicht« – plötzlich schaut er Fred direkt an –, »dass Sie sich in Gerüchte um ein Mordkomplott verstricken lassen sollen.«

Alle Augen im Saal schnellen zu ihm. Kurz pocht es in seinen Schläfen und früher wäre er an dieser Stelle sicher rot geworden, hätte zu stammeln begonnen. Aber inzwischen hat er mit seinen neunzehn Jahren schon mehr Politikerfahrung als die meisten anderen im Saal. Vor allem hat er mehr Selbstvertrauen.

Genau wie vor Beginn seiner allabendlichen Rede im Block lässt er auch diesmal zwei, drei, vier provokante Sekunden verstreichen, bevor er sich aufreizend langsam von seinem Stuhl erhebt.

»Ja, es stimmt«, sagt er leise und blickt demütig auf seine Kaffeetasse. »In der Siedlung, in der ich aufgewachsen bin, ist ein schrecklicher Mord geschehen. Ein alter Freund ist tot. Ich traure sehr um ihn.« Dramatische Pause. Dann hebt er den Blick, lässt ihn kurz über die sechzig Augenpaare ringsum kreisen und sagt laut: »Natürlich schlachtet die Lügenpresse den Vorfall aus. Natürlich versuchen die Systemmedien eine Umkehr der Schuld zu konstruieren.« Nun senkt er erneut die Stimme, hebt wie beschwichtigend die Hände und blickt den Landessprecher direkt an. »Wenn sich der Landesvorstand unter diesen Umständen unsicher ist, ob er jeden einzelnen Kandidaten bedingungslos unterstützen kann oder nicht, will ich das nicht beurteilen.« Hände wieder runter, Stimme wieder rauf, Blick ins ganze Rund: »Die Wähler in meiner Stadt jedenfalls, die tun es. Das Volk tut es. Und das ist die Instanz, vor der wir uns am Ende rechtfertigen müssen, liebe Freunde! Auf das Volk kommt es an!«

Donnernder Beifall. Seine Kollegen hämmern zum Zeichen ihrer Zustimmung wie wild auf die Tische ein. Dem Sprecher ist kurz das Gesicht verrutscht.

»Lieber Frederik Kuschinski«, murmelt er schwach, »seien Sie versichert, der Vorstand steht zu hundert Prozent hinter Ihnen.«

Der Mann ist angeschlagen, jetzt könnte Fred ihm den Gnadenschuss geben – was für ein passendes Bild, unter diesem Hirschgeweih! Alle warten darauf. Aber er verzichtet. Ist er nicht gnädig? Mit derselben aufreizenden Langsamkeit setzt er sich wieder.

Eigentlich geht es hier nicht um schlechte Presse oder andere Probleme. Sondern darum, dass Fred einigen der Herren vom Landesvorstand längst zu mächtig, zu eigensinnig, zu extrem geworden ist. Genau wie in den alten Systemparteien gibt es auch in der DAP verschiedene Strömungen, die um die Richtung streiten. Da sind die Wirtschaftsleute, die eigentlich bloß den Euro abschaffen wollen. Es gibt die radikalen Christen, die gegen Abtreibung kämpfen und ihren Schwulenhass ausleben wollen. Und es gibt den völkischen Flügel, den, wie Fred findet, frischen und dynamischen Arm der Partei. Also der Flügel, zu dem er selbst gehört.

In die Stille hinein räuspert sich ein zauseliger Greis und erhebt sich ächzend, schwer auf seinen Gehstock gestützt.

»Ich bin wohl der Älteste hier im Raum«, kullert es aus seinem von Altersflecken umwucherten Mund. »Und deshalb möchte ich dem Jüngsten hier im Raum demonstrativ den Rücken stärken. Die Besten unseres Volkes haben im Kriege damals ihr Leben dem Vaterlande geopfert. Und es hat drei Generationen gedauert, bis endlich eine neue Jugend ersteht, die wieder flink ist wie Windhunde, zäh wie Leder, hart wie Kruppstahl.«

Schweigen. Die meisten Anwesenden wenden sich peinlich berührt ab. Der Alte merkt es selber, dass er sich da wohl in seinen Hitlerjugend-Erinnerungen verlaufen hat. Er lässt sich schnaufend auf seinen Stuhl zurückfallen. Doch dann blinzelt er Fred fast schelmisch zu. Und Fred blinzelt zurück, dann sieht er auf die Uhr. Während nun andere Kollegen das Wort ergreifen, schaltet er ab und zählt die Minuten, bis er endlich Melanie Fuchs anrufen kann. Punkt zehn erhebt er sich, murmelt eine kurze Entschuldigung und eilt nach draußen, sucht sich einen ruhigen Platz und tippt auf ihre Nummer.

»Hallo, Herr Kuschinski!«, ruft das Mädchen aufgeregt. »Wissen Sie noch, wer ich bin?«

»Aber Mel, bitte … du tust ja, als sei ich vor hundert Jahren aus dem Block weggezogen. Natürlich weiß ich, wer du bist. Hör bitte mit dieser schrecklichen Siezerei auf und sag Fred zu mir. Wie früher.«

»Oh, wow, ja, Fred, klar.«

»Also, Mel, du wolltest mir etwas erzählen.«

»Ja, hm, vielleicht ist das auch gar nicht so wichtig, ich will dir nicht deine Zeit klauen. Und außerdem ist es mir peinlich, dass ich meinen Bruder aus Versehen belauscht habe, also nicht richtig belauscht, ich habe eher so was mitgekriegt, wo ich selber gar nicht weiß, aber ich dachte halt …«

Himmel, dieses Mädchen plappert vor Aufregung einfach immer weiter. Er mag seine Fans, aber er ist doch kein Rockstar, der irgendwelche Groupies braucht.

»Ja, schon gut«, sagt er. »Erzähl es mir.«

»Es geht um einen Stick, ja, einen Stick, keine Ahnung, was für einer, aber Rob hat gesagt, du würdest alles geben, wenn du das wüsstest.«

Nun ist er es, den Aufregung befällt.

Betont cool fragt er: »Ein Stick? Hm. Sagt mir erst mal gar nichts.«

»Ja, also ein Stick. Jemand hat einen Stick weggeworfen, und das fand Rob anscheinend doof, so klang es zumindest.«

Weggeworfen? Fred spürt, wie sich sein Puls beschleunigt.

»Und es ging um irgendwelche Kopien.«

Kopien! Er schaut sich unwillkürlich um, als könnten sie belauscht werden. Er wippt mit den Knien hin und her. Cool bleiben!

»Tja«, macht er, »ich komm nicht drauf. Was hat er denn noch gesagt? Vielleicht versteh ich es aus dem Zusammenhang …«

»Er sagte wörtlich: *Dann gibt es also nur noch zwei Kopien. Die an der Wand im Büro und die auf deinem Laptop.* Ich hab es mir ganz, ganz genau gemerkt, weil es mir so komisch vorkam.«

»Auf *meinem* Laptop?«

»Nee, sorry, natürlich nicht deiner. Das hat er zu der Person gesagt, mit der er telefoniert hat.«

»Weißt du, wer das war?«

»Nee, leider nicht.«

Fred muss ein paar Schritte gehen, um sich selbst zu beruhigen. Immer im Kreis herum wie ein Tiger im Käfig.

»Und sonst noch etwas?«

»Nee. Danach hat er bloß gelacht. Und dann kam der Spruch, wo er meinte, du würdest alles dafür geben, wenn du das wüsstest. *Wenn Fred das wüsste,* hat er gesagt.«

»Hm«, macht Fred und hofft, dass seine Stimme nicht vibriert. »Das ist mir alles ein ziemliches Rätsel. Vielleicht hat es gar nichts mit mir zu tun. Es gibt ja noch mehr Leute, die Fred heißen.«

»Hab ich gar nicht drüber nachgedacht.« Jetzt klingt Mel enttäuscht. »Sorry, ich wollte dich echt nicht belästigen. Ich dachte bloß – ich will einfach nicht, dass im letzten Moment was Blödes geschieht, was dir Stress machen könnte, jetzt so kurz vor der Wahl. Du machst den Leuten so viel Mut, das ist so … ich wollte einfach helfen.«

»Und das ist es doch, was zählt«, sagt Fred. »Ich danke dir für dein Vertrauen.«

»Ja. Aber du darfst mich nicht für eine Petzliese halten«, bittet sie. »Es ist eigentlich gar nicht meine Art, hintenrum über Leute zu reden und irgendwen anzuschwärzen. Ich will doch bloß, dass er keine Dummheiten macht, die ihm am Ende selber schaden würden.«

»Das verstehe ich sehr gut, Mel. Wirklich sehr gut. Also – bis bald.«

Er steckt das Handy weg und atmet durch. Komm erst mal runter. Denk erst mal in Ruhe nach. Subtile Methoden, klar. Der bornierte Vorstand da drin im Saal ist viel zu ängstlich, aber selbst Fred kommt es zu riskant vor, im Endspurt des Wahlkampfes durch irgendwelche militanten Aktionen den Erfolg zu gefährden. Wenn er Schädel und Niko schicken würde, dem Mädchen aufzulauern, ihr den Laptop zu klauen, anschließend in Mahlmanns Büro einzubrechen und die andere Kopie zu vernichten, dann wäre er auf einen Schlag sämtliche Sorgen los. Doch wenn die Sache schiefginge, wär das sein Ende. Andererseits – wenn einem die Vorsehung eine derartige Gelegenheit auf dem Silbertablett serviert, wäre es fast unhöflich, nicht zuzugreifen. Die Vorsehung mag es nicht, wenn man ihre Offerten leichtfertig ausschlägt.

37

ROBIN

Klar, dass ich an diesem Morgen durch Henrys Anruf geweckt werde. Wobei es eigentlich schon Mittag ist. Weil ich mir immer noch nicht überlegt hab, wie ich es ihr beibring, geh ich einfach nicht dran. Irgendwann hört das Gedudel auf. Und geht sofort von vorne los. Auch diesmal geh ich nicht dran. Nicht beim dritten und auch nicht beim vierten Mal. Als sie zum fünften Mal anruft, will ich das Handy in die Ecke schmeißen oder den Akku rausnehmen oder wenigstens ausschalten. Was ich echt noch nie gemacht hab. Aber irgendwann muss ich ihr ja doch erklären, dass meine Idee nix gebracht hat.

Also geh ich endlich dran. Doch bevor ich was sagen kann, ruft sie: »Wo bist du? Hast du Zeit? Du musst sofort zum Klinikum kommen.«

38

SCHÄDEL

»Danke, Barny«, sagt Nikolaj und steckt sein Handy weg.

»Was hat er gesagt?«, will Schädel wissen.

Sein Auto, in dem beide sitzen, parkt vor Magnus Mahlmanns Bürogebäude.

»Barny ist direkt zum Haus der Negerfamilie gefahren«, berichtet Niko. »Tatsächlich kam die Kleine raus, hatte aber keine Tasche oder irgendwas dabei, wo ein Laptop drin sein könnte. Sie ist zur Straßenbahn gegangen und in eine andere Richtung gefahren. Jedenfalls – wo immer die auch hinwill, hier wird sie erst mal nicht auftauchen.«

»Gut«, nickt Schädel. »Dann ziehen wir's durch.«

»Sollen wir nicht lieber vorher noch mal mit Fred reden?«

»Unsinn. Jetzt ist unsere Chance.«

Sie steigen aus. Schädel zieht eine blaue Arbeiterjacke über, setzt eine Mütze auf und sieht plötzlich nicht mehr wie ein Nazi aus. Kleider machen Leute, Oberfläche ist alles. Er wuchtet einen Werkzeugkoffer von der Rückbank. Vor dem Haus steckt sich Niko eine Zigarette an, sie reden über Fußball. Alles ganz unauffällig. Es dauert gar nicht lange, bis sich die Tür öffnet und eine Frau herauskommt. Schädel macht einen Schritt auf den Eingang zu und die Frau hält ihm sogar die Tür auf, grüßt knapp und geht ihrer Wege. Niko schnippt die Kippe weg und folgt Schädel ins Treppenhaus. Auf dem ersten Absatz zieht Niko ein paar Handschuhe über und einen Bund Dietriche aus der Hosentasche.

»Kinderspiel«, murmelt er.

»Wo hast du das gelernt?«, flüstert Schädel und legt ebenfalls Handschuhe an.

»Facebook. Im Anti-Gutmenschen-Forum gab's eine Videoanleitung.«

Nach wenigen Augenblicken macht es klick. Niko öffnet die Tür, beide huschen hindurch und schließen sie hinter sich.

»So, dann woll'n wir mal«, sagt Schädel.

39

ROBIN

Ich schieb mein Bike durchs breite Eingangstor. Henry wartet hinter der Schranke.

»Da bist du ja«, ruft sie. »Komm, ich führ dich zu ihm.«

Wir laufen durch den Park, zwischen hohen Klinikgebäuden hindurch.

»Ich schnall immer noch nicht, was das bringen soll«, sag ich.

»Ich möchte einfach, dass ihr euch mal kennenlernt. Und dass du ihm erzählst, wie du die Ereignisse dieser Nacht erlebt hast.«

»Henry.« Ich bleib stehen. »Was ich dir die ganze Zeit sagen will – Ibbi lässt uns hängen. Er wird nicht aussagen.«

»Ja. Schade. Ehrlich gesagt dachte ich mir das schon.«

»Aber unser ganzer schöner Plan B«, sag ich. Auf einmal werd ich sauer. »Du hast von Anfang nicht dran geglaubt, oder? Du hast mich nur hingehalten und morgen wirst du trotzdem den Film veröffentlichen.«

»Lass uns später darüber reden«, sagt sie und zupft an meiner Jacke, wie ich an ihrer gezogen hab, als wir vor Nikolaj und Schädel abhauen mussten. »Jetzt gehen wir erst mal zu Magnus. Komm schon.«

Chirurgie steht auf dem Schild über dem Eingang, vor dem ich jetzt mein Bike anschließe. Durch eine Drehtür folg ich ihr ins Innere und werd plötzlich Opfer eines Überfalls. Eine fremde Frau fliegt auf mich zu und fällt mir um den Hals.

»Du bist Robin!«, ruft sie und zerquetscht mich fast. »Entschuldige.« Sie lässt mich los. »Du hast meinem Mann das Leben gerettet, ich muss mich einfach bei dir bedanken. Wenn du nicht gewesen wärst …«

»Okay«, sag ich bloß.

»Das ist übrigens Marie«, grinst Henry.

»Okay«, wiederhol ich.

Wir fahren mit dem Aufzug und wandern durch sterile Gänge, wo die Luft eine Spur zu warm ist und scharf nach Desinfektionsmitteln riecht. Die beiden Frauen bleiben vor einer Tür stehen, Marie klopft und öffnet.

»Ich möchte allein mit ihm sprechen«, sag ich schnell. Keine Ahnung warum, es ist mir gerade in diesem Augenblick eingefallen.

»Ähm …«, macht Henry.

»Kann ich verstehen«, nickt Marie und fängt sich einen bösen Blick von Henry ein, die aber nicht weiter protestiert.

Die beiden wenden sich ab und steuern auf eine Sitzecke im Flur zu. Ich geh rein. Und komm mir vor, als würd ich einen Blumenladen betreten. Tisch, Kommode, Fensterbank, alles steht voller Vasen mit prallen bunten Sträußen, dazwischen sind aufgeklappte Grußkarten aufgereiht. Auch dieser Typ hier muss einen Haufen Fans haben. Zwei Betten stehen in dem Zimmer. Das eine ist leer, in dem anderen liegt der Zombie. Das Gesicht, das mich verfolgt hat. Jedenfalls bis ich Henry traf, ab da hat es aufgehört, aber jetzt ist es hier und glotzt mich direkt an. Es wirkt fahl, doch die Augen blitzen neugierig auf.

»Robin?«

In seinem Arm steckt die Infusionsnadel von einem Tropf. Ansonsten keine Geräte oder Schläuche oder was immer ich mir vorgestellt hab. Er langt mit der anderen Hand zu seinem Nachttisch und setzt seine Brille auf.

»Mein Lebensretter.«

»Quatsch«, sag ich.

»Doch«, widerspricht er. »Du hast mein Leben gerettet.«

Und du hast meines zerstört, denk ich. Obwohl ich gar nicht weiß, ob das stimmt. Was man halt Leben nennt …

»Du hast mein Leben gerettet und meine Arbeit«, sagt er. »Du hast den Stick in Sicherheit gebracht. Henry hat mir alles erzählt.«

»Dann weißt du ja auch«, sag ich, »dass ich auf keinen Fall den Inhalt davon im Fernsehen oder im Internet oder in der Zeitung sehen will.«

»Jetzt setz dich doch erst mal.«

Ich zieh mir einen Stuhl ran und hock mich hin.

»Ich kann verstehen, dass du es als Bürde empfindest«, sagt Magnus.

»Schnall ich nicht. Was soll das heißen?«

»Das soll heißen, du hast keinen Bock, den Helden zu spielen.«

»Ach so. Jep. Genau das.«

»Nur ist es leider so«, sagt Magnus, »dass man es sich nicht aussucht, ein Held zu sein oder nicht. Glaub mir, ich weiß das.«

»Bullshit.«

»Wenn ich das richtig verstanden habe«, sagt er ruhig, »hast du mich verarztet, obwohl du Angst hattest, dass es dich in Schwierigkeiten bringt. Warum hast du es trotzdem getan?«

»Pff …«

»Genau. Du hast es dir nicht überlegt, du hast es einfach getan. So was nennt man Menschlichkeit. Und das ist es, worum es hier geht – bei dem Stick, bei unserer Auseinandersetzung mit Kuschinski und der DAP: Die Menschlichkeit steht auf dem Spiel.«

»Bullshit.«

»Du wiederholst dich.«

»Du tust ja, als wär Fred nicht menschlich. Also unmenschlich. Ein Unmensch, ein Monster. Aber das ist er nicht.« Ich steh auf. »Hör zu«, sag ich. »Ich find die DAP auch nicht gut. Wegen mir können die zum Teufel gehen und Fred in den Knast wegen dem, was er getan hat. Ist okay für mich. Aber das ist euer Game, nicht meins, ich hab da keinen Tippschein drin am Laufen.«

»Schade«, meint er, »es würde sich lohnen, auf uns zu tippen. Am Ende werden wir gewinnen.«

»Vielleicht. Aber ich werd das nicht miterleben. Entweder erwischt mich Schädel vorher oder ich mach mich aus dem Staub und bin dann längst über alle Berge.«

»Und wenn wir dich schützen?«

»Nein. Die Cops ...«

»Ich bin gut vernetzt, ich kenne etliche Leute, die uns helfen würden. Aber wahrscheinlich kannst du dir selbst am allerbesten helfen. Indem du bei der Polizei und vor Gericht aussagst, was du Montagnacht gehört und gesehen hast, und die Kerle, die dich bedrohen, in den Knast bringst.«

»Bullshit.«

»Setz dich doch wieder. Das wirkt so ungemütlich.«

Kurz bin ich hin- und hergerissen. Eigentlich will ich raus hier. Aber ich kann nicht. Der Typ, sein Gesicht, das mich verfolgt hat, Henry draußen vor der Tür, das ist alles viel zu mächtig. Ich seufze tief und sink zurück auf den Stuhl.

»Stimmt es«, frag ich, »dass du dich an nichts erinnern kannst?«

»Tja«, macht er. »Ich weiß noch, wie ich das Geld abgeholt habe und zur Bahn gegangen bin, um zu eurem Block zu fahren, wo ich mich mit Emil Becker treffen wollte. Irgendwo im Laufe dieser Bahnfahrt reißt mein Gedächtnis ab. Als Nächstes erinnere ich mich, wie ich gestern aufgewacht bin.«

»Ziemliches Pech.«

»Allerdings. Die Ärzte sagen, das sei gar nicht ungewöhnlich. Bei traumatischen Erfahrungen knipst das Gehirn einfach die Erinnerung aus. Kann sein, dass sie eines Tages zurückkommt. Aber wir haben keine Zeit, darauf zu warten. Also, was hast du mitgekriegt? Habe ich irgendwas zu dir gesagt, als du mich gefunden hast?«

»Erstens – ich hab dich nicht gefunden. Du hast *mich* gefunden. Ich hatte gar keine Chance, dir aus dem Weg zu gehen.«

»Ja, schon gut, ich hab's begriffen …«

»Und zweitens weiß ich wirklich nichts.«

Er atmet schwer ein und aus. Das scheint wehzutun, er verzieht das Gesicht dabei.

Dann sagt er: »Du hast schon so viel für mich getan, dass ich wirklich nicht in der Position bin, noch mehr von dir zu verlangen. Und deshalb will ich dir noch eines sagen: Wenn die Sache hier vorbei ist – ganz egal, wie alles ausgeht –, möchte ich mich auf angemessene Weise bei dir bedanken. Das sollst du wissen. Wir setzen uns zusammen und überlegen gemeinsam, was das sein könnte.«

»Hey, Moment. Ich bin nicht zu kaufen.«

»Finde ich gut.« Er lächelt. »Deshalb besprechen wir das ja auch hinterher.«

»Hinterher«, wink ich ab. »Woran merkst du überhaupt, dass es vorbei ist? Vielleicht ist es das längst. Vielleicht war das schon das Ende und du hast es bloß nicht mitgekriegt.«

»Nein«, sagt er entschlossen. »Das hier ist meine Geschichte. *Unsere.* Auch deine. Wir entscheiden selber, wann es vorbei ist.«

»Umso besser«, sag ich. »Also, was mich betrifft …«

Ich will aufstehen, aber jemand hat unbemerkt meine Beine mit Blei ausgegossen.

Fuck, denk ich, fuck, warum bin ich nicht abgezockt genug, mich jetzt einfach zu verpissen?

»Nehmen wir mal an«, sag ich nach einer Weile, »ich wär mir ziemlich sicher, dass Schädel und Nikolaj es waren, die Emil getötet und dich verletzt haben. Nehmen wir das einfach mal als Tatsache …«

»Ja. Und dann?«

»Warum sagst *du* es nicht den Cops?«

»Bitte? Ich verstehe nicht.«

»Na, warum sagst du den Cops nicht, hey, Leute, mein Gedächtnis ist wieder da, ich erinnre mich an jede kleine Einzelheit, und zwar: Die beiden waren's. Fertig.«

Lang guckt er mich an. Echt lang. Dann schüttelt er unmerklich den Kopf.

»Warum denn nicht, zur Hölle?«

»Berufsethos«, sagt er. »Ich kämpfe mein Leben lang für die Wahrheit. Das geht nicht, wenn ich das mit einer Lüge tu. Selbst wenn es der Wahrheit ziemlich nahe käme, bliebe es trotzdem eine Lüge.«

»Bullshit«, ruf ich.

»Und wenn ich das wirklich machen würde – welcher von den beiden hatte das Messer in der Hand? Wer hat zugestochen?«

»Das ist doch egal.«

»Der eine wird wegen Mordes oder zumindest Totschlags angeklagt, der andere wegen Mittäterschaft. Ein ziemlicher Unterschied.«

»Egal«, wiederhol ich, »die haben es doch beide verdient.«

»Mag sein. Aber das wäre dann kein Rechtsstaat mehr.«

Erinnert mich an Arzus Worte. Na ja, so ähnlich jedenfalls. Falls ich sie richtig verstanden hab.

»Entscheid dich halt für einen von beiden«, sag ich. »Schädel ist der Brutalere, Nikolaj der Gefährlichere. Weil er schlauer ist. Such dir was aus.«

»So geht das nicht. Das ist nämlich genau das Denkmuster von denen. So stellen die sich einen gerechten Staat vor. Aus dem Bauch heraus urteilen anstatt nach Recht und Gesetz. Das wäre Willkürherrschaft, reine Tyrannei. Wenn wir sie mit denselben Mitteln bekämpfen wollten, mit denen sie kämpfen, dann hätten sie bereits gewonnen. Unsere Integrität ist es, was sie am meisten hassen. Das, was sie so abfällig als *political correctness* bezeichnen. Vielleicht warten sie sogar darauf, dass wir diese Integrität selber zerstören. Unsere Haltung, unsere eigenen Werte diskreditieren.«

»Das klingt alles ziemlich klug, was du da redest«, sag ich. »Das meiste schnall ich leider nicht. Ich hör immer nur *die* oder *wir*, *kämpfen*, *siegen* oder *verlieren*. Für mich geht's um keinen Kampf. Meistens verlier ich eh, egal bei was. Mir geht's auch nicht um *die* oder *wir*, mir geht's – ehrlich gesagt – einfach um *mich*. Ich will mit heiler Haut aus der Nummer rauskommen, mehr nicht. Ist das zu viel verlangt? Wenn du dich wirklich bei mir bedanken willst, wie du behauptest, dann sag Henry, sie soll die beiden Kopien von dem Film vernichten.«

Wieder verzieht er schmerzlich das Gesicht, als hätte ich ihn in seinen aufgeschlitzten Bauch geboxt.

»Ich weiß gar nicht, ob ich das kann«, sagt er nach einer Weile.

»Ob du was kannst?«

»Das von Henry verlangen. Schon klar, sie ist einfach bloß meine Praktikantin. Aber sie hat seit Montag in gewisser Weise meinen Platz eingenommen. Wollen wir sie nicht hereinbitten und das mit ihr gemeinsam diskutieren?«

»Diskutieren!«, schimpf ich und spring wieder auf. »Bla, bla! Demokratie, Haltung, Werte, bla, bla. Klingt alles ganz süß, kann ich mir aber nicht leisten. Das ist was für Leute wie euch. Leute, die ein schnuckliges Häuschen haben und im Biomarkt einkaufen. Ich leb halt in einer ganz anderen Welt. Und dahin geh ich jetzt zurück.«

»Warte doch.«

Er versucht sich aufzurichten, stöhnt vor Schmerz und fällt zurück ins Kissen.

»Mach's gut«, sag ich und verlass das Zimmer.

In der Ecke hinten im Gang springen Henry und Marie auf, aber ich beachte sie nicht weiter, sondern lauf zum Ausgang, nehm statt des Aufzugs die Treppe und verschwinde.

»Hey, Robin!«

Henry rennt hinter mir her und bleibt nach ein paar Stufen stehen. Vielleicht überlegt sie, ob sie mir nach soll oder lieber zu Magnus rein und sich von ihm anhören, was da schiefgelaufen ist zwischen uns. Ich bin schon eine Etage tiefer, warte und horche. Ihre Schritte entfernen sich wieder. Sie hat sich für *ihn* entschieden.

40

SCHÄDEL

»Wo sind jetzt die bekackten Kopien?«, flucht Schädel leise vor sich hin.

Seit einer halben Stunde durchforsten sie die Regale an den Wänden auf der Suche nach etwas, von dem sie gar nicht wissen, was es ist. Eine externe Festplatte oder ein weiterer USB-Stick oder ein winziger Chip … für Schädel geht das alles viel zu langsam. Und vor allem macht es keinen Spaß.

»Ich sag dir, Niko, wir fackeln die bekackte Bude ab und gut ist.«

»Geht das nicht in deinen Schädel, Schädel? Solange wir den Laptop nicht haben, dürfen wir keine Spuren hinterlassen. Sonst wissen die doch, dass wir der Kleinen auf den Fersen sind, und bringen das Teil an einen sicheren Ort. Oder veröffentlichen Emils miesen Handyfilm sofort.«

»Ja, Mann, ich bin ja nicht so blöd, wie ihr alle denkt«, knurrt Schädel missmutig und lässt sich auf den Schreibtischstuhl fallen. »Es ist eine Frage der Methoden. Barny hätte die Gelegenheit nutzen und die kleine Schlampe einfach greifen und ins Auto zerren sollen. Wir hätten sie irgendwohin gebracht, wo keiner ihre Schreie hört. Wir hätten alles, was wir wissen wollen, aus ihr rausgeprügelt, hätten sie anschließend schön in Benzin gebadet und angezündet, wie es sich für Neger gehört. Keiner hätte sie jemals gefunden.«

»Niemand hält dich für blöd«, beschwichtigt Niko. »Aber

manchmal frag ich mich, was dir wichtiger ist. Unser Sieg bei der Wahl oder dein persönlicher Hass.«

Schädel kneift die Augen zusammen und mustert seinen Kameraden.

Dann zischt er: »Das ist für mich dasselbe.«

»Umso besser«, sagt Niko. »Aber steh wieder auf, ja? Wenn die irgendwelche Kleidungsfussel an dem Stuhl finden, kommen die uns am Ende doch noch drauf.«

»Ich sag ja, abfackeln«, knurrt Schädel, erhebt sich widerwillig und hält inne. »Moment mal.« Er schiebt einen Stapel Zeitungen zur Seite. Darunter kommt ein Laptop zum Vorschein. »Hey, Niko! Guck mal. Das wird doch wohl nicht der sein, den wir suchen?«

»So bescheuert kann keiner sein«, murmelt Niko. »Es sei denn, die denken, dass wir uns das denken, und rechnen deshalb gar nicht damit …«

Schädel klappt den Bildschirm hoch und drückt die Power-Taste. Der Laptop fährt hoch.

»Das Ding wird halt dem Mahlmann gehören oder irgendwem«, winkt Niko ab.

Der Bildschirm wird blau. *Henrietta* steht da. Und darunter das Eingabefeld für ein Passwort.

»Bingo!«, ruft Schädel.

»Das glaub ich jetzt nicht«, sagt Niko. »Jetzt weiß ich, was Fred mit Vorsehung meint. Das Schicksal ist anscheinend wirklich auf unserer Seite.«

»Dann können wir die Bude also doch abfackeln?«

»Nein. Uns fehlt trotzdem noch die andere Kopie, die hier irgendwo an der Wand sein muss. Du weißt doch nicht, ob das Feuer im Zweifel den Datenträger erreicht, wo sie drauf ist.«

»Doch. Wenn wir's gründlich machen.«

»Schädel, sei vernünftig.«

»Bekackte Vernunft«, schnaubt Schädel. »Früher hätten wir drauf geschissen. Früher hätten wir als Allererstes ein paar hübsche Hakenkreuze überall hingesprayt. Und uns mit so einem bekackten Plakat wie diesem da den Hintern abgeputzt.«

Und das ist der Moment, wo sein Zorn überschäumt. Seine behandschuhten Finger krallen sich ins Papier und reißen das Plakat herunter.

»Schädel!«, entfährt es Niko. »Die Vorsehung.«

»Hör auf«, knurrt Schädel, »ich weiß, das hätte ich nicht tun sollen. Aber ich hab so dermaßen Hasse, ich …«

»Guck doch mal, du Genie. Du hast es gefunden!«

Niko bückt sich zu dem Papier hinunter. Auf der Rückseite kleben lauter kleine Speicherkarten. Sie sind sogar beschriftet. Er pflückt den fraglichen Chip mit zwei Fingern ab und steckt ihn ein.

»So was«, sagt Schädel und kratzt sich am kahlen Kopf.

Dann öffnet er seinen Werkzeugkasten und holt einen Kanister heraus, in dem eine durchsichtige Flüssigkeit schwappt. Bevor Niko eingreifen kann, hat er schon angefangen, die Flüssigkeit ringsherum zu verteilen. Durchdringender Spiritusgeruch hüllt sie ein.

Niko schüttelt ratlos den Kopf.

»Was soll das denn jetzt, Mann? Wir haben, was wir brauchen, und können unauffällig verschwinden. Warum willst du, dass morgen alle Zeitungen des Landes anrücken und Fred fragen, ob er was damit zu tun hat? So wird es nämlich aussehen.«

»Na und? Wer liest schon diese Zeitungen? Du etwa? Ich nicht.«

Schädel bückt sich erneut zu seinem Werkzeugkasten und holt ein vorsintflutliches Tastenhandy heraus. Dem Handy fehlt die hintere Abdeckung, stattdessen ragen unter einem Klebeband zwei winzige Kabel hervor. Die Kabel enden in einem ebenso winzigen Glühbirnchen, das vielleicht einmal zur Lichterkette eines Christbaums gehört hat. Das Glasgehäuse des Birnchens wurde entfernt, der Glühdraht steckt in einem kleinen, abgeschnittenen Stück Strohhalm, aus dem ein dunkles Pulver rieselt.

»Was ist das?«, fragt Niko mit einer Mischung aus Respekt und Abscheu.

»Ein Zeitzünder.« Schädel kann seinen Stolz kaum verbergen. »Hab ich selber gebaut.«

Mit dem Rest aus dem Kanister tränkt er die Zeitungen auf dem Schreibtisch, dann legt er das Handy daneben und schiebt das Röhrchen zwischen die Seiten.

»Das Handydisplay hat drei Volt im Ruhezustand«, erklärt er. »Aber wenn es aufleuchtet, kommen neun Volt. Das reicht, um das Schwarzpulver in dem Halm zu zünden. Das Handy hat eine uralte Prepaid-Karte. Die Nummer ist nirgends gespeichert. Nur hier drin.« Er pocht mit der Faust dreimal gegen seine eigene Stirn. »Also, wenn wir gleich hier raus sind und um die nächste Ecke, dann mach ich einen kleinen Anruf und …«

»Und bäng«, sagt Niko. »Woher hast du …?«

»So wie du – von Facebook«, grinst Schädel. »Aus dem Kristallnacht-Forum. Der Witz ist bloß – die Originalanleitung, die ein Kamerad da geteilt hat, stammt ursprünglich von einer Islamistenseite.«

»Das ist echt witzig. Und außerdem verdammt raffiniert, Schädel, aber mir ist nicht wohl dabei. Wir hätten mit Fred …«

»Hör schon auf! Früher war ich der Boss und du hättest nicht gewagt, so aufzumucken.« Er schnauft, dann schaut er sehr ernst und sagt: »Niko. Ich werde früher oder später wegen Emil in den Knast gehen. Und die Sache hier nehm ich im Zweifel auch auf mich. An keinem von euch wird was hängen bleiben. Nicht an Fred oder der Partei oder dir, klar? Fred muss das Land retten und du musst dich um Tatjana und die Kleinen kümmern. Ich habe niemanden. Nichts zu verlieren. Außer meiner Ehre. Und meine Ehre heißt Treue. Das ist mein Weg. Begreifst du das?«

»Du bist wirklich ein Held«, sagt Niko. »Okay.« Er nimmt Henrys Laptop und lässt ihn in Schädels Werkzeugkiste verschwinden, ebenso den leeren Kanister. »Hauen wir ab.«

41

ROBIN

Was würdest du mitnehmen, wenn du abhauen müsstest? Handy, klar. Zahnbürste, Duschgel, ein paar Klamotten. Und sonst? Gibt es in meinem fucking Zimmer überhaupt nix, wodran ich hänge? Was mich ausmacht? Die Skulptur natürlich. Aber die würd ja nicht mal mehr durch die Tür passen, geschweige denn in meinen Rucksack. Da labern alle über Flüchtlinge und auf einmal ist man selber einer. Aber wo soll ich Asyl beantragen? Und wie überhaupt? Ich hab's ja nicht mal gebacken gekriegt, fucking Hartz Vier zu beantragen. Außerdem bin ich auf Bewährung. Vielleicht muss ich wirklich mit Weingart drüber reden. Ich hab von Leuten gehört, die sind ins Jugendwohnheim gezogen, weiter fort, in eine andere Stadt. Vielleicht geht da was. Ich bräuchte wohl die eine oder andere Unterschrift von meiner Mutter. Aber die kann ich sogar besser als sie selber; hat zumindest in der Schule nie einer beanstandet. Sie und Mel sind ohne mich eh besser dran.

Am besten gefällt mir ja immer noch die Idee mit Daumen raus und einfach weg. Und in Gedanken bin ich das längst, weg nämlich, deshalb achte ich auch gar nicht auf das Türklingeln, das plötzlich losgeht und nicht mehr aufhören will. Jemand steht unten und will was. Wenn man unten klingelt, macht das nämlich einen anderen Ton als oben, und das ist schon mal gut, dass es diesmal nicht Schädel oder Nikolaj sind, denn die würden direkt vor der Wohnungstür stehen. Arzu auch. Wer sonst könnte was von mir wollen? Fred persönlich? Etwa Henry … zumindest ist das der

Name, der auf dem Display von meinem Handy leuchtet, das gleichzeitig losdudelt.

»Was denn noch?«, ruf ich in das Teil.

»Wenn du zu Hause bist, dann mach die verdammte Tür auf und lass mich rein.«

»Was willst du?«

»Jedenfalls nicht so lange hier im Hof herumstehen, bis zufällig Schädel oder einer seiner Freunde hier vorbeikommt und mich sieht.«

»Fuck«, schimpf ich, »fuck, fuck.«

Ich drück das Gespräch weg und den Türsummer. Der Aufzug rumpelt einmal runter, rumpelt wieder hoch, öffnet sich. Da steht sie. Und ich bin ganz nackt. Nee, Quatsch, ich hab natürlich was an, aber ich komm mir trotzdem nackt vor, weil es mir total unangenehm ist – der stinkende Flur, die räudige Bude, der ganze fucking Block und mein Leben.

»Kann ich reinkommen?«, fragt sie.

»Musst du nicht gerade an deinem Laptop sitzen und das Beweisvideo online stellen?«, frag ich.

»Hey«, sagt sie. »Das war eine klare Ja-Nein-Frage.«

»Meine auch«, sag ich.

»Also?«, fragt sie.

»Ja«, sag ich. »Von mir aus.«

»Nein«, sagt sie.

»Wie – nein?«

»Nein, ich muss nicht das Beweisvideo online stellen. Weil ich nämlich vorher mit dir reden will. Kriegst du das hin?«

»Reden?«

»Genau. Oder ist das für dich alles nur noch *fucking Blabla*?«

Die äfft mich nach. Ziemlich gut. Das sollte mich ärgern, aber ich muss leider lachen.

»Du traust dich was«, sag ich. »Einfach hier im Block aufzukreuzen, nachdem die dich gesehen haben und wissen, dass du den Stick hast – na ja, also jedenfalls den Film.«

»Und du sagtest vorgestern, genau dieser Film sei eine Art Lebensversicherung für dich, solange er nirgends veröffentlicht wird. Ich bin einfach mal davon ausgegangen, dass das auch für mich gilt. Trotzdem hab ich natürlich kein gesteigertes Interesse daran, diesem Schädel noch mal über den Weg zu laufen.«

»Dann komm halt endlich rein«, sag ich, dreh mich um und geh einfach in mein Zimmer. Henry schließt die Wohnungstür hinter sich, folgt mir durch den engen Flur und bleibt verwundert stehen.

»Wow!«

»Was?«

»Dieses …« Ihr Finger zeigt auf meine Skulptur. »Dieses Kunstwerk. So was habe ich noch nie gesehen.«

»Du warst ja auch noch nie hier.«

Ich sag das nicht, weil das witzig sein soll. Sondern weil sie mich verlegen macht. Die Art, wie sie die Skulptur ansieht. Die Art, wie sie *mich* ansieht. Sie geht ein paar Schritte in mein Zimmer rein. Kommt mir vor, als würd sie eine unsichtbare Schwelle übertreten. Streckt eine Hand nach der Skulptur aus.

»Darf ich?«

Ich zuck nur mit den Achseln. Die Finger mit den blau lackierten Nägeln fahren behutsam über die bunten Kronkorken am Stamm der Skulptur, über die ineinander verkeilten Zahnräder, die von den Ästen herabhängen, über die Reste der Reifen von meinem Bike, die ich erst gestern drangemacht hab. Ganz vorsichtig, voll Respekt, als würd sie damit rechnen, dass die Skulptur lebendig ist. Dass die bloß schläft und vielleicht gleich aufwacht.

»Was ist das nur alles für ein Zeug?«, fragt sie halblaut.

»Das allermeiste hat meinem Vater gehört. Der hat das alles über Jahre gesammelt. War richtig besessen davon.«

»Und jetzt nicht mehr?«

»Genau.«

»Ist er fortgegangen?«

»Kann man so sagen. Wahrscheinlich hatte er einfach keinen Bock mehr auf uns – mich, meine Schwester, meine Mutter. Vor allem hatte er keinen Bock mehr auf sich selber. Hat sich besoffen ins Auto gesetzt und sich einen schönen Baum ausgesucht.«

»Oh.« Sie dreht sich zu mir rum. »Das tut mir leid.«

»Quatsch«, sag ich. »Warum soll dir das leidtun? Das betrifft dich doch null.«

»Weil … na ja, das sagt man doch. Entschuldige, du hast recht. Ich weiß natürlich nichts von deinem Leben. Echt überhaupt nichts.«

»Und du bist auch sicher nicht gekommen, weil du mit mir über mein Leben sprechen willst.«

»Irgendwie doch.« Sie guckt mir in die Augen. »Ich will wissen, warum du Frederik Kuschinski schützt.«

Ich klapp den Mund zu einer Antwort auf, aber sie fährt fort: »Ich hab schon kapiert, du hast Angst vor seiner Rache. Aber das ist es nicht allein, das spüre ich. Da gibt es noch etwas anderes. Ich habe dich mehrfach gefragt, wie gut ihr euch kennt, aber du bist mir jedes Mal ausgewichen.«

Ich stöhn auf. Eigentlich genervt, aber als ich mich selber hör, klingt das eher gequält. Und, na ja, warum soll ich es ihr eigentlich nicht erzählen?

»Da ist das Mädchen, mit dem ich mich gestern getroffen habe. Die mit Ibbi verwandt ist.«

»Die Schwester von Hakan Topal.«

»Genau. Arzu. Wir waren zusammen oder wie man das nennen will. Letztes Jahr im Sommer.«

Henry hockt sich aufs Bett, als würd sie schon ahnen, dass das hier eine lange Geschichte wird. Ich bleib aber lieber stehen.

»Hakan hatte was dagegen. Der meinte, es gehört sich nicht, dass sie einen Freund hat. Noch dazu einen Deutschen. Total beknackt, oder? Ich meine – der Typ hat so ziemlich jedes Gesetz gebrochen, das es gibt; der zieht die allergrößten Sauereien ab ohne schlechtes Gewissen, aber bei seiner Schwester macht der plötzlich auf Moral. Wir haben uns dann halt heimlich getroffen. Meistens oben auf dem Dach von einem der Häuser hier. Aber irgendwie hat Hakan das mitgekriegt. An einem Abend tauchte der plötzlich auf. Hatte ein Messer. Ich soll die Finger von ihr lassen und so, sonst würd er mich abstechen. Ich dachte, der schmeißt mich hier gleich vom Dach runter. Das Verrückte ist – ich hatte null Angst vor Hakan. Sonst immer, aber da nicht; nicht in dem Augenblick, wo der da mit seinem Messer stand. Das war kein Mut oder so was. Mir war es einfach total egal, verstehst du? Irgendwie dachte ich so – soll der mich halt umbringen. Kann ich endlich meinem Alten im Jenseits mal richtig die Meinung sagen. Hab ein paar Schritte auf ihn zu gemacht, hab irgendwas gerufen, weiß nicht mehr genau. Stech mich doch ab, wenn du musst, so was in der Art. Da hatte der plötzlich Respekt. Hab ich in seinem Blick gesehen. Konnte aber auch nicht klein beigeben. Hat mit dem Messer rumgefuchtelt und ich bin weiter auf den zu und plötzlich hatte der mich erwischt. Weiß gar nicht mehr, wie das genau kam, hat auch am Anfang gar nicht so wehgetan, hat nur geblutet wie die Sau. Dann ist er weg. Hat noch was gesagt von wegen ich wüsste jetzt Bescheid und so und ist abgehauen. Arzu war total unter Schock. Ich hab sie einfach da oben stehen lassen und bin runter durchs Treppenhaus. Wollte nur nach Hause, ein Pflaster draufkleben und dann meine Ruhe haben. Aber das hat so dermaßen geblutet, da musste ich was machen. Direkt im selben Haus wohnt Fred. Also wohnte er damals mit seinen Eltern. Ich hab bei ihm geklingelt.«

Henry guckt mich aufmerksam an. Hört einfach nur zu, ohne dass sie was dazu sagen oder dazwischenfragen will.

»War mehr so eine Eingebung«, sag ich. »Fred war der Erste, der mir eingefallen ist. Ich wusste, ich muss mir Hilfe suchen, aber ich hatte gar keine Ahnung, wie das geht. Hab mir noch nie irgendwo Hilfe gesucht. Fred war früher manchmal ein bisschen wie ein großer Bruder gewesen. Also ganz früher, als Kinder. Das war lang her, inzwischen hatte der schon Abitur gemacht, aber trotzdem dachte ich, dass der was machen kann. Und außerdem war mir eingefallen, dass der sich mit so was auskennt. Der war nämlich früher beim Roten Kreuz.«

Auf Henrys Gesicht seh ich, wie ihr was dämmert. Aber sie sagt immer noch nix.

»Fred hat sich das angeguckt«, sag ich, »und meinte, ich muss sofort ins Krankenhaus. Die Wunde war nicht tief. Kein Stich, eher ein langer Schnitt. Trotzdem meinte er, da muss er ganz schnell einen Druckverband draufmachen, damit ich nicht so viel Blut verlier. Er hat einen Krankenwagen gerufen. Und während wir gewartet haben, hat er mich verarztet. Hat seinen Verbandskasten ausgekippt, Kompressen auf den Schnitt geklebt und dann einen Gürtel aus dem Schrank geholt und um mich drumgeschnallt, damit die Dinger ganz fest auf die Wunde drücken. Dadurch hat das Bluten aufgehört.«

Jetzt schüttelt Henry den Kopf, als könnt sie das nicht glauben. Oder sie *will* es nicht glauben.

»Deshalb hast du gewusst«, flüstert sie, »was du machen musst, als du Montagnacht auf Magnus getroffen bist.«

»Ja.«

»Wie ging es weiter?«

»Im Krankenhaus haben die festgestellt, dass keine Organe verletzt waren. Trotzdem wär es ohne die Hilfe von Fred vielleicht eng geworden für mich, weil das Messer irgendeine wichtige Ader erwischt hatte. Natürlich haben die die Polizei gerufen. Die sagten, dazu wären sie verpflichtet, wenn einer wegen so was ins Krankenhaus kommt. Aber ich hab natürlich die Klappe gehalten.«

»Bitte?«

»Was sollte ich denn machen? Oben auf dem Dach, da war mir für einen Moment alles egal gewesen. Aber dann im Krankenhaus nicht mehr. Ich kenn zig Leute, die Grund gehabt hätten, was gegen Hakan auszusagen. Aber nie hat das einer gemacht. Ich wollte sicher nicht der Erste sein. Ich hab einfach behauptet, ich hätte mit einem Küchenmesser gespielt. Ich hätte so Kunststücke üben wollen und dabei wär das passiert.«

»Ernsthaft?« Henry legt den Kopf schräg. »Das hat man dir geglaubt?«

»Nee, null. Die wollten, dass ich endlich sage, wer das war. Haben auch ewig lang auf meine Mutter eingeredet. Aber ich bin einfach bei meiner Behauptung geblieben. Irgendwann haben die dann aufgegeben. Und meine Mutter, glaub ich, die war ganz froh darum. Hauptsache keinen Ärger. Und ich bin ja nach ein paar Tagen wieder rausgekommen, also aus dem Krankenhaus. Meine Mutter hat mich nie danach gefragt, wie es denn wirklich gewesen ist. Nur Mel – also Melanie, das ist meine Schwester –, die hat das irgendwie spitzgekriegt. Die kriegt immer alles mit; keine Ahnung, wie die das macht.«

»Puh.« Henry guckt mich schräg an. »Aber sagtest du nicht, du hättest für Hakan« – sie malt mit den Fingern zwei Gänsefüßchen in die Luft – »gearbeitet? War das davor?«

»Nein, danach. Ich weiß, das ist absolut beknackt. Jedenfalls in deiner Logik. Für Hakan war das so, dass er mir eine Art Friedensangebot machen wollte. Als Entschuldigung und weil ich ihn nicht verzinkt hab. Damals bin ich schon nicht mehr regelmäßig zur Schule gegangen, hab mehr so abgehangen, und er wusste halt, dass ich Kohle brauch. Also hat er mir angeboten, dass ich ein bisschen Zeug für ihn verticken kann. Hasch, Piece, so was. Nichts

Krasses, aber trotzdem bin ich aufgeflogen und auf Bewährung verknackt worden. Hab ich dir ja schon erzählt.«

»Ja, hast du.« Sie lächelt plötzlich. »Also Hakan hat dir einen Job angeboten, genau wie Kuschinski das jetzt getan hat, hm? Vielleicht sollte dir zur Abwechslung jemand einen Job anbieten, der *kein* Arschloch ist.«

»Ich brauch gar keinen Job«, sag ich. »Ich brauch einfach nur …«

»Deine Ruhe, ich weiß schon. Aber ich verstehe jetzt endlich, was Kuschinski für dich bedeutet. Ehrlich gesagt kann ich es fast sogar nachvollziehen. Niemand würde leichtfertig jemanden hinter Gitter bringen, der einem in höchster Not geholfen hat. Der einem vielleicht sogar das Leben gerettet hat.«

Einen Moment schweigen wir. Ich muss weggucken, irgendwas ist mir peinlich; weiß nicht, was.

Dann fragt sie: »Und wie geht es dir heute?«

»Hä? Was meinst du?«

»Deine Verletzung. Tut es noch weh? Oder ist alles verheilt?«

Komisch, dass ich so überrascht bin von der Frage.

»Manchmal tut's weh«, sag ich. »Ich hab eine schöne Narbe behalten. Die erinnert mich jeden Tag daran, dass man sich vor Ärger hüten soll.«

Wie zum Beweis zieh ich mein T-Shirt hoch. Henry beugt sich vor, streckt vorsichtig die Hand aus. Genauso behutsam wie vorhin die Skulptur berühren ihre Finger meine Haut. Dann schlingt sie plötzlich beide Arme um meinen Rücken, zieht mich zu sich ran und legt ihren Kopf mit der Wange gegen meinen Bauch.

»Mensch … Robin.«

Aber echt, denk ich. Aber echt.

Meine Hand fährt leicht durch ihr dichtes Haar. Ich beug den Kopf zu ihr runter. Plötzlich küssen wir uns. Fallen zusammen aufs Bett. Ihr Handy klingelt. Sie lässt es klingeln, bis es aufhört.

Wir umklammern uns. So fest, wie ich noch nie jemanden gehalten hab. Oder von jemandem gehalten worden bin. Das Handy ruft schon wieder. Sie ignoriert es und wir küssen uns. Solang wir uns küssen, müssen wir nicht reden. Das Handy klingelt wieder und wieder. Irgendwann lässt sie mich los und zieht es genervt aus der Hosentasche. *Mum,* steht auf dem Display. Sie drückt den Anruf weg, dreht sich wieder zu mir und vergräbt sich in meiner Halsbeuge. Ihre Lippen wandern hoch und treffen wieder meinen Mund. Küssen ist das Einzige, was wir *miteinander* machen können. Alles andere, was wir stattdessen machen könnten – diskutieren, eine Entscheidung über das Beweisvideo treffen –, wär wohl automatisch *gegeneinander*. Aber das Handy lässt uns nicht. Es klingelt und klingelt und ich lös mich schließlich aus der Umklammerung. Henry guckt wütend auf das bimmelnde Teil. Vielleicht überlegt sie noch, ob sie es einfach ausmachen soll. Aber dann tippt sie auf den grünen Hörer.

»Henry!«, schreit eine Frau. Sie schreit so laut und verzweifelt, dass ich erst denke, der Lautsprecher wär eingeschaltet. »Henrietta, wo bist du? Bist du in Sicherheit?«

»Mum – was ist denn los?«

»Gott, bin ich froh, dass ich deine Stimme höre. Aber wo bist du, Henry?«

»Bei einem …« Kurz streift mich ihr Blick. »… Kollegen. Sag schon – was ist los?«

»Warst du gar nicht im Büro von Magnus Mahlmann?«

»Nein, wieso? Sag doch endlich.«

»Dann weißt du es noch gar nicht?«

»Nicht, wenn du es mir nicht endlich sagst!«

Was Henrys Mutter antwortet, verstehe ich nicht mehr, denn sie spricht auf einmal ganz leise. Vielleicht auch bloß normal. Ich höre nichts davon, doch dafür seh ich, wie Henrys Gesicht zerbricht.

»Wurde irgendjemand verletzt?«, fragt sie tonlos. Und dann: »Gott sei Dank, immerhin.« Pause. »Nein.« Pause. »Das besprechen wir in Ruhe. Ich komme nach Hause.«

Sie beendet das Gespräch, lässt das Handy in ihren Schoß sinken und guckt mich nicht an.

»Der Film ist verloren«, flüstert sie.

»Versteh ich nicht.«

»Es hat gebrannt. In Magnus' Büro. Alles ist völlig verkohlt, die ganze Einrichtung.«

Ich denk direkt an das Plakat, an die Speicherchips auf der Rückseite.

»Wie konnte das passieren?«

»Weiß ich doch nicht!«

Sie springt auf, guckt mich aber immer noch nicht an.

»Glaubst du, das war einer von Freds Leuten?«, frag ich.

»Nein, das ist purer Zufall«, sagt sie, ihr Ton ätzt wie Säure. »Passiert doch andauernd, dass in Büros von kritischen Journalisten einfach mal von ganz allein Feuer ausbricht.«

»Okay«, sag ich dumpf. »Verstehe. Wenn ich du wär, würd ich jetzt sofort das Video an die Öffentlichkeit bringen.«

»Hast du mir nicht zugehört?« Jetzt guckt sie mich doch an. Ihre Nasenflügel zittern. »Der Film ist verloren.«

»Ich kapier null«, sag ich. »Du hast doch noch die Kopie auf deinem Laptop, die …«

»Nein.«

»Hä?«

Sie packt mich an den Schultern und ruft: »Der Scheißlaptop war in dem Scheißbüro!«

»Aber …«

»Ja, ich hab es verbockt!«, schreit sie. »Und jetzt sag nicht, so dämlich kann doch keiner sein, denn schau mich an, hier stehe ich: Ich *bin* so dämlich!« Fast krieg ich Angst, Schädel und Nikolaj könnten sie schreien hören. »Ich hab doch nicht gedacht«, schreit sie, »dass die es wagen, am helllichten Tag da einzubrechen und Feuer zu legen. Warum habe ich diesen elenden Stick bloß weggeworfen?«

Sie guckt, als hätt ich darauf die Antwort. Als *wär* ich die Antwort.

»Ich hab keinem irgendwas gesagt«, sag ich völlig sinnlos.

»Ach, selbst wenn«, stöhnt sie. »Ich hab dir doch extra nicht gesagt, wo der Laptop ist. Die müssen da eingebrochen sein und … aber komisch.« Sie stockt und kneift die Augen zusammen. »Hätten die sich getraut, das Büro anzuzünden, wenn sie davon ausgehen mussten, dass es weitere Kopien gibt? Sie müssen *gewusst* haben, dass es keine weiteren Kopien gibt.«

»Ich hab keinem was gesagt!«, wiederhol ich.

»Scheiß drauf.« Sie geht zur Tür.

»Was tun wir jetzt?«, frag ich. Plötzlich will ich nicht, dass sie geht.

»Keine Ahnung, was du tust«, sagt sie. »Ich muss erst mal nach Hause, meine Eltern beruhigen. Danach werd ich vielleicht zu Magnus gehen und mit ihm reden. Oder auch nicht.« Sie öffnet die Wohnungstür, dreht sich zu mir herum und sagt bitter: »Vielleicht werde ich auch mein Praktikum einfach hier und jetzt beenden, einen kleinen Koffer packen und zum Flughafen fahren. Das tun, was andere auch tun, bevor sie mit der Uni beginnen: Last Minute in die Sonne fliegen und die ganze Scheiße hinter mir lassen.«

»Aber …«

Sie marschiert zum Aufzug und drückt den Knopf.

»Du hast gewonnen«, sagt sie. »Der Film ist vernichtet und niemand kann dir noch irgendwas. Du bist frei.« Sie hält inne. »Bloß eines noch: Bestell deinem großen Bruder Frederik einen schönen Gruß von mir – eines Tages kriegen wir ihn. Und wenn es fünfzig Jahre dauert.«

Ganz langsam dämmert mir, dass ich raus bin aus der Nummer. Das ist doch das, was ich die ganze Zeit wollte. Oder nicht? Fassungslos starr ich sie an. Ich spür noch genau ihre Lippen auf meinem Mund, aber ich kann gar nicht glauben, dass das dieselbe Frau ist, mit der ich vor zwei Minuten noch auf meinem Bett gelegen und geknutscht hab. Alles ist plötzlich fremd. Sie, ich, der Flur, der fucking Aufzug, der sich öffnet, und erst recht das Mädchen mit Schultasche am Arm, das da jetzt rauskommt und uns anglotzt: Mel. Kurz ist sie total verwirrt, dann wirft sie Henry einen Todesblick zu. Henry schiebt sich an ihr vorbei in den Aufzug.

Ich will was sagen, mein Mund kann aber nicht. Die Tür schließt sich, der Aufzug fährt in die Tiefe.

»Wer war das?« Mel nickt in Richtung der Aufzugtür. »Deine neue Freundin?«

»Eine … Kollegin.«

»Kollegin?« Mel lacht auf, der Hausflur wirft das Lachen böse zurück. »Kollegin bei was? Bei welcher Firma? Rumhängen & Nichtstun GmbH & Co. KG? Aber warte mal.« Sie runzelt die Stirn. »Sie ist nicht rein zufällig die kleine Nutte von diesem Blogger, den Hakan ins Koma befördert hat? War sie es, mit der du gestern telefoniert hast?«

»Halt dein dummes Maul, Mel!« Zorn packt mich. »Du hast keinen Peil von gar nix.«

»Hättest du wohl gern, Arschloch.«

Sie dampft an mir vorbei in die Wohnung, schmeißt ihre Tasche in eine Ecke und verschwindet in der Küche. Ich folg ihr wie in Zeitlupe, schließ die Wohnungstür hinter mir und steh ratlos im Flur. Ich hör, wie Mel in der Küche Wasser in einen Topf füllt und den Herd anmacht. Kleine Luftbläschen steigen hoch. In mir. Ich bin plötzlich auch ein Topf auf dem Herd, denk ich. Ganz langsam steigt da was auf, ich kann das im Bauch fühlen und bis zum Hals. Hätt ich wohl gern, dass die keinen Peil hat, sagt die zu mir. Was meint die damit? Wieso weiß die über Henry Bescheid? Wieso wussten Freds Leute, dass es nur noch zwei Kopien gab? Und wieso hat Mel mich gestern nach der Nummer von Fred gefragt? Ausgerechnet nachdem ich mit Henry telefoniert hatte? Es siedet und blubbert, es kocht in mir, ich sollte meinen Herd runterschalten, aber das geht nicht, ich koch über. Ich stürm in die Küche.

»Du hast es ihm gesagt!«, schrei ich meine Schwester an.

Die sollte jetzt ängstlich gucken oder verwirrt oder unschuldig. Tut die aber nicht. Guckt nur in ihren Topf, lächelt fast dabei und sagt leise: »Dann war es also wirklich wichtig.«

»Du hast mich am Telefon belauscht!«, brüll ich. »Wegen dir hat irgendwer das Büro von Magnus Mahlmann abgefackelt! Wegen dir hab ich nichts mehr in der Hand, was mich vor Fred beschützt!«

»Wieso musst du vor Fred beschützt werden?«, fragt sie seelenruhig und holt eine Packung Nudeln aus dem Schrank. »Mir kam es eher so vor, als müsste man Fred vor dir beschützen. Oder dich selber vor dir.« Jetzt sieht sie auf einmal aus wie meine Mutter. »Ich hab keine Ahnung, was da mit dir und dem Mädchen von vorhin läuft und diesem Blogger, oder warum ihr alle Fred Kuschinski und seine Partei so sehr hasst. Aber ich hab gespürt, dass da was falsch ist.«

»Richtig«, sag ich, »du hast tatsächlich keine Ahnung, was da läuft. Es geht dich überhaupt nix an. So was von nix.«

»Oh doch. Ich hab es dir vorgestern schon gesagt: Wir müssen endlich Stellung beziehen. Man kann sich nicht ewig raushalten. Ich hab was gemacht. Na und? Vielleicht war es am Ende sogar ein Fehler, aber wenigstens hab ich den Arsch hochgekriegt.« Sie nimmt das Salzfass vom Regal und streut eine Prise ins aufkochende Wasser. »Ich hab nämlich im Unterschied zu dir keinen Bock, den Rest meines Lebens hier zu verrotten, nur weil Papa nicht mehr da ist.«

»Mit dem hat das überhaupt nix zu tun«, sag ich. »Das ist doch Bullshit.«

»Ach ja? Guck dich doch an. Seit Papas Tod bringst du nichts mehr zustande. Du hast die Schule abgebrochen, hängst rum, bist ein verurteilter Drogendealer. Und dann willst du auch noch deinem alten Freund Fred – und der ist ja wohl der Einzige, der sich jemals richtig für dich interessiert hat außer Mama und mir –, dem willst du jetzt einen Dolch in den Rücken stoßen. So nennt man das doch.«

»Bullshit. So nennt man das, was Schädel oder Nikolaj mit Emil Becker getan hat.«

»Ich dachte, wir waren uns einig, dass Hakan der Mörder ist. Lässt du dich jetzt auch von der Lügenpresse belabern oder was? Du weißt doch genau, was ich meine – von wegen Dolch in den Rücken, das ist eine Redensart. Für Verrat.«

»Verrat, Schwesterherz«, flüster ich und mach einen Schritt auf sie zu, »ist das, was *du* getan hast.«

Das Wasser kocht im Topf. In mir nicht mehr. Da ist nur noch Eis, alles gefroren.

Ich geh in mein Zimmer, knall die Tür zu und mach Musik an. So laut es geht. Ich schließ ab. Ich seh mir von allen Seiten meine Skulptur an. Dumpf hör ich, wie Mel an die Tür pocht, aber das ist ganz weit weg. Ich mach meinen Schrank auf. Ganz unten in der hintersten Ecke liegt ein Basketball. Ich hol ihn raus und schleuder ihn mit aller Kraft auf die Skulptur. Die Dosen scheppern, die Zahnräder klirren, die Musik stampft. Ich hol die Ballpumpe aus dem Schrank, zieh sie auf. Sie ist aus Metall mit Holzgriff, liegt wie ein Schlagstock in der Hand. Ich hol tief Luft und mit dem Arm weit aus und schlag zu, immer wieder und wieder, prügel auf die Skulptur ein, dass mir die Feuerzeuge und Spielzeugautos und Schachfiguren um die Ohren fliegen; Bindfäden und Lesezeichen und die Reste der Fahrradreifen wickeln sich um meinen Knüppel, während ich wieder zuschlag, als wär das eine Peitsche, und die Musik stampft weiter, Splitter von Salzsteinen prasseln mir ins Gesicht und zerfetzte Briefmarken schweben durch die Luft wie verirrter Schnee oder Blütenblätter.

»Was tust du da?«, ruft Mel vor der Tür, trommelt aufs Holz, rappelt an der Klinke. »Mach auf, Mann, lass uns doch reden!«

Ich bin schweißgebadet, seh mich um und steh in einer Trümmerlandschaft. Es fühlt sich absolut richtig an. Ich werf die Pumpe aufs Bett und schließ die Tür auf.

Mel starrt bleich auf das Schlachtfeld. Ich lass sie stehn und geh in den Flur, zieh meine Schuhe an.

»Wo willst du hin?«, fragt sie. »Lass uns doch darüber sprechen. Wir können das klären.«

»Ist schon geklärt«, sag ich und geh.

42

FRED

Es gibt so Tage, denkt Fred fröhlich, da passt einfach alles. Auf die Vorsehung ist Verlass. Die Konferenz mit dem Landesvorstand war ein Triumph, Magnus Mahlmann hat sein Gedächtnis verloren – das ist heute durchgesickert. Und das räudige Handyvideo ist endgültig vernichtet, nachdem die Jungs den Laptop von Henrietta Odukoya im Baggersee entsorgt haben. Ganz großartig, all das; er könnte vor Freude Luftsprünge machen. Aber das tut er natürlich nicht, denn gerade steht er mit Schädel und Niko auf dem Balkon von Nikos Wohnung. Sie schauen auf den Vorplatz, wo nachher wieder die Mahnwache stattfinden soll. Und am Samstagmorgen die große Abschlusskundgebung, End- und Höhepunkt des Wahlkampfes. Eigentlich war lange geplant, die Versammlung in der Innenstadt abzuhalten. Doch vorhin auf der Rückfahrt von der Konferenz ist ihm die Idee gekommen.

»Unser Kreisvorsitzender«, sagt er, »war natürlich gar nicht begeistert davon, die Veranstaltung so kurzfristig zu verlegen. Aber ich hab ihnen verklickert, dass sich der Block in den letzten Tagen zu unserer neuen Homebase entwickelt hat.« Er streckt die Hände aus, formt mit Daumen und Zeigefinger einen Rahmen, durch den er hindurchsieht, und sagt: »Die Bühne passt exakt zwischen die Garageneinfahrt und den Altglascontainer. Von der Spielplatzbrüstung lassen wir ein großes Banner herabhängen als Hintergrund – das wird großartig. Außerdem bin ich sicher, dass wir hier im Block mit weniger Störern rechnen müssen als drüben in der Stadt vor dem Kaufhof.«

Niko zieht an seiner Zigarette und meint: »Wir müssen bloß aufpassen, dass sich nicht irgendwelche Chaoten oben auf dem Spielplatz sammeln. Das wäre eine Schwachstelle. Die könnten von oben irgendwelche Sachen auf die Bühne werfen oder das Banner abreißen oder alles Mögliche.«

»Stimmt.« Fred sieht die beiden an. »Ihr kümmert euch darum. Zusammen mit den anderen Jungs.«

»Geht klar«, nickt Schädel. »Aber noch mal wegen dem Feuer …«

»Was für ein Feuer?«, sagt Fred und lächelt unschuldig. »Ach so – du meinst den Brand in Mahlmanns Büro.« Er zieht sein Handy aus der Hosentasche und wischt über das Display. »Hört mal, was unser lieber Freund Jost vorhin auf seinem Blog geschrieben hat. Er schreibt: *Gestern behaupteten zahllose Gutmenschen, dass die Drogengerüchte um Magnus Mahlmann aus der Luft gegriffen seien. Doch soeben wurde bekannt, dass es heute am frühen Nachmittag offenbar zu einem Brand in seinem Büro gekommen ist. Reiner Zufall? Oder wollte da jemand Beweise vernichten? Mahlmann selbst behauptet, er könne sich an nichts erinnern.* Noch Fragen?«

»Ja, eine noch«, sagt Schädel. »Jetzt, wo es den bekackten Film nicht mehr gibt – wollen wir das Negermädchen einfach so davonkommen lassen? Die haben doch nichts mehr gegen uns in der Hand. Ich finde, wir sollten ihr noch eine kleine Lektion erteilen.«

»Ach, lass mal, Schädel«, sagt Fred. »Wir haben genug zu tun. Bis Samstagmorgen gibt es eine Menge zu organisieren. Ich will nicht, dass die Partei das allein in die Hand nimmt, da sind zu viele Stümper dabei. Ich hab ordentlich Arbeit für euch.«

»Aber …«

»Du hast ja recht, was das Mädchen betrifft«, sagt Fred und lächelt wieder. »Doch da haben sich unsere Freunde von der Identitären Bewegung bereits angeboten. Die haben ziemlich kreative Ideen für solche Situationen. Einer von ihnen kommt nachher zur Mahnwache. Ich mache euch mit ihm bekannt.«

43

HENRY

In ihrer gebückten Haltung erwidert Henry kurz und kalt die Blicke der beiden alten Frauen, die an der Bahnhaltestelle miteinander tuscheln. Mehrfach zischeln sie das Wort »Flüchtling«, während sie ein schwarzes Mädchen beobachten, das in einem Abfalleimer wühlt. Am liebsten würde Henry die Bananenschale herausholen und nach den beiden werfen. Leider liegt außer dieser Schale, ein paar Pappbechern, zerknülltem Papier und einer leeren Gummibärchentüte nichts weiter im klebrigen Innern des Mülleimers. Offenbar wurde er kürzlich erst geleert. Angewidert zieht Henry die Hand heraus und schaut an den beiden Alten vorbei zu dem DAP-Plakat über dem Wartehäuschen empor. So fühlt sich das also an, ganz unten zu sein. Drei Tage lang hat sie sich in der Vorstellung gesonnt, von der einfachen Praktikantin zur gefeierten Bloggerin aufzusteigen. Sie wäre die Frau gewesen, die kurz vor der Wahl den smarten Kuschinski als gewalttätigen Neonazi entlarvt. Stattdessen ist sie die Idiotin, die im Zeitalter von Clouds und File Sharing nicht in der Lage war, eine Videodatei vor der restlosen Vernichtung zu bewahren. Vollkommen versagt. Vielleicht sollte sie alle Pläne begraben, die Träume von Journalismus und überhaupt jedes Studium, und stattdessen gleich Pfandsammlerin werden. An das Wühlen im Abfall kann man sich früher oder später gewöhnen. Nur wer überhaupt keinerlei Ambitionen hat, bleibt von Niederlagen verschont. Vielleicht fährt es sich mit so einem Lebensentwurf einfach besser. So wie Robin. Was war das bloß vorhin mit ihm?

Sie steigt in die Bahn, setzt sich und schließt die Augen. Klar, sie war schon oft verliebt, kurz hat sie auch einen Freund gehabt, damals in der Zehnten. Eigentlich weiß sie, woran sie erkennt, ob sie auf jemanden steht. Schmetterlinge im Bauch und so. Bei Robin spürt sie nichts dergleichen. Wenn sie an ihn denkt, ist da kein wohliges Kribbeln im Magen, kein unvermeidliches Glühen im Gesicht, eher so ein Gefühl wie im freien Fall, bodenlos. Als hätten sie vorhin nicht auf seinem Bett gelegen, als sie sich küssten, sondern wären irgendwo am Rande der Stratosphäre ausgekippt worden, unendlich hoch über einer gleißend weißen Wolkendecke, auf die sie zurasten, ohne zu wissen, was darunter ist, wann und wo sie aufschlagen oder ob überhaupt. Unwillkürlich schüttelt Henry den Kopf. Was für ein Unsinn. Mit diesem Jungen könnte es niemals etwas werden; das war alles nur für den Augenblick. Und doch durchfährt es sie wie ein Stromschlag, als das Handy vibriert.

Sie zögert es ein paar Augenblicke hinaus, bevor sie nachschaut. Das ist keine Nachricht von ihm, und ihre Enttäuschung ist größer als gedacht. Es ist eine unbekannte Nummer mit ausländischer Vorwahl. Jemand hat ihr über WhatsApp ein Foto geschickt. Es ist ein Foto vom Haus ihrer Familie. Ohne Text oder irgendwas, nur dieses Bild. Pfeilschnell bricht Henry durch die Wolkendecke und schlägt auf dem harten Boden auf.

Wir wissen, wo du wohnst, soll das heißen.

Robin hatte Emil Beckers Handyvideo als Lebensversicherung bezeichnet. Jetzt ist die Versicherung abgelaufen, Henry ist zum Abschuss freigegeben. Rache wird kalt serviert, sagt man. Ihr wird heiß. Das ist erst der Anfang, das weiß sie. Und tatsächlich – in schneller Folge trudeln weitere Bilder ein: Das Foto vom Tor eines Konzentrationslagers. *Arbeit macht frei.* Ein Foto von Adolf Hitler. Das Foto eines nachgemachten Flugtickets mit der Aufschrift *Zurück nach Afrika – One Way.* Ein Foto von einem erigierten Penis. Ein Foto von einem lichterloh brennenden Holzkreuz.

Henry schließt die App, doch das Handy hört nicht auf zu vibrieren, das kleine Facebook-Icon explodiert. Bilder und Kommentare überschwemmen ihre Timeline. Kein direkter Angriff, kein *Verpiss dich, Schlampe* wie sonst, sondern scheinbar unzusammenhängendes Zeug. Goebbels-Zitate, Negerwitze, ein Foto von Amadeu Antonio, dem Angolaner, der als eines der ersten Opfer des neuen Rassismus in den Neunzigern von rechten Jugendlichen totgeprügelt worden war. Noch mehr Penisbilder. Die wird Facebook von selber löschen, bei Penissen verstehen die keinen Spaß; aber Hass und Hetze sind ihnen egal, weiß Henry, und es hätte auch keinen Sinn, die Absender zu melden. Das sind Fake-Accounts, denen man nicht beikommen kann. Auch die fremde Handynummer wird sich nicht zurückverfolgen lassen.

Sie will weg! Nicht aus Angst, da ist vielmehr eine bleierne Müdigkeit, die sich ganz unvermittelt über Henry legt. Alles ist zu viel. Viel zu viel. Sie will abtauchen, sich irgendwo verkriechen; es muss gar kein anderes Land sein, nicht mal eine andere Stadt. Bloß irgendwo sein, wo sie keiner kennt. Bitte nicht zu Hause, wo Mum und Dad vor Sorge vergehen. *Wenn du Hilfe brauchst,* hat Isa gesagt, *ruf mich jederzeit an.*

Henry wählt Isas Nummer und sie meldet sich sofort.

»Sag mal, hast du in deinem neuen WG-Zimmer vielleicht eine Gästematratze oder so was?«, fragt Henry.

»Klar, du bist jederzeit willkommen. Aber was ist denn passiert? Klingt nach einem Notfall.«

»Erzähl ich dir in Ruhe. Danke und bis nachher.«

Henry schaltet das Smartphone in den Flugmodus. Fliegen wäre jetzt schön. Mit Robin über den Wolken, bis sie aufschlagen. Beinahe hätte sie die Haltestelle des Krankenhauses verpasst.

»Oh, du«, ruft Magnus, als sie sein Zimmer betritt. »Bin ich froh, dass dir nichts passiert ist. Oder irgendjemandem sonst im Haus.

Diese Arschlöcher scheinen sich ihrer Sache ziemlich sicher zu sein.« Ächzend versucht er, sich ein wenig aufzurichten. »Hör zu – wir dürfen nicht mehr warten. Wir müssen das Video veröffentlichen. Noch heute. Ich weiß, du hast Skrupel wegen Robin. Aber diese Leute haben überhaupt keine Skrupel, die schrecken vor nichts mehr zurück. Wenn du es nicht tust, werde ich es selber tun.«

»Nein«, sagt Henry und schluckt. »Wirst du nicht. Denn … also, es gibt kein Video mehr.«

»Was? Mach keine Witze!«

»Lache ich etwa?« Sie hat geschrien, als wolle sie jemanden anklagen. Am liebsten sich selbst. »Es gibt kein Video mehr«, wiederholt sie leise, »der Beweis ist vernichtet. Ich hab es versaut. Das alles tut mir unendlich leid.«

Dann berichtet sie mit stockenden Worten, wie sie den Stick gestern weggeworfen und den Laptop fahrlässig im Büro gelassen hat.

Magnus schweigt lange, starrt an die Decke. Dann sagt er kaum hörbar: »Es ist nicht deine Schuld.«

»Doch, natürlich«, entgegnet Henry, »das weißt du auch, ganz egal, was du sagst. Und darum beende ich hiermit mein Praktikum bei dir. Ich hab alles kaputt gemacht, wofür du gearbeitet hast.«

»Moment mal«, sagt Magnus, »so einfach geht das nicht.«

»Wenn du darauf bestehst, kriegst du eine schriftliche Kündigung. Die schick ich dir per Einschreiben!« Sie spürt einen ohnmächtigen Zorn. Auf sich selbst, auf die ganze Situation. Auf Magnus, der das alles viel zu gefasst aufnimmt. »Ich werde nämlich abtauchen. Das ist alles sieben Nummern zu groß für mich. Ich hab genug davon.«

Da platzt es aus ihm heraus.

»So eine elende verfickte Kackscheiße!«, schreit er, verzieht das Gesicht vor Schmerz und drückt eine Hand auf seinen Bauch.

»Wir waren so nah dran an diesem Scheißkerl, wir hatten ihn ja praktisch schon!«

Henry presst die Zähne aufeinander.

»Jetzt stehen wir wieder am Anfang«, schimpft Magnus, »nein, noch nicht mal das. In drei Tagen ist die Wahl und wir können nicht mal mehr die ursprüngliche Version des Artikels bringen. Wir haben gar nichts mehr, überhaupt nichts, wir sind blank. Alles ist gelaufen.«

Henry steht starr, sieht ihn an und wartet, ob noch mehr kommt. Doch anscheinend war es das. Er atmet schwer aus und blickt an ihr vorbei an die nackte Wand.

»Ich sagte ja schon, dass es mir leidtut«, flüstert sie. »Ich wünschte, ich könnte es wiedergutmachen. Aber das ist nicht möglich. Ich … gehe jetzt.«

»Dann haben die gewonnen«, sagt er tonlos.

»Und wenn ich bleibe, dann etwa nicht, oder was?«

»Weiß ich noch nicht! Aber zusammen wird uns was einfallen.«

»Zusammen? So ein Bullshit!«, ruft Henry. Genau das, was Robin vielleicht an ihrer Stelle sagen würde. »Was heißt schon zusammen? Es war dein Stick, es war dein Büro. Dein Projekt. Ich war nichts weiter als eine kleine, unbedeutende Praktikantin.«

»Ja, bis Sonntagabend vielleicht«, erwidert er. »Aber nach Montag waren es *dein* Büro und *dein* Stick. *Dein* Projekt.«

»Und *mein* Versagen!«, erwidert sie bitter.

»Meinetwegen«, brummt er. »Das gehört eben dazu, wenn man Verantwortung trägt. Lern was draus und mach weiter!«

»Du … du … führst dich auf, als wärst du hier der weise alte Mann in einem scheiß Kinofilm. Als wärst du ein fucking Yedi-Meister und ich deine Schülerin.«

»Bist du ja auch. Und die Macht ist stark in dir.«

Er klingt so trotzig, dass Henry lachen muss, obwohl sie es gar nicht will. Magnus auch.

Dann rauft er sich die Haare und ruft: »Verdammt, Henry, wir gehen ihm voll auf den Leim. Kuschinski und seiner DAP. Genau das wollen die doch: Angst machen, Misstrauen säen, Leute auseinanderbringen. Dass wir uns zerstreiten. Dass sich jeder von uns enttäuscht in eine innere Emigration zurückzieht.«

»Tja«, macht Henry. »Was mich betrifft, haben die ihr Ziel voll erreicht. Glückwunsch an Kuschinski. Und selbst wenn nicht; selbst wenn ich wirklich mutig wäre und wir zusammenhalten würden und all das, dann wäre es trotzdem völlig sinnlos, weiter für dich zu arbeiten. Das Büro ist zerstört, der Film vernichtet – es gibt rein gar nichts mehr, was ich noch tun könnte. Außerdem ist Emigration genau das, was ich jetzt brauche. Schau dir das mal an.« Sie zieht ihr Handy hervor und zeigt ihm einen Teil des Shitstorms, den sie vorhin abbekommen hat.

»Oh …«

»Verstehst du mich jetzt?«

»Ja.« Kurz senkt er den Blick. Dann richtet er sich ein wenig auf und sagt: »Ich habe auch keine Idee, wie es weitergehen soll.« Er versucht ein Lächeln. »Noch nicht, jedenfalls. Aber ich bin sicher, dass uns was einfällt.«

»Also mir nicht«, seufzt Henry und wendet sich zum Gehen. Mit einem Mal ist sie todmüde, als habe der Streit mit Magnus die allerletzten Kraftreserven aus ihr herausgesogen. »Ich danke dir für alles. Werd schnell wieder gesund und pass auf dich auf.«

Sie wundert sich fast selbst, wie endgültig das klingt. Wieder muss sie schlucken.

»Warte«, sagt Magnus. »Nehmen wir an, mir würde tatsächlich was einfallen. Kann ich dich anrufen?«

»Nein. Ich geh für ein paar Tage zu einer Freundin. Mein Handy bleibt erst mal aus. Hm.« Sie seufzt. »Na gut. Ich schreib dir ihre Nummer auf.«

44

MEL

Was würde es denn bringen, hier und jetzt irgendwas zu bereuen? Gar nichts, weiß Mel. Selbst wenn sie wollte. Dabei will sie gar nicht, will nicht zweifeln. Sie steht mitten in der Menge, so viele Menschen, dass der Platz vor der Garage sie fast nicht mehr fassen kann, und Freds Worte rieseln warm auf sie herab wie leichter Sommerregen. Vorhin hat sie kurz geschwankt – als Rob aus der Wohnung gestürmt ist. Das war ein ganz kurzer Augenblick: der Moment, als er im Aufzug verschwand und die Verbindung zwischen seinem Handy und der Bluetooth-Box abriss. Die furchtbare Musik stoppte abrupt, stattdessen nur noch leeres Rauschen aus dem Lautsprecher, bevor Mel den Stecker zog. Und mitten in dieser Stille war ihr kurz, als sei alles ein schrecklicher Irrtum.

Aber so viele Menschen können sich doch nicht irren, nicht wahr? Das geht doch gar nicht, dass ein ganzes Volk sich irrt. Derjenige ist im Irrtum, der sich dagegenstellt. Anders wäre es überhaupt nicht logisch. Marissa ist da und andere aus der Schule, etliche Nachbarn und unendlich viele von überallher, die Mel natürlich nicht kennt, die aber trotzdem keine Fremden sind. Man ist gelöst, kommt miteinander ins Gespräch, man spricht dieselbe Sprache, man ist *ein* Volk. Fremd sind die anderen, selbst wenn man sich schon ein Leben lang kennt, zum Beispiel die Gestalten, die da vereinzelt auf den unzähligen Balkonen stehen und distanziert herabschauen. Arzu Topal dort oben im sechsten Stock, hoch über der Garage und dem Spielplatz. Mel hat eigentlich nichts gegen sie, aber was will die noch? Jetzt sind halt mal die Deutschen dran. Die anderen haben lange genug im Mittelpunkt gestanden, Verständnis bekommen, Respekt und Aufmerksamkeit, Extrawürste, damit ist es jetzt einfach mal genug.

Beifall brandet auf, das ist schon der Schlussapplaus. Mel hat überhaupt nicht zugehört, aber egal. Stimmung zählt mehr als Worte. Sie schiebt sich nach vorn, will wenigstens mal kurz Hallo sagen, doch das braucht sie gar nicht, denn wahrhaftig kommt Fred von sich aus auf sie zu, bahnt sich eine Gasse in ihre Richtung, steht plötzlich vor ihr und streckt die Hand aus. Zwinkert und sagt: »Ich würde dich gern auf ein Bier einladen, falls du ein bisschen Zeit hast.«

»So viel, wie immer du willst«, strahlt sie.

Wenig später sitzt sie mit Fred genau an derselben Stelle, wo er vor zwei Tagen noch mit ihrem Bruder gesessen hat. Vorgestern haben die beiden unter vier Augen gesprochen, jetzt sitzt eine Handvoll Leute mit am Tisch. Sie kennt Nikolaj Müller und Marc Dorfmann, den die anderen Schädel nennen, die übrigen jungen Männer hat sie noch nie gesehen. Bloß einer von ihnen wird ihr vorgestellt: Uli Kunkel. Uli ist ein athletischer Typ mit Undercut-Frisur und einem hautengen schwarzen T-Shirt unterm Cord-Sakko. Auf dem T-Shirt prangt ein gelber Kreis und darin ein Winkel mit der Spitze nach oben. Sie hat das Zeichen schon auf Facebook gesehen. Das Logo einer Bewegung, die sich *Identisch* nennt. Oder so ähnlich.

Mit keinem Wort geht Fred auf das Telefonat von heute Morgen ein oder auf den Brand im Büro des Bloggers Mahlmann, von dem Rob gesprochen hat; und doch weiß Mel genau, worauf Fred sich bezieht, als er jetzt sagt: »Melanie Fuchs, meine Herren, ist eine furchtlose junge Dame, auf die im Notfall immer Verlass ist. Mädchen von deiner Sorte können wir gut gebrauchen.« Und an sie direkt gewandt fährt er fort: »Mein Freund Uli hier beschäftigt sich in gewisser Weise mit PR-Strategien und ist immer auf der Suche nach neuen, unverbrauchten Stimmen.«

Stimme! In einem kurzen Gedankenflash sieht sich Mel als Sängerin, Moderatorin, Radiosprecherin, was immer der Öffentlichkeitsarbeit dienlich sein könnte.

Doch Uli lächelt sie an und sagt: »Es geht um ein paar Anrufe. Etwas ungewöhnliche Anrufe vielleicht. Von einer Telefonzelle aus. Nicht unbedingt illegal, aber auch nicht ganz unheikel. Fred sagte mir, dass du absolut vertrauenswürdig bist?«

Das klingt nach einer Frage, darum nickt Mel sofort und nachdrücklich.

»Was wir tun«, sagt Uli, »würde ich als Kommunikationsguerilla bezeichnen. Die Linken machen das seit Jahrzehnten, aber wir tun es jetzt auch, und zwar besser. Wirksamer. Bist du interessiert? Dann erzähle ich dir ein paar Details.«

»Wir müssen dann auch mal los«, sagt Marc alias Schädel in dem Moment und steht auf.

»Nanu«, wundert sich Fred, »wohin denn?«

»Noch was erledigen«, murmelt Nikolaj.

Schädel wirft Uli Kunkel einen missbilligenden Blick zu, dann gehen die beiden.

Mel nickt ihnen kurz zum Abschied zu und beugt sich dann vor, um Ulis weiteren Worten zu lauschen.

45

ROBIN

Auf dem Friedhof bin ich ewig nicht gewesen. Eigentlich war ich, von der Beerdigung abgesehen, überhaupt bloß dreimal hier. Oder zweimal, keine Ahnung. Es dauert ewig, bis ich das Grab gefunden hab. Es ist winzig, ganz unscheinbar. Ein Urnengrab. Martin Fuchs. Das Todesdatum sieht so harmlos aus. Ein stinknormaler fucking Novembertag vor drei Jahren. Es hatte ja nicht mal geregnet.

Drei Jungs laufen vorbei. Vielleicht zehn Jahre alt. Glotzen wie Zombies auf ihre Smartphones. Kommen zurück, bleiben neben mir stehen, ohne auf mich zu achten.

»Was wird das hier?«, knurr ich die an.

Überrascht gucken sie hoch.

Einer sagt wie zur Entschuldigung: »Sorry, aber hier gibt's voll viele Pokéstops.«

»Wisst ihr, wovon es hier auch voll viele gibt?«, sag ich. »Tote. Überall, haufenweise. Die wollen ihre Ruhe haben. Und ich auch. Kapiert?«

»Schon gut«, brummt der Junge.

Die drei entfernen sich ein paar Meter. Ich glotz wieder auf die Grabplatte.

»Du … Arschloch«, flüstere ich. »Du blöder Feigling. Du räudiger Verpisser. Du hast nie auch nur das allerkleinste bisschen Verantwortung für uns übernommen.« Ich hör, wie meine Stimme lauter wird. »Du dumme Sau, du Dreckskerl, du klebst da mit deiner Asche in deiner fucking Blumenvase in der Erde und hast uns mit der ganze Scheiße hier alleingelassen. Du elender Wichser!«

Die Jungs blicken verschreckt auf, drehen sich nach mir um, stecken kurz die Köpfe zusammen, dann hauen sie ab. Sonst ist überhaupt niemand hier. Es dämmert schon.

»Du mieser, gottverdammter, erbärmlicher Scheißkerl«, schrei ich, »du sollst verrotten! Ich hasse dich! Ich hasse dich! Hörst du mich? Ich bin's, Robin! Dein Sohn, erinnerst du dich an mich? Ich hasse dich!«

Spucke fliegt mir aus dem Mund und verklebt meine Wangen. Oder sind das Tränen? Das winzige Grab zu meinen Füßen wird noch kleiner, als es eh schon ist. Es schrumpft, weil ich abheb, ich schweb, ich flieg, ich kann die Äste von dem alten Ahornbaum über mir fast greifen und die lang gestreckten Wolkenstreifen, die quer über den Himmel ziehen. Ich flieg über die Reihen aus Gräbern zurück zum Friedhofstor, komm weich mit den Füßen auf, nicht mal die Narbe tut weh. Nur Hunger hab ich. So was von. Und immerhin noch was von Freds Geld in der Tasche. Davon werd ich mir den größten Döner der Welt kaufen. Aber vorher ruf ich Henry an.

Bloß geht die nicht dran. Da kommt andauernd nur die Mailbox.

46

HENRY

Als Henry zu Hause ankommt, fällt Mum ihr um den Hals. Auch Dad ist schon da, hat extra ein Meeting abgesagt, steht noch in Anzug im Hausflur und lockert gerade seine Krawatte. Das Telefon klingelt, aber niemand geht dran.

»Seit einer Stunde rufen Leute an«, berichtet Mum hastig, »sie sagen eklige Sachen. Wo bist du da nur reingeraten?«

Bevor Henry antworten kann, läutet es; aber diesmal am Hauseingang. Mit großen Schritten ist Dad an der Tür und reißt sie auf, anscheinend fest entschlossen, dem erstbesten Nazi eine Faust ins Gesicht zu rammen. Doch da steht nur ein kleiner Mann in der knallbunten Jacke eines Fastfood-Lieferservice. Er balanciert einen riesigen Pizzakarton auf dem Arm.

»Wohnt hier nicht Herr Streicher?«, fragt er ratlos und deutet mit der freien Hand auf das Schild neben der Klingel. »Unter dieser Adresse wurde eine Partypizza für Herrn Julius Streicher bestellt. Ist das vielleicht ein Nachbar?«

»Streicher?«, blafft Dad. »Eher ein Streich, würde ich sagen. Das ist ja wohl das, was man Ihnen da offenbar gespielt hat.«

»Aber das kostet …«

»Tut mir leid.«

Dad knallt ihm die Tür vor der Nase zu, dreht sich um und fragt: »Wer soll bitte Julius Streicher sein?«

»Das war ein Nazi-Verbrecher«, seufzt Henry. »Der hatte eine eigene Zeitung, um damit gegen die Juden zu hetzen. Man hat ihn nach dem Krieg hingerichtet.«

»Da kommt die Pizza wohl etwas zu spät für ihn«, brummt Dad mit grimmigem Blick, zieht sich die Krawatte vom Hals und faltet sie zusammen.

Mum greift nach Henrys Hand und fragt: »Was geht da vor sich? Erst das Feuer im Büro heute Nachmittag und jetzt dieser Terror gegen uns, das hängt doch zusammen. Ist dir irgendwas passiert, als du unterwegs warst? Hat dich jemand verfolgt? Wo bist du überhaupt gewesen?«

Wieder klingelt es, wieder reißt Dad die Tür auf, aber da ist noch immer niemand, den er boxen kann. Bloß eine junge Frau mit Mountainbike, die gerade ihren Kurierrucksack von der Schulter nimmt und hineingreift.

»Was soll das?«, bellt Dad.

»Eine eilige Sendung für Henrietta Odukoya«, antwortet die Frau unschuldig, zieht ein Päckchen heraus und schaut kurz drauf. »Von einem Herrn Rudolf Höß.«

»Weg damit«, schimpft Henry. Sie reißt sich von Mum los, stürmt zur Tür und schiebt ihren Vater zur Seite. »Ich will das nicht. Schmeißen Sie es weg!«

»Moment, ich brauche zumindest eine Unterschrift, sonst …«

»Hauen Sie ab!«

Henry knallt so fest die Tür, dass die Kuckucksuhr neben dem Eingang scheppert.

»Und wer ist jetzt dieser Rudolf Höß?«, fragt Dad. »Auch so ein alter Nazi?«

»Mann, Dad! Höß war der Lagerleiter von Auschwitz. Weißt du denn gar nichts über deutsche Geschichte?«

Unwillkürlich reißt sie die Tür wieder auf, wo sich gerade die Kurierfahrerin aufs Rad schwingen will, und brüllt hinter ihr her: »Weiß denn hier niemand irgendwas über deutsche Geschichte, verdammt noch mal? Hat denn niemand irgendwas gelernt?«

Die Frau tritt in die Pedale, so fest sie kann. Noch bevor sie um die nächste Straßenecke verschwunden ist, taucht von der anderen Seite ein Leichenwagen auf und hält am Straßenrand. Henry muss schlucken. Ein Mann im dunklen Anzug steigt aus, kommt durchs Gartentor und verbeugt sich knapp.

»Mein herzliches Beileid«, sagt er.

»Sie kommen zu früh«, schnaubt Dad, der nun wiederum Henry zur Seite schiebt, »wir leben nämlich alle noch.«

»Bitte? Ich fürchte, ich verstehe nicht ganz …«

»Ich erst recht nicht«, sagt Dad und knallt abermals die Tür zu. Dann schaut er Mum und Henry an. »Es reicht. Lasst uns Koffer packen. Wer weiß, was noch alles kommt. Und wie lange das geht. Wir fahren in die Stadt und nehmen uns ein Hotel für diese Nacht. Oder auch für zwei.«

»Auf keinen Fall, Francis«, widerspricht Mum. »Ich lasse mich von denen doch nicht aus meinem Haus vertreiben. Wir sollten stattdessen die Polizei rufen.«

Doch das scheint gar nicht nötig zu sein. Ein Martinshorn röhrt los und noch eines, Blaulicht sticht kurz durchs Fenster und mit quietschenden Reifen kommen zwei Streifenwagen vor dem Haus zum Stehen; sie keilen den Leichenwagen ein. Beamte springen heraus wie in einem Actionfilm. Zwar haben sie ihre Waffen nicht gezogen, aber sie tragen schusssichere Westen und machen entschlossene Gesichter. Durch das kleine Fenster neben der Tür sieht Henry, wie zwei der Polizisten den Bestatter in ihre Mitte nehmen, der hilflos gestikuliert und auf das Haus zeigt.

Diesmal ist es Mum, die die Tür öffnet. Sie macht ein paar Schritte auf das Gartentor zu.

»Sie kommen gerade recht«, ruft sie den Beamten zu.

»Wer sind Sie?«, herrscht ein bärtiger Polizist sie an. »Und wie viele Personen befinden sich noch im Haus?«

»Niemand mehr«, sagt Mum, nachdem Henry und ihr Vater ebenfalls vor die Tür getreten sind. »Ich bin Christy Odukoya, das sind mein Mann und meine Tochter. Was um alles in der Welt geht hier vor?«

»Wir dachten, Sie könnten uns das sagen«, antwortet eine blonde Polizistin. »Wir haben soeben einen anonymen Notruf erhalten, aus einer Telefonzelle. Jemand will gesehen haben, wie gleich hier vor Ihrer Tür ein Mädchen getötet worden sei. Die Beschreibung des angeblichen Opfers« – dabei schaut sie Henry an – »passt ziemlich genau auf Sie, junge Dame.«

Obwohl Henry gar nicht will, schaut sie an sich selbst hinab. Keine Schusswunden oder Stichverletzungen.

»Mir … ähm … geht's gut«, stottert sie. »Zumindest außenrum.«

»Sie werden verstehen, dass wir uns trotzdem ein wenig im Garten umsehen möchten«, sagt die Beamtin. »Vielleicht dürfen wir auch kurz ins Haus?«

»Ja, natürlich«, sagt Mum. »Wir sind froh, dass Sie da sind. Wenn auch aus einem anderen Grund.«

Henry tritt zur Seite und reibt sich mit verschränkten Armen die Schultern. Ihr ist kalt, sie fröstelt richtig, dabei ist es ein lauer Abend. Die Polizisten verteilen sich im Garten, dann laufen sie durchs ganze Haus, vielleicht auch alles gleichzeitig; es ist völlig surreal, was da geschieht, und Henry nimmt es durch dicke Watte wahr. Irgendwann fährt der eine Streifenwagen fort und Henry findet sich im Wohnzimmer auf dem Sofa wieder, zwischen Mum und Dad, während die blonde Polizistin und ihr bärtiger Kollege in den Sesseln gegenüber sitzen.

»Wir sind natürlich keine Experten für den Bereich politisch motivierter Kriminalität«, sagt die Beamtin, »aber ich habe schon von solchen Fällen gehört, wie Sie es uns geschildert haben. Anscheinend sind Sie Opfer einer gezielten Kampagne von Neonazis geworden.«

»Das heißt, dass Sie etwas dagegen unternehmen können?«

»Kaum, leider. Ich verstehe, dass Sie die Situation als bedrohlich empfinden müssen – aber rein strafrechtlich ist das nicht so leicht zu packen.« Die Frau schaut Henry an. »Oder gibt es noch andere, konkretere Anhaltspunkte, die uns weiterhelfen könnten?«

Henry zuckt zusammen. Jetzt wäre ein guter Zeitpunkt, einfach alles zu erzählen. Von dem Stick und dem Video, auf dem zumindest Kuschinskis Stimme zu erkennen war. Oder wie Schädel sie und Robin vorgestern durch den Block gejagt hat, das hat sich doch immerhin ziemlich *konkret* angefühlt. Aber Henry hat nichts in der Hand, keine Beweise. Nichts in der Hand und nichts im Kopf oder im Herzen, sie ist komplett leer und unsagbar müde. Plötzlich versteht sie Robin, der einfach nur seine Ruhe haben will. Sie senkt den Blick und schüttelt kaum merklich den Kopf.

Das Gespräch zwischen ihren Eltern und den beiden Beamten geht noch weiter, aber sie folgt ihm nicht mehr. Irgendwann stehen alle auf, es werden Hände geschüttelt.

»Wir geben das an die Kollegen weiter«, verspricht der Polizist, »dann wird im Laufe des Abends und der Nacht immer wieder mal ein Streifenwagen vorbeikommen. Meistens reicht das schon, um diese Typen von weiteren Belästigungen abzuschrecken.«

Nachdem die Polizisten gegangen sind, herrscht eine beklommene Stille im Wohnzimmer. Niemand klingelt mehr, auch das Telefon schweigt. Also der Festnetzanschluss; Henrys Smartphone ist sowieso noch im Flugmodus und wird so schnell nicht daraus zurückkehren.

»So.« Dad will nach oben gehen. »Ich packe schon mal.«

»Kommt nicht infrage«, entgegnet Mum und verschränkt die Arme. »Ich halte hier die Stellung. Du kannst von mir aus allein ins Hotel gehen.«

»Das kommt erst recht nicht infrage«, sagt Dad und bleibt auf der ersten Treppenstufe stehen.

»Also ich geh jedenfalls«, sagt Henry und erhebt sich. »Ich werd ein paar Tage bei Isa schlafen, um abzuschalten. Nur bis Sonntag, dann ist die Wahl vorbei und die ganze Situation wird sich hoffentlich beruhigen.«

»Kommt nicht infrage«, rufen Mum und Dad im Chor, Mum setzt nach: »Du hast dich nun wirklich genug vorgewagt. Ich will, dass du erst mal hier zu Hause bleibst, wo wir auf dich aufpassen können. Und vor allem will ich, dass du dein Praktikum beendest. Dein Chef ist im Krankenhaus und ein Büro gibt es jetzt auch nicht mehr. Alles, was es noch gibt, ist der Hass dieser Rechten. Ich werde nicht zulassen, dass sie dir am Ende wirklich etwas antun.«

»Das Praktikum ist schon beendet«, sagt Henry kraftlos. »Und ich habe natürlich auch keine Lust, in Gefahr zu geraten. Ich bin gar nicht so mutig, wie du vielleicht denkst. Aber erstens könnt ihr mich nicht rund um die Uhr beschützen, das ist doch lächerlich. Zweitens würde mich, anders als hier, bei Isa niemand suchen. Und drittens bin ich achtzehn und kann gehen, wohin ich will.«

Der letzte Satz war eigentlich überflüssig. Trotzdem hat sie das Bedürfnis gehabt, ihn auszusprechen.

»Achtzehn oder nicht«, sagt Dad, immer noch mit einem Bein auf der Treppe, »du kannst Isa nicht die Verantwortung für dich aufbürden.«

»Ich trage selber die Verantwortung für mich«, entgegnet Henry. »Das tu ich doch die ganze Zeit.«

Ihre Eltern tauschen Blicke aus.

Dann sagt Dad: »Okay. Unter der Bedingung, dass du dich zwischendurch meldest.« Er verlässt die Treppe und bückt sich nach seinen Schuhen. »Ich fahre dich hin. Und du, Christy, kommst mit. Ich lasse dich jetzt nicht allein in diesem Haus, keine fünf Minuten.«

»In Gottes Namen«, seufzt Mum.

47

SCHÄDEL

»Die hauen ab«, sagt Schädel. »Alle drei.«

Sie sitzen in Nikolajs Auto, das unauffällig ganz am Ende der Straße parkt. Von hier aus haben sie das Haus der Odukoyas gut im Blick, ohne dass jemand Notiz von ihnen nimmt. Nicht mal die Bullen, die plötzlich massenhaft aufgetaucht waren, haben sich für sie interessiert. Sie sehen, wie Vater, Mutter und Tochter ins Auto einsteigen; Henrietta Odukoya trägt einen großen Rucksack bei sich.

»Unsere kleine kulturelle Bereicherung will wohl verreisen«, meint Nikolaj. »Wäre zumindest schlau von ihr.«

»Doch nicht wegen dem läpschen Theater vorhin?«, sagt Schädel.

»Ach, komm schon«, entgegnet Nikolaj. »Ich fand es witzig. Die Jungs haben was drauf. Ist halt mal was ganz anderes.«

»Das ist doch Kindergarten«, brummt Schädel. »Und außerdem schnall ich immer noch nicht, was das überhaupt sein soll, Identitäre Bewegung. Schon der bekackte Name.«

»Studenten halt. Gucken sich ihre Aktionen von den Linken ab. Ein paar sind echt gut. Letztes Jahr haben sie sogar mal das Brandenburger Tor besetzt.«

»Bekackte Studenten.« Schädel zieht verächtlich die Nase hoch. »Gefällt mir nicht. Zu viel Bildung ist undeutsch. Muss ich direkt an Juden denken, wenn ich so was höre. Was soll das überhaupt heißen, identitär? Ich kenn nicht mal das Wort.«

»Na, sie kämpfen für unsere Identität. Als deutsches Volk.«

»Von mir aus. Aber mit 'nem ordentlichen Baseball Bat bringt das ja wohl mehr, als wenn du Pizzaboten losschickst und so 'ne Verarsche machst.«

»Kann ja sein. Aber als der Leichenwagen kam, das hatte schon was.«

Nikolaj kneift die Augen zusammen. Der Wagen der Odukoyas setzt rückwärts aus der Einfahrt und schwenkt in die Straße ein.

»Worauf wartest du?«, sagt Schädel. »Los, ich will wissen, wo die hinfahren.«

»Vielleicht haben sie die Nase voll und verpissen sich«, meint Nikolaj und lässt den Wagen an.

»Genau, was ich will«, grinst Schädel. »Am besten, die fahren in ein kleines, einsames Ferienhaus irgendwo am Arsch der Welt, wo uns keiner in die Quere kommt, wenn wir sie uns schön in Ruhe vornehmen.«

Nikolaj fährt an und in gehörigem Abstand folgen sie dem Wagen bis zur ersten Kreuzung.

»Zum Arsch der Welt geht's aber in die andere Richtung«, sagt Nikolaj. »Jedenfalls zur Autobahn. Die fahren stattdessen Richtung Innenstadt. Hoffentlich verlieren wir die da nicht im Gewimmel. Wobei ich das hier eh nur für dich tue, Schädel.« Er wirft seinem Kameraden einen Seitenblick zu. »Weißt du doch, oder? Eigentlich hab ich keine große Lust, zum zweiten Mal an einem Tag gegen Freds Anweisungen zu handeln.«

»Wo denn?«, grinst Schädel. »Das mit dem Feuer fand er doch gut, auch wenn er's nicht offen zugibt. Und richtig verboten hat er es doch gar nicht, dass wir jetzt der kleinen Negerin …«

»Ach, guck mal an«, ruft Nikolaj dazwischen und zeigt auf eine schmale Gestalt auf einem alten BMX-Rad, die an ihnen vorbeizischt und in die Straße einbiegt, in der das Haus der Odukoyas liegt.

»So 'n Zufall«, meint Schädel, »Robin Fuchs. Was treibt denn der ausgerechnet hier?«

»Dreimal darfst du raten«, meint Nikolaj. »Er will zu ihr. Was meinst du – sollen wir uns an ihn dranhängen? Vielleicht treffen die sich ja irgendwo.«

»Hm … nee«, entscheidet Schädel. »Lass uns dem Wagen folgen.«

48

ROBIN

Es wird schon dunkel, als ich mein Bike am Gartenzaun von Henrys Elternhaus ankette. Das Haus ist komplett finster, kein Licht hinter den Scheiben. Trotzdem geh ich durchs Gartentor, drück auf die Klingel. Und noch mal. Und noch mal. Nichts tut sich, alles still. Ob sie echt zum Flughafen ist und weg von hier? Und hat ihre Eltern gleich mitgenommen oder was? Ich ruf sie wieder an, zum siebzigsten Mal oder so, aber immer nur die Mailbox.

Ich lass mich auf die oberste der drei Treppenstufen plumpsen und glotz vor mich hin. Mel hat recht. Ich hab echt nichts zustande gebracht in den letzten drei Jahren. Aber das wird sich jetzt ändern. Und sie hat auch damit recht, dass man den Arsch hochkriegen muss. Selbst wenn es am Ende ein Fehler ist. Keine Ahnung, was das Ende sein soll oder woran man überhaupt erkennt, dass es ein Ende ist – vielleicht daran, dass ich doch noch abhaue oder dass Schädel mich plattmacht; jedenfalls weiß ich dann, dass ich gekämpft hab. Was Magnus heute Mittag gesagt hat – dass wir selber entscheiden, wann es zu Ende ist –, klingt auf einmal gut in meinen Ohren. Hoffentlich ist es nicht zu spät dafür. Und jetzt auch noch die Cops, na toll – ein Polizeiwagen biegt um die Ecke, schleicht die Straße entlang, hält vor dem Gartentor. Einer steigt aus.

»Was machen Sie hier, bitte?«, fragt er und kommt zu mir.

»Ich wollte jemanden besuchen.«

»Offensichtlich ist niemand zu Hause.«

»Jetzt, wo Sie's sagen, merk ich's auch.«

»Haben Sie einen Ausweis dabei?«

Ich hol mein Portmonee raus und geb ihm die kleine Plastikkarte. Er geht damit zum Auto zurück, setzt sich rein, sein Kollege labert ins Funkgerät. Sie reden, gucken mich an, reden weiter, dann kommt der Cop endlich wieder zu mir und gibt mir den Perso zurück.

»Verlassen Sie bitte das Grundstück, Herr Fuchs, okay?«

»Tu ich irgendwas Verbotenes?«, frag ich.

»Ich denke«, sagt er, »Sie wissen ganz genau, dass Sie nicht in der Position sind, mit mir zu diskutieren.«

»Ich bin in keiner fucking Position zu gar nix«, schimpf ich, spring auf und hol mein Bike.

Die Cops gucken zu, wie ich die Kette losmach, aufsteig und wegfahr.

49

HENRY

Henry hockt auf dem Rücksitz und versucht die Wahlplakate zu ignorieren, die draußen vorbeifliegen. Sie kommt sich vor, als trete sie eine lange Reise ins Exil an. Ein bisschen tut sie das tatsächlich, denn hier in der Südstadt scheint fast ein anderes Land zu sein. Keine DAP-Plakate weit und breit. In diesem Stadtbezirk kommen die Grünen bei jeder Wahl auf eine satte Mehrheit. Es ist die Gegend, wo Menschen mit Laptops in Straßencafés ihren Kreativ-Jobs nachgehen, wo sich Bioläden an Kinderkrippen und alternative Buchhandlungen reihen und wo ein Teil jener angeblich *abgekapselten Eliten* lebt, die sich Frederik Kuschinski und seine Leute zum Feindbild erkoren haben. Tatsächlich könnte der Abstand zwischen hier und dem Breslauer Block kaum größer sein. Zehn Kilometer Luftlinie und doch zwei völlig verschiedene Planeten. Witzige Vorstellung eigentlich, sie mal aufeinanderprallen zu lassen. Wie würde Robin sich hier bewegen, was hätte er den Leuten zu sagen? Mehr, als man denkt. In der Jackentasche fühlt sie ihr Smartphone. Es wäre wohl fair, ihn noch einmal anzurufen. Andererseits erwartet er das vielleicht gar nicht. Sondern ist einfach nur froh, endlich aus der Geschichte raus zu sein. Dass er Kuschinski einen Wink gegeben hat, kann sie sich nicht vorstellen. Es würde zwar Sinn ergeben, denn ansonsten wäre der Brandanschlag auf das Büro absolut irrational, sogar kontraproduktiv aus Kuschinskis Sicht – sofern der nämlich davon ausgehen musste, dass es weitere Kopien irgendwo gibt. Aber erstens ist nicht gesagt, dass Kuschinski und seine Leute überhaupt rational vorgehen. Zweitens ist Robin ganz einfach kein Verräter. Woher sie das weiß, obwohl sie ihn doch fast gar nicht kennt? Intuition. Oder Wunschdenken … Ob er nicht doch von sich aus anruft oder schreibt? Leider fehlt ihr die Kraft, aus dem Flugmodus zu kommen.

»Das muss die richtige Adresse sein«, sagt Dad plötzlich, »auch wenn man die Hausnummer nicht erkennen kann unter dem ganzen Efeu.«

Sie halten vor einem heruntergekommenen Jugendstilhaus. Hier hat offenbar noch kein Investor zugeschlagen, denkt Henry, um die Mieter rauszuwerfen, die Fassade aufzumotzen und topsanierte Altbauwohnungen an reiche Hipsterpärchen zu verkaufen. Die hohen Fenster wirken wie seit Jahrzehnten nicht geputzt, vor einem hängt sogar eine ausgeblichene Antifa-Fahne, der Gesamteindruck ist schön versifft. Genau das Richtige für ein Exil, findet sie, greift den großen Rucksack und steigt aus.

»Danke fürs Fahren«, ruft sie noch ins Wageninnere, »aber ihr müsst mich jetzt nicht noch durchs Treppenhaus nach oben begleiten. Ich melde mich.«

Pflichtschuldig bleiben ihre Eltern sitzen, warten aber sicherheitshalber, bis Henry tatsächlich im Gebäude verschwunden ist.

50

ROBIN

Magnus Mahlmann legt überrascht sein Tablet weg, als ich zur Tür von seinem Krankenzimmer reinkomm.

»Ach«, macht der bloß.

»Tu mir einen Gefallen«, sag ich, »und behaupte jetzt nicht, du hättest ja schon von Anfang an gewusst, dass ich früher oder später wieder zu dir zurückkomm.«

»Behaupte ich nicht«, sagt er. »Denn damit habe ich ehrlich gesagt nicht gerechnet.«

»Ich auch nicht«, geb ich zu. »Aber es hat sich … also … egal. Jedenfalls hab ich eine Entscheidung getroffen. Ich werd zur Polizei gehen und alles sagen, was ich weiß. Aber Henry muss mit mir kommen.«

»Das … ernsthaft? Du willst aussagen?« Da schimmert was in seinem Blick. »Das ändert alles, Robin! Alles!«

Er streckt eine Hand nach mir aus.

»Ich bin nicht hier, damit du mir lobend auf die Schulter klopfst«, geb ich zurück und verschränk meine Arme.

Er zieht seine Hand wieder ein und guckt mich schräg an.

»Sondern?«

»Ich kann Henry nicht erreichen«, sag ich. »Sie ist nicht zu Hause, geht nicht ans Handy. Ich dachte, vielleicht weißt du irgendwas. Als ihr Chef oder wie man das nennt.«

»Wie immer man das nennt – ich bin es nicht mehr.« Er räuspert sich. »Sie hat mir gewissermaßen gekündigt.«

»Was? Wieso?«

»Es ist wohl im Moment zu viel für sie. Sie wollte vorerst abtauchen, hat sie gesagt.«

»Dann war sie hier bei dir? Wann?«

»Am späten Nachmittag. Gegen fünf vielleicht oder halb sechs.«

»Und hast du eine Ahnung, wo sie jetzt steckt?«

»Nein.« Er beugt sich rüber zu dem kleinen Rollcontainer, der sein Nachttisch sein soll, und greift nach einem Zettel. »Aber ich hab die Nummer ihrer Freundin.« Mit einem Bleistift kritzelt er Zahlen hin, reißt den Zettel in der Mitte durch und reicht mir eine Hälfte.

Als ich den Zettel nehmen will, zögert er kurz.

»Ich weiß gar nicht, ob ihr das eigentlich recht wäre …«

»Ich auch nicht«, sag ich und zuck mit den Schultern. »Aber ich werd's rauskriegen.«

»Das wirst du«, sagt er und drückt mir den Zettel in die Hand. »Aber warte – wenn du mir eine Frage erlaubst: Warum hast du deine Meinung geändert? Warum willst du nun doch zur Polizei gehen?«

»Weil …« Die Wörter rollen durch meinen viel zu vollen, viel zu leeren Kopf. »Schwer zu sagen. Ich hoff bloß, ich weiß es noch, wenn ich erst mal bei Henry bin.«

Kurz drauf lauf ich durch den Krankenhauspark, lehn mein Bike gegen eine Bank und tipp die Nummer ein.

Tatsächlich meldet sich jemand.

»Isa hier. Hallo?«

»Hallo, ähm. Kann ich bitte mit Henry sprechen?«

»Wer ist denn da überhaupt?«

»Robin.«

Es raschelt, es wird getuschelt, wieder Rascheln, dann hör ich Henrys Stimme.

»Hi, Robin.«

»Hey.«

Ich hab sie voll vermisst, fällt mir auf. Dabei war die ja vorhin noch bei mir gewesen, aber es kommt mir so vor, als hätten wir uns Jahre nicht gesehen und ich hätt bis jetzt nicht gemerkt, wie sehr sie mir fehlt.

»Ich muss was mit dir besprechen«, sag ich.

»Was gibt es denn noch zu besprechen? Alles ist gelaufen. Was willst du noch von mir?«

Die beiden letzten Worte betont sie.

»Nicht am Handy. Wo bist du? Können wir uns treffen?«

Wieder Tuscheln. Lange.

Dann sagt sie: »Okay, ich geb dir die Adresse.«

51

MEL

»Vielen Dank noch mal«, sagt Uli, ohne den Motor abzustellen. »Dürfen wir uns vielleicht wieder mal bei dir melden, wenn wir Hilfe brauchen?«

»Klar«, sagt Mel.

Eigentlich will sie noch gar nicht aussteigen, aber das Abenteuer endet jetzt hier. Jedenfalls fürs Erste. Sie wirft die Beifahrertür zu und schaut dem Wagen nach, der rasch wendet, beschleunigt und die Breslauer Straße hinunterbrettert, als hätte Uli es eilig, den Block zu verlassen.

Es wäre albern gewesen, ihn zu fragen, ob er noch mit reinkommen will. Eine Sechzehnjährige und ein Student von Anfang zwanzig. Dabei hatte sie nicht den kleinsten Hintergedanken. Die Idee kam ihr ja bloß, weil sie sich plötzlich vor dem Alleinsein fürchtet. Natürlich hat sie ihn gar nicht erst gefragt.

Oben ist die Wohnungstür verschlossen, wie sie sie vorhin hinterlassen hat, und auch Robs Zimmer ist unverändert – immer noch ein Trümmerfeld aus den Resten der Skulptur, jetzt noch unheimlicher als zuvor. Es dürfte Tage dauern, das alles zu entsorgen. Falls Rob das überhaupt vorhat. Beziehungsweise falls er überhaupt je zurückkommt. Bis vorhin hätte Mel es nie für denkbar gehalten, dass er eines Tages geht. In ihrer Vorstellung würde Rob ewig in seinem Zimmer sitzen und mit Mama in dieser Wohnung alt werden. Sie selbst dagegen würde dann und wann zu Besuch kommen, mit ihrem Mann und ihren Kindern, mit denen sie irgendwo anders leben würde, in einer schönen Wohnung, die in einer guten Gegend läge, oder vielleicht sogar in einem kleinen Häuschen. Sie hat immer gedacht, dass sie den Block und all das zurücklassen wird. Doch im Augenblick ist sie es, die zurückgelassen wurde. So fühlt es sich jedenfalls an. Alleingelassen von Rob und Mama und von diesem Uli, den sie ja gar nicht kennt, der ihr aber ganz kurz das Gefühl gegeben hat, wichtig und Teil von etwas Großem zu sein.

Was genau diese Anrufe sollten, ist ihr bis zum Schluss nicht ganz klar geworden; und auch nicht, warum sie dafür zu einer Telefonzelle am anderen Ende der Stadt fahren mussten. Der Anruf beim Pizza-Service und bei dem Kurierdienst war witzig, der bei dem Bestatter sehr makaber. Beim Polizeinotruf wurde ihr mulmig. Uli hat es nicht gesagt, aber sie kann sich denken, dass es illegal ist, aus einem falschen Grund die Eins-Eins-Null zu wählen. Vor allem dieses Mädchen zu beschreiben, dessen Foto Uli ihr hinhielt – das Mädchen aus dem Hausflur heute Nachmittag! –, das kostete Überwindung. Natürlich war das bloß ein böser Scherz, natürlich ging es keinen Augenblick lang darum, tatsächlich jemandem physische Gewalt anzutun, aber irgendwie war es für Mel trotzdem so, als hätte sie diese Henrietta körperlich angegriffen.

»Wir sind doch keine Rassisten«, hat Uli ihr erklärt. »Wir sind Ethno-Pluralisten. Wir treten dafür ein, dass jedes Volk das uneingeschränkte Recht auf seinen eigenen Lebensraum hat. Diese Afrikaner genauso wie wir. Aber jeder sollte eben in seinem Heimatland bleiben. Denn wenn die Völker sich vermischen, dann sterben die einzelnen Kulturen in einem grauen Einheitsbrei. Ich sag ja nicht, dass wir Deutschen besser sind als andere Völker. Aber genauso wie die anderen Völker hat auch unser Volk ein Recht darauf, seine Identität zu bewahren. Und Einwanderung bedroht unsere Identität. Solche Leute wie die dürfte es in Deutschland eigentlich nicht geben. Wenn wir es ihnen ein bisschen ungemütlich machen, gehen sie vielleicht wieder zurück.«

Mel hat nicht alles verstanden, was Uli ihr sagen wollte. Vor allem nicht, wohin die Familie Odukoya denn zurückgehen sollte. Aber man muss ja nicht immer sofort alles verstehen. Zusammen mit Uli in dieser Telefonzelle, dem wilden Geruch seines Rasierwassers in der Nase und angestachelt von seinem verwegenen Grinsen – das hatte einfach Thrill. Da war diese kribbelnde Lust, eine Grenze zu überschreiten und etwas Unerhörtes zu tun, was sich wirklich nicht jeder trauen würde. Die Anerkennung von Uli – und vor allem von Fred, der zwar nicht dabei war, aber in dessen Auftrag das ja wohl geschah – hat eine wohlige Wärme in ihr entstehen lassen.

Nur hat sich diese Wärme leider verflüchtigt. Die Wohnung ist leer und ausgekühlt. Zum ersten Mal seit März dreht Mel in ihrem Zimmer die Heizung auf.

52

ROBIN

Studentengegend. Merk ich direkt, könnt gar nicht sagen, woran, aber merk ich halt. Die Leute auf der Straße, die Klamotten und so. Ich denk, alle glotzen mich an. Tun die eigentlich gar nicht, keiner beachtet mich, aber ich komm mir trotzdem wie ein Alien vor. Ist eigentlich auch so ein Ghetto hier, bloß anders. Das Klingelschild von dem Haus ist voller übereinandergeklebter kleiner Papierfetzen mit Namen. Ich find den richtigen, drück auf den Knopf und dann gegen die Tür, die sofort nachgibt, bevor es noch summt. Anscheinend ist hier durchgehend offen. Im Treppenhaus herrscht Stimmengewirr, auch etliche Wohnungstüren stehen offen, ich hör Musik, riech scharfes Essen, seh Bilder, Filmplakate, irgendwelche Parolen an den Wänden, steig die knarzenden Stufen hoch und steh einem Typ in Boxershorts gegenüber, Dreadlocks bis zum Arsch.

»Kann ich dir helfen?«

Er mustert mich ziemlich abfällig.

»Ich such Isa Reinartz«, sag ich und räusper mich.

Hab fast schüchtern geklungen.

»Die Neue? Wohnt ganz oben bei Madita.«

Ich steig weiter hoch, bis unters Dach, wo auf dem letzten Treppenabsatz schon Henry steht und mich anders anguckt als sonst. Als würd sie sich voll freuen und hätt gleichzeitig ein schlechtes Gewissen.

»Ich hab nicht gedacht, dass wir uns so schnell wiedersehen«, sagt sie.

»Ich auch nicht«, sag ich und nehm die letzten Stufen sehr langsam. Vielleicht überleg ich es mir ja doch noch mal und hau einfach schnell wieder ab. Doch Henry merkt, wie unbehaglich mir ist. Sie kommt mir entgegen, nimmt mich in den Arm und drückt mich fest an sich.

»Was da vorhin zwischen uns …«, beginnt sie, aber sie kommt nicht weit.

»Das ist er also«, ruft eine von oben, die gerade aus der Wohnungstür kommt. Kurze blonde Haare, riesige rote Hornbrille.

Henry lässt mich los, schiebt mich rauf zu ihr und sagt: »Das ist Isa. Wir haben dieses Frühjahr zusammen Abi gemacht.«

Isa streckt mir die Hand entgegen.

»Freut mich, dich kennenzulernen, Robin.« Ich schüttle die Hand, ihr Druck ist kräftig und entschlossen. »Henry hat uns vorhin, nachdem du angerufen hattest, kurz alles erzählt.«

Alles?, denk ich. *Was* alles?

»Wie wir den Stick gefunden haben«, sagt Henry rasch. »Ähm …«

Ich seh, dass sie gern allein mit mir reden will, und das will ich ja auch, aber es kommt nicht dazu. Isa zieht mich durch einen vollgerümpelten Flur in eine große Küche, wo an einem alten runden Tisch eine junge Frau mit mehreren Tonnen Metall im Gesicht sitzt. Hätte nie gedacht, wie viele verschiedene Stellen am Kopf man piercen kann. Ihre nackten Arme sind voller Tattoos, der Rest vielleicht auch, aber der steckt in schwarzen Klamotten. Kurz glaub ich, dass ich die Frau schon irgendwo gesehen hab, komm aber nicht drauf.

»Madita«, sagt sie knapp. »Darf's was zu trinken sein?«

Auf dem Tisch stehen Weinflaschen und ein überquellender Aschenbecher.

»'n Glas Wasser«, sag ich.

»Setz dich.«

Tu ich. Isa und Henry auch, Madita gießt Wasser in ein Glas, stellt es vor mich hin und sagt: »Dann schieß mal los.«

Weiß gar nicht mehr, was ich mir vorgestellt hatte, wie ich Henry jetzt was sagen wollte. So jedenfalls nicht. Henry auch nicht, denn die wirft mir bloß einen ratlosen Blick zu und zuckt mit den Schultern.

»So wie ich das verstanden hab«, sagt Madita, »ist der Karren ziemlich im Dreck. Ihr beide hattet die Chance, den DAP-Schnösel Kuschinski aus dem Verkehr zu ziehen, aber es gibt keine Beweise mehr. Alles, was ihr noch habt, ist in euren beiden Köpfen. Vor allem in deinem.«

Sie zieht an einer Zigarette und bläst mir den Rauch entgegen.

»Und jetzt sind wir natürlich ziemlich gespannt«, sagt Isa zu mir, »warum du so dringend herkommen wolltest.«

Ich guck noch mal zu Henry, aber die wiederholt bloß ihre Geste.

»Okay …«, sag ich. »Ich glaub, ich kann erklären, warum es in Magnus Mahlmanns Büro gebrannt hat. Als wir beide gestern telefoniert haben«, ich guck Henry an, »hat Mel mich belauscht. Melanie. Meine Schwester. Sie hat Fred den Tipp gegeben, dass von dem Video nur noch zwei Kopien existieren. Ich denk mal, das war für Fred Grund genug, seine Jungs loszuschicken.«

»Na bitte«, sagt Madita.

»Was soll das heißen?«, frag ich.

»Dass ich mir dachte, dass es irgendwo eine undichte Stelle gibt.« Sie zieht an ihrer Kippe und guckt mich streng an. »Deine Schwester hat dich nicht zufällig vorhin auch wieder belauscht und weiß jetzt, wo du bist?«

»Nein … wieso?«, geb ich zurück. »Was soll das? Wird das ein Verhör oder was?«

»Henry ist hier, weil sie Schutz braucht«, erklärt Isa und klingt ein bisschen versöhnlicher. »Wir wollen doch nur sichergehen, dass sich nicht gleich herumspricht, wo sie sich gerade aufhält.«

»Davon abgesehen kann ich aber für mich selber sprechen«, schaltet sich Henry ein. »Robin ist in Ordnung, klar?« Sie sieht mich an. »Bist du deshalb hergekommen? Um mir das mit deiner Schwester zu erzählen?«

»Nicht nur«, sag ich zögernd. »Ich habe überlegt, dass ich endlich zur Polizei gehen will und aussagen. Alles, was ich weiß. Alles, was seit Montagnacht passiert ist. Und ich hoff bloß … dass das reicht.«

»Klingt vernünftig«, sagt Madita. »Ich halte zwar prinzipiell nicht so viel von den Bullen, doch in diesem Fall würde ich denen mal eine Chance geben. Also, worauf wartest du noch? Warum kommst du erst her, anstatt gleich zur nächsten Polizeistation zu gehen?«

»Weil ich will, dass du mitkommst«, sag ich zu Henry und ignorier Madita. »Wir haben das hier zusammen angefangen, also bringen wir es auch zusammen zu Ende.«

Bei dem Wort *zusammen* lächelt sie mich an.

»Gut«, sagt sie. »So machen wir es.«

Madita klopft energisch auf den Tisch und ruft: »Na, von mir aus. Dann kommen wir alle mit.«

»Wer«, frag ich, »alle?«

»Na, wir hier«, sagt Madita, »und wer sonst noch Bock hat. Ich trommel im Haus ein paar Leute zusammen, das kann nicht schaden. Wir wollen doch nicht, dass uns irgendwelche von den Rechten im letzten Augenblick dazwischenkommen. Bei denen weiß man nie.«

»Vergiss es«, sag ich. »Was soll denn dazwischenkommen? Die wissen doch nicht, dass wir hier sind. Henry und ich gehen allein. Fertig.«

Henry nickt und steht auf. Genau wie ich will sie, dass wir beide endlich mal unter vier Augen reden können.

»Na, von mir aus«, winkt Madita ab. »Die nächste Wache ist

drei Stationen mit der U-Bahn von hier. Der kürzeste Weg zur Bahn ist durch den Park. Aber passt gefälligst auf, okay? Schon klar, dass niemand weiß, wo Henry jetzt ist. Aber nach dem, was ihr und ihrer Familie heute passiert ist, solltet ihr trotzdem auf alles gefasst sein.«

53

SCHÄDEL

»Lass uns endlich heimfahren«, mault Niko. »Wir müssen früh raus und haben nach der Arbeit noch jede Menge für Fred zu erledigen. Hier passiert doch nichts mehr.«

»Komm schon«, erwidert Schädel, »da geht noch was. Findest du das nicht interessant, dass der Fuchs hier plötzlich auftaucht?«

»Doch, schon. Aber warum sollten die noch mal das Haus verlassen? Vermutlich hängen die einfach ab oder sind wild am Vögeln, während wir uns hier die Ärsche plattsitzen.«

»Es ist nicht mal halb elf. Gib uns noch 'ne bekackte Viertelstunde, okay?«

»Oder auch nicht«, sagt Niko und setzt sich plötzlich gerade in seinem Fahrersitz auf.

»Vorsehung«, meint Schädel bloß.

Die beiden beobachten, wie Fuchs und das Mädchen aus dem Haus kommen und die Straße entlanggehen. Sie entfernen sich fünfzig, achtzig, hundert Meter. Wie auf ein stummes Kommando steigen Schädel und Niko aus. Schädel holt eine längliche Sporttasche aus dem Kofferraum, Niko lässt die Verriegelung des Wagens zuspringen. Beide ziehen ihre Basecaps tief in ihre Gesichter, Schädel schultert die Tasche, dann gehen sie langsam hinterher.

54

ROBIN

»Was meinte die damit«, frag ich, »dass dir und deiner Familie heute was passiert wär?«

Henry erzählt, wie sie plötzlich Bilder aufs Handy kriegte und Sprüche; dass irgendwer ihren Facebook-Account mit Müll überschwemmt hat; wie sie nach Hause kam und dauernd Leute auftauchten, die irgendwer geschickt hat: Pizza, Päckchen, Leichenwagen, Polizei.

»Okay«, sag ich, »dann versteh ich, warum du da wegwolltest. Und warum dein Handy aus ist. Was ich aber nicht versteh, ist, warum du vorhin so plötzlich abgehauen bist. Also bei mir.«

»Das … puh. Ich hab einen entsetzlichen Schreck gekriegt. Dass jemand Feuer legt, war plötzlich so physisch, so real, verstehst du? So bedrohlich. Und im selben Moment ist mir klar geworden, dass alles aus ist. All meine Pläne … *unsere* Pläne waren im Eimer. Ich hatte Angst, dass du dich vielleicht sogar darüber freust. Dieses Video war doch im Grunde das Einzige, was uns verbunden hat. Also das – und dass du mich geküsst hast.«

Sie wirft mir einen Seitenblick zu.

»Moment mal«, sag ich. »*Du* hast *mich* doch geküsst.«

Die Häuserzeile öffnet sich. Ein Fußweg führt zwischen den Häusern durch in den Park, der dahinterliegt. Große alte Bäume ragen dunkel auf, wenige Laternen geben funzeliges Licht.

»Hier entlang, glaub ich«, sagt Henry.

Wir schwenken auf den Weg, das Dämmerlicht hüllt uns ein. Henry nimmt meine Hand.

»Warum hast du dich anders entschieden?«, fragt sie. »Oder besser gesagt – überhaupt eine Entscheidung gefällt?«

»Aus tausend Gründen«, sag ich und muss stehen bleiben. Wieder rollen die Wörter durch meinen Kopf, klackern aneinander, verbinden sich auf einmal zu Gedanken, zu richtigen Sätzen, bekommen eine neue Bedeutung. »Ich wollte den Arsch hochkriegen«, sag ich. »Einfach mal was machen. Was Richtiges. Also … was Gutes. Vielleicht – keine Ahnung – bin ich vor allem extrem sauer auf Fred und seine ganze Blase, weil die sich an meine Schwester ranwanzen? Oder vielleicht hast du mich am Ende mit dem überzeugt, was du bei unserem ersten Treffen gesagt hast, am Dienstag in der Straßenbahn, erinnerst du dich? Vielleicht möchte ich ja auch eine lesbische, muslimische Veganerin sein.«

Sie lacht.

»Du weißt, was ich meine«, sag ich. »Es geht darum, dass einem keiner verbieten darf, so zu leben, wie man will. Einfach der zu sein, der man ist. Oder der man werden möchte. Ich dachte immer, das würd am besten funktionieren, wenn ich mich aus allem raushalte. Dann werd ich in Ruhe gelassen und kann mein Ding machen. Bullshit. Der Einzige, der mich wirklich immer in Ruhe gelassen hat, war mein Vater. Das hat mir einen Scheiß gebracht. Bei allen anderen hab ich mich bloß verbogen. Bei Fred, bei Hakan, sogar bei Mel – und jetzt glaubt die, die würd mich retten … Na ja. Und außerdem.« Ich guck Henry im Halbdunkel an. Sie guckt zurück. »Außerdem hast du mich einen *Kollegen* genannt. Weißt du? Am Telefon, wie du mit deiner Mutter gesprochen hast. Mir ist schon klar, dass du das nur aus Verlegenheit gesagt hast, weil dir gerade nix Besseres eingefallen war. Aber für mich klang das hammermäßig. Mich hat nämlich noch nie einer so genannt. Ich hatte noch nie einen Kollegen. Oder eine Kollegin. Was immer ich jemals gemacht hab – ich hab's allein gemacht. Und das, was wir beide seit vorgestern zusammen erlebt haben, weißt du … okay, ich hab dir nicht immer die ganze Wahrheit gesagt; und vielleicht war ich auch nicht immer eine Hilfe für dich. Aber ehrlich gesagt war das das allerersteTeamwork von meinem ganzen Leben. Ich … hm … will nicht, dass das jetzt schon zu Ende ist.«

Sie sagt gar nix, guckt mich nur weiter an. Kommt auf mich zu mit ihrem Kopf, mit ihrem Mund. Da hör ich was rascheln. Drüben in den Büschen, als wär da gerade einer an uns vorbeigeschlichen.

Henry hat es auch gehört, sie guckt sich nervös um.

»Lass uns weitergehen«, sagt sie und zieht den Kopf wieder zurück.

Das tun wir. Plötzlich hören wir schnelle Schritte. Sie kommen auf uns zu. Ich spann alle Muskeln an. Viele sind es nicht, aber ich brauch sie auch nicht. Da taucht bloß ein Jogger im Licht der nächsten Laterne auf, mit einem dicken Kopfhörer auf den Ohren, läuft mit halb geschlossenen Augen an uns vorbei, ohne auf uns zu achten, und verschwindet wieder im Dunkel.

»Ich hätte gedacht«, murmelt Henry, »dass um diese Uhrzeit hier noch ein bisschen mehr los wäre.« Sie greift wieder nach meiner Hand. »Im Sommer ist hier sicher alles voller Leute bis in die Nacht.«

»Wie groß ist überhaupt dieser fucking Park?«, frag ich und will mein Handy rausholen, um die Navi-Funktion anzumachen.

»Groß genug für uns vier«, sagt Schädel.

Da steht er mitten auf dem Weg vor uns, bückt sich zu einer offenen Sporttasche und holt einen Baseballschläger raus. Um das dicke Ende von dem Schläger ist Stacheldraht gewickelt. Henry drückt meine Hand so fest, dass es wehtut.

»Ein herrlicher Abend für ein bisschen Sport im Park«, sagt Nikolaj hinter uns. »Nicht wahr, Fuuuks?«

Abhauen!, denk ich. Rechts in die Büsche oder nach links, du musst dich nur entscheiden, denk ich. Aber das geht ja gar nicht, weil – ohne Knochen oder Muskeln in den Beinen kannst du halt nicht laufen, nicht mal gerade stehen bleiben. Meine Knie schlackern so, als wär ich bloß 'ne Marionette an ganz dünnen Fäden.

»Das …«, sagt Henry heiser und muss sich zweimal räuspern, bevor sie Töne hervorbringen kann, »das wird rauskommen.« Ihre Stimme zittert. »Die kriegen euch.«

»Kann schon sein«, meint Schädel und lässt den dornengespickten Schläger im Handgelenk kreisen. »Aber davon habt ihr dann nichts mehr.« Er pumpt sich auf und grinst. »Okay, fangen wir an. Wer von euch will als Erstes?«

Henrys Fingernägel bohren sich in meine Handfläche.

»Ladys first«, schlägt Nikolaj vor. »Und Fuuuks will bestimmt eh erst mal nur zugucken, was?«

55

FRED

Mailbox, verdammt. Fred trommelt mit den Fingern auf seinen Schreibtisch. Schädel schaltet sein Handy doch so gut wie nie aus. Außer auf Zeckenjagd. So haben sie es früher genannt. Zuletzt war es aus der Mode gekommen, jedenfalls bis jetzt. Wo treibt der Kerl sich herum? Ob es ein Fehler war, ihn und Niko mit Uli Kunkel bekannt zu machen? Eigentlich hat Fred gehofft, sie könnten sich anfreunden – die Jungs aus der alten Kameradschaft und die Jungs dieser neuen Bewegung. Aber womöglich hat er das glatte Gegenteil erreicht und Schädel verprellt; und der hat sich wieder auf die alten Tugenden zurückbesonnen … *Blut muss fließen knüppelhageldick …*

Verdammt, verdammt. Wenn er und Niko nun Rob und seine Freundin ins Krankenhaus befördern oder am Ende noch auf den Friedhof, dann hat der Feind zwei astreine Märtyrer. Wie kann man nur so dumm sein! Aber so weit denkt Schädel vermutlich gar nicht. Er hat Emil getötet und ist bereit, früher oder später dafür in den Knast zu gehen. Das senkt die Hemmschwelle, da kommt es ihm auf ein, zwei weitere Opfer nicht mehr an. Man muss ihn irgendwie stoppen, bevor er auf die letzten Meter alles verdirbt. Wieder ruft Fred abwechselnd bei Schädel und Niko an. Nichts.

Fred lässt sich auf sein Bett fallen, schließt die Augen und massiert seine Nasenwurzel. Wo ist die Vorsehung, wenn man sie braucht?

56

ROBIN

Komisch, ich bin gar nicht mehr da. Ich schweb über uns, guck runter auf Rob und Henry, wie sie da unter den finstren Baumkronen stehen, wie ihre Hände sich ineinanderkrallen. Da sind keine Gefühle oder Gedanken mehr, weil – Angst ist kein Gefühl und kein Gedanke, sondern gefrorenes Nichts. Die ganze Welt, das Universum ist zusammengeschrumpft und hat sich in Angst verwandelt, da kommt keine Atemluft mehr rein, nur im Bauch zieht es, als müsste ich sofort scheißen, und die Narbe klopft.

Mach schnell, denk ich, bring es zu Ende, Schädel. Der wird es tun, das steht in seinem Blick, der guckt so anders als Hakan damals. Wie eine Maschine. Henry stößt was aus, das wie Wimmern klingt. Und ich riech schon die Erde, gleich neben meinem Alten, Urne an Urne, kalte Asche. Ein Rauschen ist da in meinem Kopf, vielleicht das Blut, das in den Ohren pocht.

Aber da ist auch noch was anderes. Ein absurdes Pfeifen und Klingeln wie von Fahrrädern. Ein Rufen und Schreien. Und dann sind da überall Leute, ich seh Madita und Isa, auch den Typ mit den Dreadlocks von vorhin, nur hat der jetzt Klamotten an, da sind fünf, sechs – keine Ahnung –, acht Gestalten um uns rum, von allen Seiten, schlagen Lärm, springen von ihren Rädern.

Schädel macht zwei Schritte zurück, um genug Platz für seine Waffe zu haben, in seinen Augen blitzt der Hass, er holt beidhändig mit dem Schläger aus, da fliegen die Dreadlocks auf ihn zu, und ein Kopf, tief gesenkt wie bei einem angreifenden Stier, knallt hart in Schädels Magengrube, und der prallt zurück, verliert das Gleichgewicht, kippt nach hinten, eine Hand noch immer um den Griff geklammert, verpasst seinem Gegner einen überraschenden Tritt und rollt sich erstaunlich geschickt über die Schulter ab. Schon ist er wieder auf den Beinen und wird dem taumelnden Typen im nächsten Moment die Dreadlocks mit der eigenen Gehirnmasse verrühren.

Einen Wimpernschlag lang steht alles still und Schädels Blick löst sich vom Kampfplatz, um mich zu durchbohren. Dann greift er blitzschnell nach seiner Tasche. Zwei andere haben Nikolaj gepackt, doch der sieht, dass Schädel zum Rückzug bläst, und schlägt plötzlich mit derartiger Gewalt um sich, dass er loskommt und seitlich ausbricht, in die dunklen Büsche hinein. Schädel auch.

Ein paar von unseren Rettern rennen hinterher.

»Ja, verpisst euch, ihr Drecksnazis«, ruft jemand, Madita vielleicht. »Lauft um euer Leben!«

Ich würd mich gern bewegen. Was sagen oder einfach nur einen Schritt machen, um die Starre abzuschütteln. Als Henry mich loslässt und Isa um den Hals fällt, kipp ich beinahe um. Ich fang mich aber und komm in meinen Körper zurück, spür meine Beine wieder und hör mich ein Wort sagen, das ich echt nicht oft gebrauch: »Danke.«

»Aber gern«, sagt Madita. »Wisst ihr – ich hatte plötzlich so ein ganz mieses Gefühl. Und da sind wir mal lieber losgezogen. Und jetzt habt ihr 'ne offizielle Eskorte, ob ihr wollt oder nicht.«

Die Verfolger kommen zurück, darunter der mit Dreads.

»Sie haben es zum Auto geschafft«, sagt er atemlos. »Die werden wir hier so bald nicht wieder sehen. Schade eigentlich.«

Henry dreht sich zu mir und schlingt die Arme fest um mich, sie zittert total, und erst dann merk ich, dass sie heult.

»Mensch, Robin, ich hatte eine Scheißangst wie noch nie im Leben.«

Ich auch. Und am liebsten würd ich das tun, was mir schon zu Hause durch den Kopf gegangen ist. Mich an die Autobahn stellen und abhauen. Über alle Berge. Aber das geht nicht, denn Henry hält mich umklammert, als wär sie an mir angewachsen. Oder ich an ihr.

»Jetzt erst recht«, flüstert sie und drückt mich, so fest sie kann.

Jetzt erst recht: *was*?, denk ich. Jetzt erst recht abhauen? Jetzt erst recht zu den Cops gehen? Jetzt erst recht könnten wir uns küssen, alle und alles um uns herum ausknipsen, uns eingraben und nie wieder rauskommen.

Da lässt sie mich los und wischt ihre Tränen ab. Wir setzen uns in Bewegung. Ich wunder mich, dass meine Beine einfach so wieder funktionieren. Madita und ihre Buddys machen eine Party draus. Laut schwatzend ziehen sie mit uns durch den Park zur U-Bahn-Station, fluten die unterirdischen Gewölbe mit fröhlichem Krach, und als wir in der Bahn sitzen, komm ich mir vor, als wär ich auf Klassenfahrt. Nur mit der falschen Klasse, irgendwie. Der falschen Schule. Als wir dann tatsächlich vor der Polizeiwache stehen, lassen sie sich von Henry immerhin überreden, draußen zu warten.

Ich drück die Klingel und seh einen Cop, der uns und unsere Begleitung skeptisch mustert, bevor er den Öffner betätigt. Dann lehnt er sich auf den Tresen am Eingang und empfängt uns mit Stirnrunzeln.

»Guten Abend, Herrschaften.«

»Hallo«, sag ich und mach den Rücken gerade. »In den Nachrichten hieß es, Sie würden jemanden suchen. Und zwar den, der Montagnacht den Verletzten im Breslauer Block verarztet hat. Magnus Mahlmann.«

»Ja. Und?«

»Ich bin es.«

Der Beamte legt den Kopf schräg.

»Und haben Sie auch einen Namen, junger Mann?«

Zum zweiten Mal an diesem Abend rück ich meinen Perso raus. Der Cop tippt meinen Namen in den Computer, guckt mich an und macht wieder sein Stirnrunzeln, dann greift er zum Telefon.

»Roswitha? Hier ist ein alter Kunde von uns. Aber heute hat er was anderes.«

Kurz darauf sitzen wir in einem nüchternen Raum auf alten Plastikstühlen zwei Polizistinnen gegenüber. Die jüngere hat einen strengen Dutt und tippt mit ernster Miene jedes unserer Worte in einen Laptop, die ältere fixiert Henry und mich abwechselnd über die Gläser ihrer randlosen Brille und stellt eine Million Fragen. Zirka siebzehn Mal erzähl ich, was Schädel und Nikolaj Montagnacht gesagt haben und warum ich denk, dass die beiden nach Magnus Mahlmann gesucht hätten. *Falls ich ihn überhaupt richtig erwischt hab*, waren Schädels Worte gewesen. Jedenfalls glaub ich das. Denn je öfter ich das wiederhole, desto weniger sicher bin ich mir, ob ich das wirklich gehört oder mir bloß ausgedacht hab. Wieder und wieder sagen wir, was auf dem Handyvideo drauf war. Wieder und wieder soll Henry erklären, warum sie den fucking Stick weggeschmissen hat. Wir schildern denen, wie Schädel uns durch den Block gejagt hat und wie die beiden uns gerade eben erst im Park aufgelauert haben.

»Und diese Damen und Herren dort draußen vor der Tür«, sagt die Polizistin, schiebt die Brille hoch und wirft einen kurzen Blick aus dem Fenster, »sind eingeschritten, noch bevor es zu irgendwelchen Handlungen kommen konnte?«

»Für mich war das Handlung genug«, gibt Henry zurück. »Sie hätten diesen Baseballschläger mit dem Stacheldraht sehen sollen.«

»Ich kann ihn mir zumindest vorstellen«, sagt die Frau. »Und für den Augenblick ist es gut, dass diese Leute Ihnen zur Hilfe gekommen sind. Andererseits ist Selbstjustiz sicherlich keine Alternative. Die freiheitlich-demokratische Grundordnung wird durch das staatliche Gewaltmonopol geschützt. Die sogenannte Antifa tut sich leider etwas schwer, das zu akzeptieren.«

»Worüber ich zumindest für den Augenblick ganz froh bin«, knurrt Henry. »Denn vorhin im Park war von der Staatsgewalt nicht viel zu sehen.«

Die Jüngere tippt wie im Wahn weiter, aber die Ältere legt ihr kurz die Hand auf den Arm und sagt: »Den letzten Satz müssen wir nicht zu Protokoll nehmen.« Und zu uns: »Ich habe keine weiteren Fragen mehr. Fällt Ihnen noch etwas ein, das wichtig wäre?«

Wir schütteln die Köpfe. Henry will schon aufstehen. Die ist ja neu hier in der Branche und kennt das ganze Prozedere nicht. Ich lehn mich zurück, denn jetzt ist endlich die Jüngere dran; sie liest uns noch mal alles vor, was wir gesagt haben, dann druckt sie es aus und legt uns die Blätter hin, damit wir unterschreiben. Das Komische ist jedes Mal: Die verfassen diese Protokolle in der Ich-Form, so als wären das original meine und Henrys Worte, aber sie drücken die meisten Sachen ganz anders aus, in ihrer eigenen Behördensprache. Vielleicht, weil es der Richter sonst nicht versteht oder weiß der Geier. Henry findet das blöd, das seh ich, aber die hat jetzt auch keinen Bock mehr, was zu korrigieren. Wir unterschreiben und werden zum Ausgang begleitet.

»Was passiert denn jetzt?«, fragt Henry die Frau mit der Brille.

»Das entscheiden die Kollegen«, antwortet die lapidar. »Vermutlich werden die drei Herren, die Sie durch Ihre Aussagen belastet haben, morgen Vormittag vorgeladen werden, damit sie sich zu den Tatvorwürfen einlassen können.«

»Moment – morgen?« Henry bleibt im Gang stehen. »Das heißt, Sie lassen die einfach draußen frei rumlaufen für den Rest der Nacht?«

»Richtig. Für einen Haftbefehl ist das leider nicht genug.« Sie schiebt die Brille ein Stück nach unten, guckt uns an und lächelt. »Sie beide sind sehr couragiert, und es war gut, dass Sie sich uns anvertraut haben. Wir machen unsere Arbeit, verlassen Sie sich darauf. Für heute nehmen Sie sich am besten ein Taxi, fahren nach Hause und gehen schlafen. Gute Nacht.«

Aber draußen wartet kein Taxi, sondern unsere neue Armee. Das Klirren aus mehreren Beuteln deutet darauf hin, dass ein paar von ihnen inzwischen beim nächsten Kiosk gewesen sind. Zusammen ziehen wir durch den Park zurück zum Haus, wo Isa und Madita und alle wohnen. Mein Bike steht unversehrt davor. Vermutlich die beste Nachricht des Abends für mich: dass Schädel und Nikolaj keine Zeit mehr hatten, schon wieder ihre Wut an meinen Reifen auszulassen.

»Du kannst es ins Treppenhaus stellen«, sagt der mit den Dreads zu mir. »Ich heiß übrigens Thorbjörn.«

»Wieso das?«, frag ich.

»Meine Eltern sind halt Schweden-Fans. Ist 'ne lange Geschichte, da kommt ein Wohnmobil drin vor und …«

»Nein, Mann. Was soll mein Bike in eurem Treppenhaus?«

»Na, du bleibst natürlich hier«, mischt sich Madita ein. »Wir lassen dich doch jetzt nicht allein nach Hause fahren. Wie alt bist du überhaupt? Noch keine achtzehn, wette ich.«

»Siebzehn«, sag ich.

»Na bitte. Dann übernehmen wir jetzt kollektiv das Sorgerecht für dich. Zumindest bis die Sonne wieder aufgeht.«

»Pfff«, mach ich, dann schnapp ich Henrys Blick auf.

»Komm schon«, sagt sie.

Also park ich mein Bike im Hausflur, und während wir nach oben gehen, werden wir irgendwie immer mehr. Mindestens zwanzig Leute quetschen sich in die Küche von Isa und Madita, jemand macht Musik an. Wein, Bier, Schnaps wird rumgereicht, Kippen werden gedreht.

»Und du trinkst echt keinen Tropfen?«, fragt mich Thorbjörn. »Ich dachte immer, bei euch dort im Block leben nur Alkoholiker.«

»Bullshit.«

»Hey – Scherz, Mann.«

»War null witzig.«

Madita guckt Thorbjörn tadelnd an.

Dann fragt sie mich: »Rauchst du denn vielleicht?«

Was sie da gerade rollt, sieht ziemlich unförmig aus.

»Manchmal«, sag ich. »Wenn was drin ist.«

»Na dann, guten Flug«, sagt sie, reicht mir den fetten Joint und hält mir ihr Feuerzeug hin.

Ich zieh lang und tief und würd gern schnell richtig draufkommen, aber das klappt nicht so, weil ich immer noch voll auf Adrenalin bin. Der Baseballschläger mit dem Stacheldraht kreist in meinem Hirn. Warum nur haben Freds Höllenhunde uns aufgelauert? Jetzt, wo der Film verloren ist, könnten die uns doch einfach in Ruhe lassen. Die haben auf keinen Fall gewusst, dass wir gerade auf dem Weg zu den Cops waren. Nein, die wollten einfach Rache, nichts weiter. Rache, weil ich nicht vor denen gekuscht hab wie sonst. Und Henry erst recht nicht. Vielleicht hab ich heute Nachmittag kurz gedacht, dass es vorbei wär, dass ich wirklich aus der Nummer raus wär. Aber das bin ich nicht. Werd ich nie mehr.

Ich zieh an dem Joint und versuch zu entspannen. Thorbjörn glotzt mich von der Seite an. Hey, ein echtes Ghettokind, jetzt hier live am Küchentisch. Ich wette, der selber hat stinkreiche Eltern, kommt vom Gymnasium und studiert irgendetwas Oberschlaues. Henrys Eltern sind sicher auch reich. Na, zumindest gebildet. Brave Bürger allesamt. Bei mir im Block gibt es auch so versiffte Wohnungen wie diese hier, nicht mal wenige, und auch haufenweise Leute mit verfilzten Haaren. Aber weil die es nicht besser wissen oder halt nicht anders können. Madita dagegen hat sich ausgesucht, ob ihre Wohnung versifft ist oder nicht. Und Thorbjörn trägt seine Haare wegen Style oder als Statement und ganz sicher nicht deswegen, weil er schon so lange auf Hartz Vier ist, dass er sich gar nicht mehr dran erinnern kann, wie man normal unter Leute geht. Das ist ein fucking Unterschied. Ich bin hier völlig fremd, ein Flüchtling aus einem fremden Land, der gerade Asyl gekriegt hat …

Oh Mann. Andere werden vom Kiffen total gleichgültig – warum komm ich stattdessen immer ins Grübeln? Das nervt. Ich würd gern mit Henry drüber reden, aber da sind einfach viel zu viele Leute, alle labern durcheinander, trinken, lachen, feiern, die Musik ist laut und ich guck vor mich hin und werd ganz allmählich müde und fang am Ende doch noch an zu fliegen, während sich ganz allmählich die Küche leert.

Irgendwann ist die Musik aus und Madita sagt: »Ich geh runter zu Thorbjörn, ihr beide könnt in meinem Zimmer pennen.«

Die meint Henry und mich, weil außer der und mir ist nur noch Isa da, und die pennt in ihrem eigenen Zimmer. Ich flieg also hinter Henry her in eine tiefe Höhle voller Krempel, wo es keinen Stuhl, keinen Tisch und kein Bett gibt, dafür einen Kicker und eine dicke, breite Matratze voll mit bunten Kissen und Decken auf dem Boden. Als Henry die Tür schließt und kein Licht mehr aus der Küche kommt, ist alles schwarz-weiß, nur noch Schatten. Ich zieh mich aus bis auf die Unterhose und Henry tut das auch, ihre Brustwarzen schimmern dunkel. Eigentlich könnte mich das geil machen, denk ich, aber ich bin vor allem voll fertig. Von diesem Tag und den Tagen davor, von diesem Leben und dem fucking Universum, das sich all diese abgefahrenen Sachen überhaupt ausdenkt. Wir fallen auf die Matratze, begraben uns unter hundert warmen, weichen Decken, halten uns aneinander fest und gleiten in den Schlaf. Auch aus diesem Zimmer könnte man eine krasse Skulptur bauen, denk ich noch, während ich wegdämmre, aber aus dem Skulpturen-Business bin ich raus.

FREITAG

57

ROBIN

Vor lauter Fliegerei hab ich nicht dran gedacht, auch mal mein Handy in die Flugmodus zu schicken, wie Henry es gemacht hat. Deshalb weckt mich das Klingeln. Schon wieder. Ich schiel auf das Display. Freds Name blinkt mich an. Die Vibration fährt wie ein Stromstoß durch meinen Körper.

»Scheiße«, sagt Henry neben mir.

Sie ist auch wach geworden und guckt genauso starr wie ich auf das bimmelnde, brummende Teil.

»Was will der? Warum ruft er dich an?«

»Will ich nicht wissen«, sag ich, mein Finger geht zu dem roten Symbol.

»Warte. Besser, wir wissen es.«

Ja. Da hat sie leider recht.

»Mach auf Lautsprecher.«

»Okay.«

Ich tipp drauf.

»Ja?«, sag ich.

»Rob«, scheppert es aus dem Handy. »Rob, Rob, Rob.« Wie dicke Steine, die einen Abhang runterpoltern. »Rob, Rob, Rob.« Rollende Felsbrocken, eine Geröllawine. »Rob, alter Freund. Was machst du nur für Sachen? Du weißt doch, dass ich ein wirklich viel beschäftigter Mann bin. Da ist es richtig unerquicklich, wenn einem ganz ungeplant ein Termin bei der Polizei dazwischenkommt. Bist du noch dran, Rob?«

»J-a …«, mach ich heiser.

»Nun, also Schädel und Niko und ich hatten heute Morgen eine ganz reizende Einladung der örtlichen Sicherheitsbehörden, sozusagen zum zweiten Frühstück, doch leider gab es nur abgestandenen Filterkaffee, eine Enttäuschung auf ganzer Linie. Aber was will man auch erwarten, wenn die Altparteien jahrelang an der Polizei gespart haben … Allerdings scheint die Enttäuschung unserer Gastgeber ungleich größer gewesen zu sein, denn rein gar nichts von dem, was wir beizutragen hatten, passte irgendwie zu deren Aktenlage. Verstehst du, was ich dir damit sagen will? Bist du noch da, Rob? Hörst du mich?«

»Ja.«

Henry guckt mich aus weit aufgerissenen Augen an, ihr Mund formt stumme Worte, die ich nicht lesen kann.

»Wir wurden natürlich getrennt voneinander vernommen, denn Einzelbetreuung scheint denen wichtig zu sein. So viel Service geht dann doch. Trotzdem darf ich sagen, dass unsere Einlassungen offenbar ein gelungenes Gesamtbild ergaben. Im Ergebnis davon steht dann wohl – wie heißt es so schön? – Aussage gegen Aussage, und schwups war das nette Treffen mit der Polizei auch schon wieder vorbei. Aus alter Freundschaft zu dir habe ich davon abgesehen, dich wegen übler Nachrede anzuzeigen. Ich finde, wir beide sollten dieses Missverständnis doch lieber ganz unter uns ausräumen. Im engsten Freundeskreis sozusagen.«

»Hören Sie auf!«, ruft Henry plötzlich. »Hören Sie auf, uns zu bedrohen! Dieses Gespräch wird aufgezeichnet und wir werden alles, was Sie sagen, öffentlich machen.«

»Oh, wen höre ich denn da im Hintergrund?« Freds falsches Lächeln rinnt aus dem Smartphone auf die Matratze. »Frau Odukoya, wenn ich mich nicht irre? Wie schön, dass wir uns endlich einmal persönlich sprechen, nachdem ich schon so viel von Ihnen gehört habe. Ich weiß nicht, was an einem Telefonat unter alten Freunden für die Öffentlichkeit interessant wäre, aber meinetwegen dürfen Sie ruhig aufzeichnen, was Sie wollen. Wie man allgemein hört, sind Sie ja Expertin in Sachen Datensicherung.«

»Du Arschloch!«, bricht es aus mir raus. »Du elender Wichser!« Ich pack das Handy und halt es mir vor den Mund. »Du hast meine Schwester benutzt, du hast sie rumgedreht oder was auch immer, du hast sie als Spitzel auf mich angesetzt, meine eigene Schwester, das ist pervers, Mann.«

»Noch so ein Missverständnis«, sagt Fred gelassen. »Wenn hier einer umgedreht wurde, dann bist du es wohl. Was ich absolut bedaure, ganz ehrlich, du weißt es. Und Mel hat sich mir von allein anvertraut. Details lassen wir mal beiseite, denn ich nehme den Datenschutz ernst und deine Schwester ist minderjährig. Schließlich soll dieses Gespräch ja veröffentlicht werden, nicht wahr?« Er lacht. »Sofern das nicht einfach ein Bluff war, dass ihr das Gespräch aufzeichnet.«

Bluff. Das Wort ploppt in meinem Kopf auf, wie wenn da eine Sprungfeder eingebaut wär.

»Ja, vielleicht war das wirklich ein Bluff«, sag ich und bin jetzt ganz ruhig. »Vielleicht war es auch ein Bluff, dass wir keine weiteren Kopien von Emils Video haben.«

»Bitte?«

»Ja, Fred. Vielleicht hab ich ja Mel einfach nur verarscht. Überleg doch mal. Vielleicht haben wir dir damit 'ne Falle gestellt. Vielleicht wollten wir ja, dass du *denkst*, dass es keine weiteren Kopien gibt. Weil wir mal gucken wollten, zu was du fähig bist, wenn du sicher bist, dass dir keiner was kann. Vielleicht haben wir ja sogar gefilmt, wie ihr in Magnus' Büro eingebrochen seid? Nur so zum Beispiel. Verstehst du mich, Fred? Hörst du mich? Bist du noch dran, Fred?«

Stille.

Dann sagt er nur: »Wir sehen uns, Rob.«

Klick, ist er weg.

»Du bist der Hammer!«, jubelt Henry und fällt mir um den Hals. »Du bist ein verdammtes Genie! Der hat jetzt erst mal was zum Nachdenken.«

Plötzlich wechsel ich den Film. Eben war da noch Fred und die lauernde Gefahr in allen Ritzen der Welt und Henry bloß meine *Kollegin*, die da neben mir hockte und gebannt auf mein Handy starrte; und jetzt merk ich erst, dass wir ja beide halb nackt sind und sie plötzlich auf mir liegt und mich küsst und ich eine tierische Erektion habe und überhaupt nicht weiß, wohin ich meine Hände tun soll. Es klopft.

»'tschuldigung«, murmelt Isa und schiebt ihr schlaftrunkenes Gesicht durch den Türspalt.

Henry wirft eine Decke über uns.

»'tschuldigung«, wiederholt Isa, »das klang gerade so, als hättet ihr irgendwie wild diskutiert. Und ich dachte fast, ich hätte die Stimme von Kuschinski erkannt. Hattet ihr das Radio an?«

Sie guckt sich um. Hier in diesem Zimmer gibt es gar kein Radio.

Eine Viertelstunde später sitzen wir beim Frühstück. Mein erstes Frühstück seit – keine Ahnung wann; zu Hause frühstück ich nie und woanders erst recht nicht, also bis jetzt. Frühstück ist ja auch relativ, denn es wird gleich schon zwölf. Ich steck in meinen dreckigen Klamotten von gestern, aber immerhin hab ich schnell mal geduscht. Das Gefühl von Henrys Haut auf meiner – obwohl es nur ein ganz kurzer Augenblick war – ist trotzdem geblieben.

Madita und Thorbjörn sind auch da, anscheinend muss hier niemand mal zur Uni oder zur Arbeit oder was andere Leute eben den ganzen Tag so machen.

»Das ist so typisch«, schimpft Madita, »dass die Bullen diese Nazis einfach wieder laufen lassen.«

Mir war das ja eigentlich klar gewesen, aber das sag ich nicht.

Thorbjörn meint: »Henrys ursprünglicher Plan war doch, das Video in die Medien zu bringen. Jetzt gibt es zwar kein Video mehr, aber die Medien kannst du trotzdem informieren. Ihr könnt den Zeitungen doch einfach sagen, was ihr wisst und was ihr gesehen habt. Von wegen Aussage gegen Aussage – wenn die Polizei nichts unternimmt, müsst ihr euch halt an die Öffentlichkeit wenden.«

»Darauf wird niemand eingehen«, winkt Henry ab. »Die meisten Journalisten sind von dem penetranten Lügenpresse-Geschimpfe dermaßen verunsichert, dass sie ohne handfeste Beweise ganz sicher nichts darüber bringen.«

»Dann müssen wir denen einen Anlass bieten, es doch zu tun«, sagt Isa. »Irgendeine PR-wirksame Aktion.«

»Stimmt«, nickt Madita, »hatten wir ja eh vor. Morgen Vormittag halten sämtliche Parteien eine letzte Kundgebung ab, um ihre Wähler zu mobilisieren. Die DAP will sich in der Fußgängerzone versammeln, direkt vor dem Kaufhof. Und wir werden denen natürlich einen kleinen Besuch abstatten.«

»Irrtum«, sagt Thorbjörn und hält sein Handy hoch. »Den Kaufhof haben sie gecancelt und wollen ihr Propaganda-Ding lieber im Breslauer Block machen, wie schon ihre Mahnwachen die ganze Woche über. Kam heute schon in etlichen Foren. Da soll neben dieser Garage eine Bühne aufgebaut werden und so, die werden das groß aufziehen.«

Da fällt mir ein, wo ich Madita schon mal gesehen hab: bei mir im Block, bei Freds Antifans, die mit Trommeln und Trillerpfeifen seine Rede stören wollten. Madita guckt mich an, die anderen auch. Der Block ist wohl das Stichwort dafür, dass ich hier endlich auch was sagen soll.

Ich tipp mir mit dem Finger gegen die Stirn und sag: »Ihr denkt ja wohl nicht, ihr könnt euch wie Ninjas von oben auf die Bühne abseilen, Fred das Mikrofon aus der Hand reißen und der ganzen Menschenmasse erklären, was wirklich passiert ist?«

Alle gucken überrascht, dann nicken sie langsam.

»Bis gerade dachte ich das tatsächlich nicht«, grinst Henry und ihre Augen leuchten, »aber jetzt. Sagte ich schon, dass du ein Genie bist?«

»Na bitte«, sagt Madita.

»Stopp«, ruf ich. »Bullshit, das läuft nicht. Muss ich euch etwa erklären, was Ironie ist?«

»Nein, musst du nicht«, antwortet Madita. »Ironie ist das Mittel zum Aufdecken der Wahrheit. Hat Nietzsche gesagt. Oder Sartre. Oder Adorno, hab's vergessen. Vielleicht hab ich's auch einfach selber gesagt. Jedenfalls stimmt's.« Sie reibt sich in Vorfreude die Hände. »Lasst uns gleich mit der Planung beginnen.«

»Pah«, mach ich. »Das ist doch völlig hirnverbrannt. Ihr habt einfach zu viel gekifft.«

»Du musst es ja wissen«, knurrt Henry.

»Richtig«, knurr ich zurück.

Aber keiner beachtet mich weiter. Alle stehen auf und gehen an die Arbeit. Was immer sie dafür halten. Oh, fuck, ich bin hier echt von lebensmüden Irren umgeben.

58

FRED

Fred lehnt an einem Stehtisch vor Ibbis Café und blinzelt in die Herbstsonne. Meistens kann er sich gut auf seine Menschenkenntnis verlassen, aber bei Rob funktioniert das nicht. Er hätte sein Parteibuch darauf verwettet, dass Rob niemals freiwillig zur Polizei gehen würde. Und jetzt noch dieser Bluff mit den Kopien. Es ist doch ein Bluff, oder etwa nicht? Es muss einer sein. Ein Bluff zu behaupten, es sei ein Bluff gewesen. Ein Meta-Bluff sozusagen. Ein Fake-Fake. Wahrheit ist ein Spiel um Sichtweisen. Und in letzter Konsequenz ein Spiel um Ängste. Fred beherrscht es gut, aber es verselbstständigt sich. Plötzlich will Rob mitspielen. Jetzt ist es der kleine Junge aus Haus Nummer siebzehn, der denkt, er könne ihm, Fred, Angst machen. Aber wenn das Video tatsächlich noch existierte, müsste doch längst das Internet voll davon sein, auf allen Kanälen müsste es laufen. Spätestens nach Schädels und Nikos ebenso unbedachtem wie stümperhaftem und erfolglosem Versuch, Rob und das Mädchen fertigzumachen, hätten die beiden das Video veröffentlicht, wenn sie es wirklich noch hätten. Also haben sie es nicht. Richtig? Die Logik ist auf Freds Seite. Aber das diffuse Angstgefühl folgt nicht den Gesetzen der Logik. Er muss versuchen, es abzuschütteln.

Drinnen steht Ibbi mit dem Rücken zu ihm hinter dem Tresen und räumt Chipsdosen ins Regal. Sofern es wirklich keine Kopien gibt, ist der Alte da im Laden der Einzige, der sagen kann, was damals bei der Moschee passiert ist. Und der hat begriffen, dass es besser ist, die Klappe zu halten.

Im Viertelstundentakt kommen schwallweise Leute die Breslauer Straße herauf; immer dann, wenn unten die Straßenbahn angehalten hat. Es ist früher Nachmittag an einem Freitag, da haben viele schon zeitig Feierabend. Bisweilen streift ihn ein feindseliger Blick, aber viele andere grüßen ihn freundlich, winken, einer macht beinahe eine Art verklemmten Hitlergruß. Es hat sich herumgesprochen, dass die große Show morgen nicht irgendwo in der Innenstadt steigen wird, sondern genau hier. Im Block. Wo alles begonnen hat. Die Menschen fühlen sich dadurch geradezu aufgewertet.

Jedenfalls die meisten. Arzu Topal allerdings nicht. Die macht in diesem Augenblick einen großen Bogen um ihn und wirft ihm einen hasserfüllten Schulterblick zu. Zu Recht, denkt Fred und grinst. Noch ein anderes Mädchen nähert sich aus Richtung Bahnhaltestelle, trägt eine Schultasche über der Schulter und wedelt mit der Hand. Melanie Fuchs. Er winkt sie zu sich heran.

»Hey, Mel. Ich hörte, du hattest gestern einen interessanten Abend mit Uli?«

»Ja, interessant«, sagt sie. »Das war schon krass, irgendwie. Aber Uli hat mir versprochen, dass niemand dieser Henrietta oder ihren Eltern wirklich etwas tun wird. Stimmt doch, Fred, oder?«

Definiere *wirklich*, denkt Fred, aber das sagt er natürlich nicht, nickt nur beruhigend und erklärt: »Es war ein kleiner Streich, weiter nichts. Sicher haben die ihre Lektion jetzt gelernt. Aber wo wir uns gerade treffen – ich will noch mal auf das Telefonat deines Bruders zurückkommen, das du – wie gesagt, ganz ohne Absicht – belauscht hast. Sag, kann es vielleicht sein, dass er genau wusste, dass du ihn hörst?«

Mel wird blass.

»Du meinst, der hat das mit Absicht gemacht? Aber warum?«

Mist, denkt Fred. Jetzt hat er sie verunsichert.

»Ach nichts, schon gut. War bloß ein doofer Gedanke.«

»Also, ich bin mir ganz, ganz sicher, dass er das nicht wusste«, beteuert sie. »Ehrlich. Warum fragst du denn? Ist was passiert? Hast du ihn gesehen oder mit ihm gesprochen? Er war letzte Nacht nicht da, ich hab keine Ahnung, wo er steckt.«

»Ich auch nicht«, sagt Fred. Was ja stimmt. »Ich hatte keinen Kontakt zu ihm.« Was ja gelogen ist. »Also, wir sehen uns dann morgen, ja? Zu meiner Abschlusskundgebung um elf, gleich hier im Block.«

»Okaaay …«, sagt sie und zieht die zweite Silbe nach oben, dass es wie eine Frage klingt.

Aber dann löst sie sich und geht.

Genau so etwas darf nicht passieren!, schimpft Fred mit sich. Er hat sich verunsichern lassen und die Unsicherheit gleich wie einen Virus weitergereicht. Verunsicherung ist eine Pest, fast ein biologischer Kampfstoff: nützlich, um den Feind zu dezimieren, aber in den eigenen Reihen eine tödliche Gefahr. Bloß nicht auf den letzten Metern die Nerven verlieren, sagt er sich. Heute um vier rückt die Eventfirma an und baut die Bühne auf. Schädel und die Jungs werden dabei helfen und dann das Gerüst den Abend und die ganze Nacht über bewachen, damit nicht irgendwelche linken Vandalen sich daran zu schaffen machen. Morgen um elf wird er seine bislang wichtigste Rede halten, noch mal alles in die Waagschale werfen; und dann ist der Wahlkampf zu Ende. Keine vierundzwanzig Stunden später wird das Volk am Drücker sein. Und ihn endlich nach Berlin schicken, wenn die Vorsehung es will.

Der Schwall Ankömmlinge aus der letzten Bahn hat sich mittlerweile aufgelöst; die Leute haben sich in die unzähligen Gassen, Stichwege und Hauseingänge zerstreut. Bloß ein Typ mit langen Dreadlocks nicht. Er steht vor der Garage und fotografiert offenbar mit seinem Handy.

Da ist sie ja wieder, die Menschenkenntnis. Fred holt sein eigenes Smartphone heraus und macht ein paar Fotos von dem Typen.

59

MEL

Was sollte das? Mel kann die komische Frage von Fred überhaupt nicht einordnen. In ihrem Kopf ist Chaos. Schon seit gestern Abend. Und von Rob keine Spur. Die Landschaft aus totem Zeug, die mal sein Zimmer war, liegt unbetreten da. Und dieses Gefühl von Einsamkeit überkommt sie wieder. Sie wollte doch einfach nur dazugehören. Sie hat doch einfach nur etwas tun wollen. Hilfreich sein. *Mein fleißiges kleines Mädchen.* Wenn wenigstens Mama hier wäre. Die Stille dringt aus allen Ritzen und kriecht ihr unter die Haut. Sie ruft Rob an. Der drückt sie weg.

Sie ruft Marissa an.

»Hey, hast du Bock, heute Abend was zu unternehmen?«, fragt sie. »Ganz egal was, ich will bloß ein bisschen unter Leuten sein.«

»Ich geh auf 'ne Party«, sagt Marissa. »Ich nehm dich einfach mit.«

60

ROBIN

Das ganze Haus ist eine Werkstatt. Die pinseln oder sprayen Bilder und Slogans auf Schilder und Banner, schneiden Flugblätter zurecht; außer mir ist hier jeder voll überzeugt, dass diese Aktion was bringt. Als ob die Fred-Fans sich von so Leuten was sagen lassen würden. Wenn Fred auf der Bühne stehen und sagen würd: *Hey, Volk, die Erde ist eine Gurke und der Himmel ist braun, dann würden alle nur blöd rumglotzen und sich denken: Na, okay, wenn der das sagt, muss es stimmen.* Da könnte Madita oder sonst wer tausendmal die Bühne entern und das Gegenteil behaupten. Tatsachen sind Freds *Volk* doch so was von wurst. Am Ende gibt's nur blutige Nasen. Bestenfalls.

Aber es hat gar keinen Sinn, mit irgendwem hier drüber zu diskutieren. Die sind alle viel zu beschäftigt. Vor allem wird viel telefoniert. Isa telefoniert mit einem gewissen Nathan, Henry mit Magnus' Frau Marie und Madita mit Leuten aus dem ganzen Land, so hört sich das jedenfalls an. Bloß ich hab keinen zum Anrufen. Dafür meldet sich Mel. Aber ich drück sie weg und versuch, mich irgendwie nützlich zu machen. Basteln ist doch zumindest was, das ich kann.

Zwischendurch krieg ich mit, dass Henry heftig mit Madita diskutiert.

»Keine Waffen«, hör ich sie sagen. »Das schließt Farbbeutel mit ein.«

Isa grinst und raunt mir zu: »Das hier ist wohl 'n bisschen heftig für Henry. Eigentlich ist sie viel zu konservativ für so eine Aktion, weißt du?«

»Aha«, mach ich bloß.

Irgendwann sammeln sich alle wieder in der Küche von Madita und Isa. Es ist genausovoll wie letzte Nacht und etliche Leute klopfen mir anerkennend auf die Schulter wegen meiner geilen Idee, für die ich mich inzwischen hundertmal verflucht hab. Thorbjörn zeigt sein Handy rum und darauf Bilder aus meinem Block. Von der Garage, vom Spielplatz, von der riesigen Hausfassade dahinter mit ihren tausend Fenstern und Balkonen.

»Na, ganz so doof sind die leider nicht«, sagt einer, »die werden sich denken können, dass der Spielplatz für alle möglichen Aktionen geeignet ist. Kuschinskis Schläger werden zweifellos aufpassen, dass keine ungebetenen Gäste dort hochkommen.«

»Und selbst wenn wir es trotzdem schaffen«, meint Thorbjörn. »Ein Seil ans Geländer zu knoten ist erstens zu auffällig und kostet zweitens viel zu viel Zeit.«

»Wir brauchen kein Seil«, widerspricht Henry. »Wenn wir es nach oben schaffen und bis zum Geländer kommen, springen wir einfach runter auf die Bühne.« Sie stupst mich an. »Wir haben das schon mal getan.«

»Wir beide sollen das machen?«, frag ich erschrocken.

»Klar, wer sonst?« Sie guckt in die Runde. »Ihr anderen könnt ja ruhig mit nach oben auf den Spielplatz kommen und uns den Rücken freihalten. Aber Robin und ich müssen auf die Bühne und sprechen. Und wir müssen uns unsere Worte vorher gut überlegen. Das wird keine lange Rede, eher was im Twitter-Format. Denn wir wissen ja nicht, wie viel Zeit uns bleibt, bevor irgendwelche Ordner oder die Polizei uns von der Bühne holen.«

»Vergiss es«, ruf ich. »Das ist Selbstmord. Macht das ohne mich.«

»Quatsch«, sagt Henry. »Wir schaffen das. Aber nur zusammen« Sie verschränkt die Arme. »Ohne dich zieh ich das nicht durch.«

Da ist plötzlich Stille am Tisch.

Bis Thorbjörn sich räuspert und sagt: »Vielleicht sollten wir Robin wirklich aus der Sache raushalten. Das wird eine politische Aktion. Also nehmen wir besser jemanden mit politischer Erfahrung.«

»Was soll das heißen?«, fragt Henry scharf.

»Dass es keinen Zweck hat«, antwortet Thorbjörn, »Menschen für so etwas einzuspannen, die tendenziell eher unpolitisch sind.«

»Was du da sagst«, knurrt Madita, »ist klassistische Kackscheiße. Wie immer, wenn Szene-Externe ihre Inhalte anders darstellen als du …«

Sie redet noch weiter, aber ich schnall nichts davon. *Kackscheiße* war das einzige Wort, das ich verstanden habe. Vermutlich halten mich hier alle für einen Deppen. Bin ich ja auch. Der Typ aus dem Ghetto, der nicht mal die zehnte Klasse zu Ende gebracht hat. Ich werd wütend. Und eigentlich wär jetzt endlich der Punkt, an dem ich wirklich abhauen sollte. Die diskutieren hier eh über meinen Kopf hinweg, als wär ich längst schon weg. Was will ich noch hier?

Plötzlich seh ich Fred vor mir. *Ich dachte immer, du hast was drauf,* hat er gesagt. *Du hast doch Talente.* Er grinst mich an, blinzelt mir kumpelhaft zu. *Du musst einfach nur endlich mal checken, wer deine Leute sind und wo du hingehörst.*

Kann schon sein, dass ich nicht hierhergehöre. Aber zu ihm gehöre ich erst recht nicht. Am besten sag ich's ihm einfach mal persönlich. Es wär idiotisch, es wär Bullshit, es wär das Dümmste, was ich je gemacht hab. Vielleicht wird es sogar das *Letzte,* was ich jemals mach. Aber vor allem das Beste. Ja, genau. Das Beste.

»Ich mach es!«, ruf ich und bin aufgesprungen. »Ich geh auf die fucking Bühne und schrei allen Leuten meine Meinung ins Gesicht. Mir ist scheißegal, ob euch das dann politisch genug ist oder nicht.«

Wieder Stille.

»Na bitte«, sagt Madita leise.

Und noch leiser murmelt Thorbjörn: »Entschuldigung, Mann.«

Er meint mich. Ich nick ihm bloß zu. Hab ich gerade mein Todesurteil unterzeichnet? Kann sein. Aber vor allem hab ich dem arroganten Affen da das Maul gestopft. Vielleicht ist es das wert.

»Gut …« Jetzt klingt er versöhnlich. »Lasst uns mal ein Blick auf die Technik werfen. Ich hab gesehen, was die Eventfirma da auffährt. Sie werden ein großes Mischpult hinstellen. Da müssten wir drankommen. In dem Moment, wo ihr beiden auf die Bühne springt, drehen wir dem Kuschinski den Ton ab. Euch geben wir ein Megafon mit, damit man euch verstehen kann. Und ihr könnt eure Message abgeben, während Kuschinski sich noch fragt, ob sein Akku leer ist.«

»Womit wir wieder am Anfang der Diskussion wären«, stellt Isa fest. »Nämlich bei dem Problem, wie ihr überhaupt dort raufkommt.«

»Ich dachte, ihr wärt alle so kampferfahren?«, brumm ich.

Anscheinend will ich Thorbjörn doch noch einen reindrücken.

An seiner Stelle sagt Madita: »Sind wir. Aber wenn wir die angreifen, gibt es schon Stress, bevor unsere eigentliche Aktion überhaupt beginnt. Im schlimmsten Fall kesseln uns dann die Bullen ein. Bis zu dem Zeitpunkt, wo ihr von oben auf die Bühne springt, muss alles ganz harmlos und unverdächtig aussehen. Was danach passiert … sehen wir ja dann.«

»Und wenn wir sie ablenken?«, fragt Henry. »Wenn wir die irgendwie vom Spielplatz oder zumindest von dem Treppenaufgang weglocken könnten? Indem wir an einer anderen Stelle etwas inszenieren, wo die Rechten denken, dass die eingreifen müssen …?«

»Hm«, machen alle im Chor. Alle außer mir.

»Ein Hammer wäre ja«, sagt Thorbjörn und zeigt noch mal ein Foto von der Hausfassade über dem Spielplatz, »wenn da plötzlich ein Banner von einem dieser Balkone flattern würde. Stellt euch vor, mitten in Kuschinskis Rede entrollt da oben jemand ein riesiges Tuch. Da steht zum Beispiel drauf: *Wir wissen, was du letztes Jahr am 17. März getan hast.* Oder so. Und wenn die Typen das sehen, werden sie ausschwärmen und die Wohnung suchen, die zu dem Balkon gehört. Und genau das wäre dann unsere Chance.«

»Coole Idee, an sich«, meint eine Frau, die an der Tür lehnt. »Hat bloß zwei Haken. Erstens müssten wir irgendjemanden finden, der dort lebt und uns seinen Balkon zur Verfügung stellt. Zweitens müsste dieser Jemand genug Courage haben, mit dieser Aktion den Hass der Rechten auf sich zu ziehen.«

»Oder einen verdammt guten anderen Grund«, hör ich mich plötzlich sagen. »Zum Beispiel, den eigenen Bruder aus dem Knast zu holen.«

Ich seh lauter Fragezeichen in den Gesichtern ringsum, nur in Henrys nicht.

»Die Schwester von Hakan Topal«, sagt sie.

Da ist mir also doch noch jemand eingefallen, den ich anrufen kann.

61

MEL

Es tut gut, unter Leute zu gehen. Den ganzen Nachmittag ist Mel rastlos durch die leere Wohnung getigert. Fernsehen oder Facebook, Snapchat oder Instagram, alles hat nur genervt, anstatt die Einsamkeit zu vertreiben. Echte analoge Menschen sind da genau das Richtige. Ein Freund von Marissas älterem Bruder veranstaltet eine Hausparty. Luke oder Lukas oder so, egal, die meisten Gäste scheinen eh ohne persönliche Einladung gekommen zu sein. Es gibt Gin Tonic und tanzbare Musik, sogar etwas zu essen und ein paar nette Gesprächspartner.

Finn ist sicher schon achtzehn oder neunzehn, ein smarter Typ, vielleicht ein bisschen zu sehr von sich überzeugt. Aber welche Jungs in dem Alter, die keine Loser sind, sind das nicht? Mel hätte gern noch länger mit ihm über *Game of Thrones* reden mögen, doch Marissa hat das Stichwort genutzt, um auf Politik zu schwenken.

Irgendwann unterbricht Finn ihre schwärmerischen Ausführungen über Fred und die DAP und sagt: »Ich versteh ein bisschen, was du meinst, aber ich kann die nicht wählen. Die sind mir echt zu weit rechts. Ich glaub, die wären auch nie so stark geworden, wenn uns die alten linken Eliten nicht seit Jahren mit ihrer Political Correctness terrorisieren würden. Dass wir weniger Fleisch essen sollen, weniger Auto fahren sollen. Dass Schwule sich heiraten und Frauen immer und überall gleichgestellt werden sollen. Und vor allem natürlich die ganzen Flüchtlinge. Ich find schon okay, wenn die Erfolge der DAP dazu führen, dass alle wieder ein bisschen zur Vernunft kommen.«

»Moment«, hakt Mel ein, »was meintest du zu den Frauen?«

»Na, seien wir doch mal ehrlich.« Er lächelt die beiden charmant an. »In Wahrheit wollen Frauen doch vor allem ein hübsches Heim, ein paar süße Kinder und mit ihren Freundinnen shoppen gehen. Und Männer wollen halt Karriere machen und sich geile Karren kaufen. Hat die Natur so eingerichtet, da kann mir keiner was anderes erzählen. Aber in der Schule treiben sie uns Männern die Männlichkeit mit aller Macht aus. Das muss mal aufhören.«

»Soso«, brummt Mel. *Mein fleißiges kleines Mädchen,* geht es ihr durch den Kopf. Sie wendet sich ab. Wenn dieser Pavian sich hier einen auf seine Männlichkeit runterholt, muss sie ihm ja nicht auch noch zuhören. Am besten sucht der sich eine Frau wie Tatjana, die ihrem liebsten Gatten Nikolaj den Arsch nachträgt, immer brav lächelt und die Klappe hält.

Auch Marissa runzelt kurz die Stirn. Aber dann zuckt sie mit den Achseln und sagt: »Falls du trotzdem interessiert bist – morgen macht die DAP im Breslauer Block ein großes Event. Wir beide werden auf jeden Fall da sein, nicht wahr, Mel?«

»Jep«, sagt Mel. »Entschuldigt mich, ich hol mir noch was vom Buffet.«

62

ROBIN Wir sind im Dunkeln von hinten her an den Block rangefahren, wo es eine kleine Zufahrt zum letzten Innenhof gibt. Es ist kurz nach elf. Madita parkt den steinalten Bully vor der Hofeinfahrt, Thorbjörn sitzt neben ihr und sagt in sein Smartphone: »Wir sind da.«

Henry und ich sitzen auf der Rückbank und hören Isas Stimme aus dem Handy: »Okay. Ich steh jetzt unter dem Pavillon des Cafés. Die beiden Typen von gestern hängen mit drei anderen vor der Bühne rum und trinken. Oh Mann – ich hoffe, die erkennen mich nicht wieder.«

»Bleib einfach auf Abstand«, sagt Thorbjörn. »Und sag uns sofort Bescheid, wenn sich einer von denen wegbewegt, ja?«

Madita nimmt ihm das Handy aus der Hand und sagt: »Hey, keine Sorge, Isa. Dass wir hier sind, ist so ziemlich das Allerletzte, was die sich in ihrer beschränkten Fantasie vorstellen können.«

Henry und ich tauschen einen Blick. Wir haben seit gestern Abend kein Wort mehr über Schädel und Nikolaj gesprochen, und über den Baseballschläger mit dem Stacheldraht. Aber ich hab diese Waffe ständig vor Augen. Henry auch, das weiß ich, das muss die mir gar nicht sagen.

Wir steigen aus, hieven den gigantischen Pappkarton aus dem Bus und machen uns auf den Weg zu Arzus Haus. Am Telefon hat sie ziemlich skeptisch geklungen.

»Die sehen doch sofort, dass das unsere Wohnung ist«, hat sie gesagt. »Die kommen rauf zu uns und treten uns die Tür ein, wie es die Polizisten am Montag schon fast getan hätten, als sie Hakan abgeholt haben.«

»Wenn du willst, dass Hakan selber noch mal durch diese Tür kommt«, hab ich ihr geantwortet, »dann musst du uns helfen. Vielleicht kriegen wir Fred und seine Leute doch noch in den Knast. Dann würde dein Bruder garantiert freikommen.«

»Oh Mann«, hat sie geseufzt. »Na gut, ich spreche mit meinen Eltern.«

Als sie uns jetzt die besagte Tür öffnet, guckt sie ziemlich sorgenvoll auf das Paket in unseren Händen.

»Da ist das drin?«, fragt sie misstrauisch. »Das sieht so schwer aus. Wie groß ist das denn überhaupt?«

»Mittelgroß, aber verdammt schwer«, sagt Madita. »Eine Lkw-Plane. Weil wir das Ding am unteren Ende nicht befestigen können, muss es schwer sein, damit es nicht im Wind flattert.«

Arzus Vater erscheint neben ihr an der Tür. Er guckt noch viel sorgenvoller als seine Tochter.

»Ich weiß nicht, ich weiß nicht«, murmelt er.

»Lass die Leute herein«, ruft Arzus Mutter von hinten. »Aber bitte Schuhe ausziehen. Arzu, mach Tee für unsere Gäste.«

Also ziehen wir die Schuhe aus. Madita, Thorbjörn und Henry stellen sich artig bei Arzu und ihren Eltern vor, dann schleppen wir die Kiste in die Wohnung, packen das riesige gefaltete Banner aus und tragen es durch die geöffnete Balkontür nach draußen. Das ist der sechste Stock. Tief unter uns liegt der Spielplatz mit dem abgesperrten Klettergerüst im Schatten. Vor der Garage ist eine breite Bühne aufgebaut. Schädel und seine Kumpel sitzen am Rand, Bierflaschen in Händen, und gucken durch die Gegend. Natürlich nicht nach hinten oder nach oben.

»Wie winzig die von hier oben aussehen«, sagt Henry neben mir. »Und wie harmlos. Kaum zu fassen, dass sie uns gestern beinahe …«

Ich seh, dass sie fröstelt. Mir ist auch kalt. Liegt sicher am Wind hier oben. Also an die Arbeit. Erst entfalten wir das Banner, dann rollen wir es der Länge nach zusammen. Der Balkon dürfte echt keinen Zentimeter kürzer sein. Am Rand dieser Lkw-Plane sind metallene Ösen, da ziehen wir Taue durch, und die binden wir dann auf der gesamten Länge am Geländer fest. Morgen muss man die ganze Rolle einfach nur zu zweit oder zu dritt anheben und übers Geländer kippen, dann entrollt sich das Banner.

»Ich weiß nicht, ich weiß nicht«, wiederholt Arzus Vater.

»Ich doch auch nicht«, sagt ihre Mutter. »Aber wenn es hilft, unseren Sohn zurückzubringen, müssen wir es versuchen.« Sie guckt entschlossen zu ihrem Mann, dann zu uns. »Außerdem ist es gut, sich gegen die Nazis zu wehren.« Arzus Vater zuckt bei dem letzten Satz richtig zusammen. Vielleicht will er was dagegen sagen, aber er schluckt es runter, denn seine Frau scheint absolut entschieden zu sein.

Arzu bringt ein Tablett mit kleinen, dampfenden Teegläsern. Dabei lässt sie Henry nicht aus den Augen. Ich krieg so was wie ein schlechtes Gewissen. Als ob ich Arzu mit ihr betrügen würd. Dabei ist das Bullshit, erstens sind wir seit über einem Jahr nicht mehr zusammen, Arzu und ich; zweitens läuft doch da gar nicht wirklich was mit Henry und mir. Okay, wir haben uns geküsst. Wir haben die Nacht zusammen verbracht, aber da ist ja nichts passiert. Trotzdem kommt mir das so vor. Jetzt, wo ich Arzu seh, merk ich erst, wie weit ich mich von ihr entfernt hab. Von ihr und vom ganzen Block. Als wär ich seit ewig schon weggezogen. Wohin, weiß ich selber noch nicht.

»Morgen gegen zehn«, erklärt Madita, »werden vier von unseren Freunden zu Ihnen kommen. Die lassen das Banner runter, Sie brauchen sich nicht darum kümmern. Und unsere Freunde werden auch bei Ihnen sein, falls tatsächlich welche von den Rechten hier oben auftauchen sollten. Was ich aber nicht glaube. Denn sobald unsere eigene Show losgeht, wird es da unten einen ordentlichen Tumult geben.«

»Es bedeutet uns wirklich viel, dass Sie uns helfen«, sagt Henry. »Sie nehmen einiges auf sich. Vielen, vielen Dank dafür.«

»Stimmt«, erwidert Arzu und guckt Henry fest in die Augen. »Mehr, als du denkst.«

»Wir danken Ihnen auch«, sagt Arzus Mutter.

Als wir uns verabschieden, geh ich als Letzter aus der Wohnung. Arzu fasst mich kurz an der Schulter und sagt: »Das ist total komisch, dich mit diesen Leuten zu sehen. Aber irgendwie passt es auch.«

»Du meinst Henry?«, frag ich.

»Ja. Aber auch die beiden andern.« Sie guckt traurig. »Ich hab dich noch nie mit Leuten gesehen, weißt du? Immer nur allein. Oder mit meinem Bruder. Oder Fred Kuschinski. Aber wie es aussieht, hast du Freunde gefunden.«

»Ach, ich weiß nicht«, sag ich. »Das kam eher unerwartet, all das, und … hm, keine Ahnung.«

»Mach was daraus«, sagt Arzu. »Okay?«

»Ja, okay«, sag ich und drück ihr einen schnellen Kuss auf die Wange.

Die anderen warten schon im Aufzug. Thorbjörn hält mir die Tür auf und ich husch rein.

Während wir nach unten fahren, guckt Madita mich schräg an und sagt: »Denk nicht mal dran.«

»Wodran? Nach Hause zu gehen?«

»Genau. Du bleibst erst mal bei uns.«

»Ich bin doch nicht deine fucking Geisel.«

»Doch, wenn dir dein fucking Arsch lieb ist, dann bist du das erst mal. Morgen sehen wir dann, wie sich die Dinge entwickeln. Zur Not können wir dich auch langfristig irgendwo unterbringen, wo dich keiner findet.«

»Bullshit«, sag ich.

»Du wärst echt nicht der Erste«, meint Thorbjörn.

»Schon gut«, sag ich. »Aber ich hol kurz ein paar frische Klamotten von mir. Und – nein, ihr kommt nicht alle mit.«

Ich will einfach nicht, dass die anderen sehen, wie ich wohne. Doch das ist es nicht allein. Ich hab auf einmal das Gefühl, ich würd mich von was verabschieden. Und dazu brauch ich keine Babysitter. Madita protestiert natürlich und am Ende einigen wir uns, dass sie und Thorbjörn uns bis vor die Haustür begleiten. Nur Henry nehm ich mit nach oben in die Wohnung.

»Irgendwas hat sich hier verändert«, sagt sie mit großen Augen, als wir mein verwüstetes Zimmer betreten. »Neue Vorhänge oder so was?«

»Nee, Glühbirne gewechselt«, geb ich zurück.

Von wegen Ironie und Wahrheit und so.

»Du bist wirklich krass«, meint sie und mustert die Trümmerteile. »Total irre bist du.«

»Heute Morgen hast du mich noch ein Genie genannt. Oder dass ich der Hammer bin.«

»Wahrscheinlich ist das alles dasselbe. Nach einem Hammer sieht es hier ja wirklich aus. Wann war das, dass du so ausgerastet bist? Nachdem ich gestern gegangen war?«

»Ja, aber bild dir nix drauf ein. War nicht wegen dir gewesen.«

»Ehrlich gesagt beruhigt es mich sehr, das zu hören.«

Sie geht in die Hocke, hebt einzelne Trümmerteile auf und betrachtet sie andächtig. Ich hab mir einen Rucksack geschnappt und stopf auf die Schnelle ein paar Shorts und Socken rein, T-Shirts, 'ne Hose; guck zögernd die Winterjacke an. Ob ich wirklich jetzt geh, einfach so? Für wie lang und wohin? Und wo steckt eigentlich Mel?

»Kannst du ihm vergeben?«, fragt Henry und steht wieder auf.

»Hä? Wem?«

»Deinem Vater.«

»Pfff«, mach ich nur. Hab hier und jetzt echt keinen Bock auf Psychogelaber.

Ein Schlüssel dreht sich im Schloss von der Wohnungstür. Mel kommt rein. Fast genau dieselbe Szene wie gestern. Nur ist Mels Blick diesmal ganz anders. Kein Zorn mehr, kein Feuer. Müde sieht die aus. Guckt auf meinen Rucksack und fragt nur: »Gehst du?«

Voll läpsch, die Frage, und zugleich die Frage aller Fragen.

»Ja«, sag ich. »Also … für jetzt. Für heute. Für … ich weiß auch nicht.«

Ich guck zur Seite. Mel guckt Henry an.

»Es war auch dein Büro, richtig?«, fragt sie. »Wo es gebrannt hat.«

»Jep«, nickt Henry.

»Ich würd dir gern sagen, dass ich es bereue. Aber ich weiß gar nicht … Ich will nur sagen, dass es nichts Persönliches ist. Ich hab nichts gegen dich, ich kenn dich ja gar nicht. Es geht um … größere Dinge, das sucht man sich ja nicht aus.«

Ich sollte vielleicht was sagen, aber mein Hals ist voller rostiger Nägel.

Henry sagt mit eisiger Stimme: »Das glaube ich dir. Die SS-Leute, die an der Rampe in Auschwitz selektiert haben, hatten sicher auch nichts Persönliches gegen die Menschen, die sie ins Gas schickten. Denen ging es auch um Größeres.«

»Das kannst du doch nicht vergleichen!«, stößt Mel hervor.

»Nee. Am Anfang nie«, sagt Henry.

»Wir gehen jetzt«, sag ich. Mein Hals ist plötzlich wieder frei. Aber die Nägel haben einen fiesen Nachgeschmack. »Du kannst ja Fred anrufen und ihm erzählen, dass wir im Block sind. Vielleicht sind seine Jungs auf Zack und kriegen uns diesmal.«

»Rob … bitte …« Da sind jetzt Tränen in Mels Augen. »Ich möchte doch nicht, dass wir Feinde sind.«

Freds Worte.

»Das entscheidest du allein«, sag ich, werf mir den Rucksack auf den Rücken und nehm Henrys Hand. »Komm, wir ziehen ab. Tschüss, Mel.«

63

MEL

Mel zählt mit zusammengebissenen Zähnen bis zwanzig, so lange unterdrückt sie den Heulkrampf. Sie will nicht, dass die beiden es hören können. Sie starrt auf die Wohnungstür und lauscht auf das gedämpfte Geräusch des Aufzugs, der nach unten fährt. Bei achtzehn bricht es aus ihr heraus. Sie heult und weint und schluchzt, als könnte sie nie wieder aufhören. Doch irgendwann versiegen die Tränen und lassen trocken-heiße Augen zurück und ein Ziehen im Hals. Mel schließt die Tür zu Robs Zimmer und holt das Handy aus ihrer Tasche. Sie ruft Freds Nummer auf. Lange kreist ihr Daumen über seinem Namen in der Kontaktliste. Nein, sie wird Rob nicht verpfeifen, nicht zweimal. Aber sie könnte, wenn sie wollte. Das Gefühl jagt ihr einen Schauer über den Rücken. Ob die beiden eigentlich ein Paar sind? Rob und Henrietta? Bedroht dieses Mädchen Mels Identität, wie Uli gesagt hat? Was *ist* eigentlich ihre Identität? Und warum muss sie ausgerechnet jetzt an diesen Idioten von vorhin denken? Finn. So unreif wie alle Jungs in dem Alter, Rob eingeschlossen. Gott sei Dank ist Fred ganz anders. Ist er doch, oder? Warum taucht diese dämliche Tatjana wieder vor ihrem inneren Auge auf? Klar hält Mel nichts von dem ganzen Feminismus-Gelaber. Aber so ein Hausmütterchen möchte sie niemals werden. Schließlich hat Fred sie *furchtlos* genannt. Und gesagt, dass er Mädchen von ihrer Sorte *gut gebrauchen kann*. Kleines, fleißiges Mädchen. *Freds* fleißiges Mädchen.

Sie wischt die letzten Tränen von ihrer Wange, scrollt in der Kontaktliste weiter nach unten und wählt eine andere Nummer.

»Mama? Ich bin's. Hab ich dich geweckt?«

»Ach wo. Du weißt doch, dass ich ein Nachtmensch bin. Aber warum rufst du an? Ist was passiert?«

»Ähm, nein. Ich wollte bloß mal deine Stimme hören.« Sie schluckt. »Und dir sagen, dass es uns allen gut geht. Also Rob und mir. Ich dachte, du freust dich, das zu hören. Wir … verstehen uns blendend, kommen richtig gut miteinander aus. Ja … also. Das wollte ich bloß sagen.«

Keine Antwort.

»Mama?«

»Mel, Schatz … hör zu, ich hätte euch nicht alleinlassen dürfen. Ich brech die Kur ab. Ich komm morgen nach Haus.«

64

ROBIN

Ich muss an Weingart denken, den Bewährungshelfer. Der mein Potenzial analysieren lassen will. Der würd sicher Augen machen, wenn er wüsste, was ich vorhab. Dass ich *überhaupt* was vorhab. Zum ersten Mal seit ewig geh ich ins Bett mit einem richtigen Plan für den folgenden Tag. Der Plan ist vollkommen verrückt, lebensgefährlich, hirnrissig. Aber ich hab keine Angst. Es ist wie damals auf dem Dach, als Hakan das Messer zückte. Als wär ich längst schon vom Hochhaus gesprungen. Ich bin im freien Fall mit ihr, Henry und ich in den Wolken zwischen den Decken und Kissen auf Maditas Matratze. Sie ist ein super Kumpel. Eine super Kollegin. Wir sind ein super Team. Sonst noch was? Ein Paar vielleicht … weiß nicht, ist doch auch nicht wichtig. Nicht für den Augenblick.

Ich reib meine Nase an ihrem Hals, dann flüster ich in ihr Ohr: »Weißt du eigentlich, dass du absolut cool bist?«

»Ja«, flüstert sie zurück. »Du aber auch. Du bist die coolste lesbische, muslimische Veganerin, die ich je getroffen habe.«

SAMSTAG

65

FRED

Ein sonnig-frischer Herbstmorgen. Am Rand der Bühne hat Fred die Jungs um sich versammelt. Der harte Kern, die alten Weggefährten. Später wird es eine offizielle Besprechung geben, dazu erwartet er die Mitglieder des Kreisvorstands und weitere Parteifreunde, viele Helfer und die Leute von der Veranstaltungstechnik. Und natürlich die offiziellen Ordner, die in eigens bestellten Warnwesten die Bühne gegen jedweden Unfug sichern werden. Das hier aber jetzt in der Frühe, das ist eine *inoffizielle* Besprechung mit den *inoffiziellen* Ordnern.

»Ein langer Wahlkampf geht nun zu Ende«, sagt Fred leise, aber mit dem gebührenden Pathos. »Ich weiß, Kameraden, dass ihr euch manchmal verbiegen musstet. Und dass manche von euch im Verborgenen den einen oder anderen schmutzigen Job erledigen mussten, um mir den Rücken freizuhalten. Für keinen von uns war das einfach. Aber dies durchgehalten zu haben und dabei – abgesehen von menschlichen Ausnahmeschwächen – anständig geblieben zu sein, das hat uns hart gemacht und ist ein niemals geschriebenes und niemals zu schreibendes Ruhmesblatt unserer Geschichte. Unser morgiger Wahlerfolg wird groß sein, aber am heutigen Tag müssen wir ein letztes Mal alles geben. Das bedeutet für euch, wie ihr es in den letzten Wochen gewohnt wart: Zurückhaltung, solange alles läuft; aber kompromisslosen Einsatz, sobald es nötig ist. Vor allem der Spielplatz ist unsere Schwachstelle. Ich will da oben keine Chaoten oder sonstigen Gutmenschen, klar? Und haltet die Augen nach der versifften Zecke mit den Dreadlocks offen, die gestern hier herumgeschlichen ist. Ein Foto von dem Kerl hab ich euch über WhatsApp geschickt.«

»Geht klar«, sagt Schädel und schielt auf seine längliche Sporttasche, die dort hinten bereitliegt.

Fred ahnt, was Schädel da mit sich herumträgt; er kennt den Baseballschläger mit dem Stacheldraht am dickeren Ende und weiß, wie gern sein treuer Gefolgsmann dieses Gerät auspacken und tanzen lassen würde. Nachdem es schon vorgestern Nacht nicht dazu gekommen ist. Vor seinem inneren Auge sieht er plötzlich ein Handgemenge – wie Demonstranten versuchen, die Veranstaltung zu kippen, wie Schädel seinen Schläger auspackt, wie die Polizei eingreift. Wie einer der Beamten eine Waffe zieht … Ja, wäre dieser sonnige Vormittag hier im Block nicht wie geschaffen als Kulisse für einen Schuss? Eine plötzliche Ahnung weht ihn an, kalt und ungeheuerlich, als sei es völlig plausibel, dass nicht alle den heutigen Tag überleben werden. Und hat Schädel nicht eh gesagt, dass er sich opfern will?

66

ROBIN

Ich bin ein Fremder in meinem Block. Ein Besucher von irgendwo aus der Stadt oder auch von weiter her, wie Hunderte von anderen um mich herum. Ein Meer aus Köpfen und Fahnen. Die sind alle hier, um Fred zu sehen. Nicht mich und Henry. Und natürlich ahnen die nichts, starren mich nicht an und zeigen nicht mit den Fingern auf mich: *He, Achtung, da ist Robin Fuchs, haltet ihn auf!* Mel seh ich nirgends, aber das heißt nicht, dass sie nicht hier ist, denn da sind einfach viel zu viele Leute; und ich muss mich darauf konzentrieren, Henry im Blick zu behalten.

Wir haben uns alle einzeln unter die Menge gemischt, auch Madita und Isa, Thorbjörn und all die anderen, sie haben sich ganz unauffällige Klamotten angezogen und sind eingetaucht in das *Volk*. Dafür ist die offizielle Gegendemo heute ein bisschen leiser als sonst, aber auch nicht gerade klein. Dort stehen diesmal zwar weniger Antifa-Leute, dafür aber viele Normalos. Marie Belling hat einen ziemlichen Haufen Menschen auf die Beine gebracht. Sie tragen Banner, auf denen was von Gewerkschaften steht oder katholischer Jugend oder *Queer gegen rechts* und anderes.

Zwischen ihnen und dem Heer der Fred-Fans stehen Cops in einer langen Reihe. Die scheinen das Ding hier sehr ernst zu nehmen, denn anders als bei den Abendshows, die Fred bislang veranstaltet hat, sind locker fünfzig Nasen in Uniform hier, vielleicht auch mehr. Eine von denen kenn ich sogar: Filiz Yeter, die hier im Block aufgewachsen ist. Und ab und zu hier ihre Runden dreht.

Sie steht mitten in der Menge, nah an der Bühne. Dort oben müht sich gerade eine kleine Band ab. Klingt wie eine Mischung aus Rap und Volksmusik. Vor der Bühne stehen breite Kanten mit rasierten Schläfen und bösen Blicken, tragen grelle Warnwesten und werden zweifellos jeden töten, der auf die Bühne will, ohne im Programmflyer zu stehen. Es ist doch total absurd, was wir hier vorhaben, denk ich.

Absurd ist aber auch die Partystimmung. Ein Clown verteilt Luftballons, Kinder können sich schwarz-rot-gold schminken lassen, es gibt Muffins und Kaffee an Buden, die irgendwer über Nacht hier aufgebaut hat. Ibbis Stehcafé ist geschlossen. Hab ich auch noch nicht erlebt, dass der an einem Samstagmorgen nicht geöffnet hat. Ich seh ihn mit finsterem Gesicht am Rand stehen. Schräg rechts von der Bühne, hinter dem Altglascontainer, ist wohl der Backstage-Bereich. Jedenfalls ein kleiner Pavillon, wo Fred mit ein paar Schlips-und-Anzug-Typen an einem Stehtisch lehnt. Sicher seine Partei-Buddys. Auf der anderen Seite, neben der Garageneinfahrt, liegt der Treppenaufgang zum Spielplatz. Da stehen Schädel und Nikolaj und ein paar andere von denen. Sie scannen die Menge und sprechen ab und zu in Walkie-Talkies. Sie sollen natürlich ganz allgemein aufpassen, aber mir kommt das so vor, als würden die ganz allein mich suchen. Ich hab mir übrigens eine dicke schwarze Häkelmütze geliehen, die ich so tief wie möglich über die Stirn runterzieh. In meinem Rucksack ist ein Megafon. Tierisch laut, ich hab es zu Hause ausprobiert. Zu Hause? Bullshit. Ich mein natürlich im Haus von Madita und denen allen. Ich werd es auspacken, wenn ich erst mal oben bin. Oben an dieser Brüstung stehen bis jetzt nur ein paar Leute, die wohl auch zu Freds Partei gehören, so von den Klamotten her, als wär das eine VIP-Tribüne.

Vom Geländer runter hängt ein breites blaues Transparent; es bildet zugleich den Hintergrund für die Bühne. *Aus dem Volk, mit dem Volk, für das Volk*, steht darauf, *denn es gibt eine Alternative: Frederik Kuschinski.*

Ich leg den Kopf in den Nacken und guck hoch, an den unendlichen Balkonreihen vorbei, bis ich den von Arzu seh. Eine Million Sachen können schiefgehen bei unserem durchgeknallten Plan; und selbst wenn alles klappt, wissen wir nicht, ob wir damit überhaupt irgendwen beeindrucken. Trotzdem steh ich hier. Ich, der sich aus allem Scheiß für alle Zukunft raushalten wollte. Na toll. Über die ganzen Menschen hinweg seh ich kurz im Dunkel der Nacht den alten Robin kiffend auf dem Spielplatz sitzen, vor nicht mal sieben Tagen, und wie Magnus Mahlmann mit seiner Stichwunde im Bauch diese Treppe hochstolpert. Ich glaub echt nicht an Schicksal oder so was, aber es war gut, dass er mich getroffen hat. Für ihn selber natürlich. Und für mich auch. Kackegal, wie das hier gleich ausgeht.

Nah an der Bühne steht ein zweiter Pavillon, darunter sitzt auf einem Barhocker ein bärtiger Typ vor einem Mischpult und fährt seine Regler hoch und runter. Die Leute drum herum stehen alle ziemlich dicht. Bin gespannt, wie Thorbjörn da drankommen will. Aber ich seh ihn auch gar nicht, vielleicht hat er sich verkleidet oder so. Auch von Mel weiter keine Spur. Henry guckt rüber. Glaub ich zumindest, wirklich erkennen kann ich es nicht. Sie trägt eine große Sonnenbrille und hat ihr Strubbelhaar unter einem breiten Hut versteckt. Sie nickt mir unmerklich zu.

Die Volksmusik-Rap-Combo ist abgetreten und zwei von den Schlipsträgern machen sich auf der Bühne breit. Der eine freut sich, dass so viele Bürger gekommen sind und dass der andere jetzt ein Grußwort sprechen wird; dem gibt er dann das Mikrofon. Fred steht währenddessen mit verschränkten Armen neben dem Backstage-Altglascontainer und wartet, dass er endlich drankommt.

Ich auch.

67

HENRY

Henry beobachtet Schädel aus dem Augenwinkel. Breitbeinig steht er auf der Treppe, zwischen seinen Füßen diese Sporttasche, in der sich wahrscheinlich wieder der stacheldrahtverstärkte Baseballschläger befindet. Knüppel aus dem Sack. Dieser Mann kennt keine Gnade, vor allem keine Impulskontrolle und keinerlei Empathie. Nie wieder will sie ihm so nahe kommen wie am vorletzten Abend. Was, wenn das große Banner ihn und seine Kumpane nicht beeindrucken wird? Der Plan ist absolut aberwitzig! Noch könnten sie abbrechen. Einfach die Aktion abblasen, sich bei den Gegendemonstranten rund um Marie einreihen und Krach schlagen, fertig. Dass man überhaupt solchen Aufwand treiben muss wegen einer solchen Ansammlung von Armleuchtern und Arschgeigen, die sich *alternativ* nennen. Abgesehen von wenigen Shootingstars wie Kuschinski sind das doch alles Stümper und Idioten, denkt sie und wird wütend. Warum nur vergeudet sie ihre Zeit damit, solchen Leuten überhaupt Aufmerksamkeit zu widmen? Die Rede des Mannes aus dem DAP-Kreisvorstand ist plump und holprig, kaum jemand hört ihm zu. Die Leute schwatzen miteinander, machen Fotos, stehen für Luftballons an. Zwischendurch gibt es höflichen Beifall. Richtigen Applaus erntet der Redner erst ganz am Schluss. Aber nicht für seine Worte, sondern dafür, dass er Frederik Kuschinski ankündigt. Den, dessentwegen alle gekommen sind, Anhänger wie Gegner.

Jubel brandet auf. Kuschinski springt kraftvoll auf die Bühne und ergreift das Mikro. Spricht aber nicht hinein, sondern lässt die

Hand sinken und den Blick auf der Menge ruhen. In das Johlen und Klatschen mischen sich Sprechchöre wie in einem Fußballstadion. In Henrys Ohren klingt es dumpf, denn ein Rauschen überlagert den Lärm, das Pochen ihres eigenen Blutes, das Schädel so gern vergießen würde, zur Freude des tobenden Mobs. Ja, das ist ein Mob, und dass so viele Eltern mit Kindern darunter sind, macht es nicht besser, ganz im Gegenteil. Will sie wirklich diese Bühne kapern und den Leuten zurufen, was sie nicht hören wollen? Denjenigen die Wahrheit verkünden, die sich längst ihre eigenen Wahrheiten aus lauter Lügen zurechtzimmern? Sich dort oben hinstellen, sich ausstellen, exponieren, zur Zielscheibe machen, als Inkarnation all dessen, was diese Leute hassen und verachten?

Ja, sie will, denkt sie, als sie kurz Robins Blick auffängt. Mit ihm zusammen dort oben stehen, für die Wahrheit eintreten, für die Freiheit, für das Recht – und wenn es das Letzte ist, was sie tut.

Endlich verebbt der Jubel. Aufreizend langsam hebt Kuschinski das Mikrofon zum Mund und beginnt zu sprechen. Erst ganz bedächtig, Henry kennt das, sie hat etliche YouTube-Videos seiner Reden gesehen, es ist immer dieselbe Masche – wie er sich dann allmählich steigert, Tempo und Stimmlage anzieht, dann wieder verzögert, um schließlich erst recht loszulegen; es wirkt vielleicht spontan, aber es ist eine eingeübte Choreografie.

Henry selbst hat auch geübt. Zusammen mit Robin. Die Worte sind alle da, alle in ihrem Kopf. Ob sie sie wird herausbringen können, sollten sie es überhaupt bis auf die Bühne schaffen, das erscheint ihr in diesem Augenblick völlig fraglich. Da geht ein Raunen durch die Menge. Alle heben die Köpfe ein wenig, blicken über Kuschinski und die Bühne hinweg zur Hausfassade über dem Spielplatz. Henry braucht eine halbe Sekunde, um zu begreifen, dass es in diesem Augenblick begonnen hat. Die Aktion ist gestartet und dort oben vom sechsten Stock wallt das riesenhafte Banner mit der Aufschrift: *Schluss mit Deutschen Alternativen Fakten: Gleich erfahrt ihr die Wahrheit über Frederik Kuschinski.*

Henrys Puls hämmert, ihr Blick fliegt zwischen Schädel und Robin hin und her. Kuschinski stockt. Er merkt, dass sein Bann auf das Publikum gebrochen ist, dass niemand mehr Blickkontakt zu ihm hält, sondern alle nach oben starren. Er verrenkt den Hals, aber die Wand der Garage gleich hinter ihm nimmt ihm die Sicht auf die darüberliegende Hausfassade. Sein ratloser Blick schnellt hinüber zu Schädel. Der und Nikolaj gestikulieren heftig, schreien in ihre Walkie-Talkies, dann teilen sie sich. Nikolaj und drei weitere Männer entfernen sich. Schädel und zwei andere bleiben an der Treppe zurück, Schädel bückt sich nach seiner Sporttasche. Henry gefriert das Blut in den Adern.

Die Menge nimmt all das nicht wahr, die Leute tuscheln vielmehr und diskutieren, ob das Banner dort oben Sabotage ist oder zu Kuschinskis Performance gehört. An Schädel werden sie nicht vorbeikommen, weiß Henry! Wo sind Madita und Thorbjörn und all die anderen?

Da sieht sie Robin heftig winken. Er bahnt sich einen Weg zu dem Pavillon neben der Bühne. Henry startet durch. Unsanft schiebt sie sich durch die Reihen und trifft auf wenig Widerstand, die Menge ist ohnehin in Bewegung. Denn plötzlich ist die Luft voller Flugblätter. Ihre Freunde, überall in der Masse verteilt, haben die Zettel mit vollen Händen in den blauen Himmel geworfen. Und während sich die meisten Menschen verwirrt umsehen, nach den Flyern bücken oder ratlos zu Kuschinski schauen, branden von hinten, jenseits der Polizeikette, Sprechchöre auf: »Nazis, verpisst euch!«

Kuschinski sagt etwas, er versucht, die Kontrolle zurückzuerlangen, doch er weiß eben nicht, was da vor sich geht, das verunsichert ihn und das hört man an seiner Stimme, auch ohne auf seine Worte zu achten. Robin hat sich inzwischen den Stehtisch aus dem Pavillon geschnappt, ihn vor den Altglascontainer geschoben und klettert hinauf. Die Ordner vor der Bühne werden hektisch, verlassen ihre Position aber nicht. Immer schön die Stellung halten, denkt Henry, das ist der Vorteil, wenn man autoritätshörige Gegner hat. Unbehelligt und unter verdutzten Blicken erreicht sie den Container. Robin ist schon oben und streckt ihr die Hand entgegen.

»Halt, stopp!«, ruft jemand.

Eine junge Polizistin ganz in der Nähe, doch Henry beachtet sie einfach nicht; und die Polizistin tut auch nichts, um sie aufzuhalten. Von dem Container aus erreichen sie das Geländer, das die Brüstung oben zum Spielplatz bekrönt, und ziehen sich daran hoch.

68

ROBIN

Wir fliegen. So fühlt sich das an. Laufen am Geländer entlang über die Brüstung, bis wir etwa über der Mitte der Bühne sind. Keine Ahnung, wie wir überhaupt da raufgekommen sind, Henry und ich, oder wann ich die Zeit hatte, das Megafon aus dem Rucksack zu holen, jedenfalls hab ich es in meiner Hand. Wir heben ab und tauchen – so muss Stagediving sein. Als wir aufkommen, hört man nix außer dem dumpfen Rums der hölzernen Bühnenelemente, alle haben die Luft angehalten. Die fünfhundert oder tausend oder wie viel Leute, alle sehen sie uns an mit offenen Mündern, es ist totenstill, wir sind on stage und ich bin auf Adrenalin. Besser als alles, was ich je geraucht hab. Plötzlich seh ich Mel, ganz vorn vor der Bühne, sie glotzt mir ungläubig entgegen. Ich seh Filiz Yeter, die nicht weiß, ob sie eingreifen soll oder nicht. Ich seh die Kanten in den grellen Westen vor der Bühne, die sich halb nach uns umgedreht haben und wie gelähmt in ihrer Drehung festgefroren sind. Ich seh Ibbis Stirnrunzeln, ich fühl sogar Arzus Blick von oben in meinem Rücken, wobei ich gar nicht weiß, ob sie auf dem Balkon ist oder nicht. Wen ich nicht mehr seh, das ist der bärtige Typ am Mischpult, denn da steht jetzt Madita und reckt den Daumen in die Höhe. All das keine fünf Sekunden, nachdem ich auf den Stehtisch und dann auf den Container geklettert bin.

»Das ist …«, will Fred in die Menge rufen, aber die hört ihn nicht mehr.

Er steht drei Meter neben uns und spricht in sein Mikro, doch aus den Boxen kommt nichts mehr heraus. Nur aus meinem Megafon.

»Wir sind heute hier«, schallt eine Stimme durch den Block, die mir entfernt bekannt vorkommt, »weil wir euch sagen müssen, dass Fred Kuschinski ein Rassist und Attentäter ist.« Es ist wahrhaftig meine. »Er und seine Freunde haben vor zwei Jahren die Moschee angezündet. Außerdem haben Marc Dorfmann und Nikolaj Müller ihren Kumpel Emil Becker ermordet. Und sie haben versucht, Magnus Mahlmann zu töten. Hakan Topal ist unschuldig.«

Den letzten Satz hatten wir gar nicht abgesprochen, er ist einfach so aus mir herausgekommen. Ich könnte noch ewig weiterreden. Niemand unternimmt irgendwas. Die Kanten vor der Bühne und auch Schädel und seine Buddys an der Treppe glotzen nur auf Fred, warten auf irgendein Kommando, aber der steht da wie ausgeknipst. Ohne Führer, denk ich, können die gar nix.

Henry nimmt mir das Megafon aus der Hand und ruft: »Wir hatten einen klaren Beweis, aber Frederik Kuschinski hat ihn vernichten lassen, indem er seine Schergen Feuer legen ließ. Das bezeugen wir. Damit niemand, der heute hier ist, hinterher sagen kann, er habe von nichts gewusst. Bitte denken Sie darüber nach, wenn Sie morgen wählen gehen.«

Warum leben wir noch?, frag ich mich. Warum stürmt nicht längst der Mob die Bühne, schlägt uns zu Brei oder ans Kreuz oder übergibt uns den Cops? Sollte denn dieser völlig beknackte Plan am Ende wirklich aufgehen? Sollten denn wirklich die Menschen um uns herum ins Grübeln kommen, miteinander zu diskutieren anfangen und schließlich nicht uns beide, sondern stattdessen Fred zum Teufel jagen? Henry und mich auf Händen tragen unter Jubel und Freudentränen, während Konfetti und Luftschlangen von allen Balkonen ringsum regnen?

Bullshit.

»Lügner!«, ruft jemand in die Stille.

»Haltet die Fresse!«

»Verpisst euch, Gutmenschen-Pack!«

»Stopft der Negerschlampe das Maul!«

Höllenkrach bricht los, von einem Moment auf den anderen brodelt der Block. Die Leute vor der Bühne toben und geifern, ihre Sprechchöre – »Lügenpresse, halt die Fresse!« – rollen über den Platz, sie buhen und pfeifen uns aus. Die von uns, die vorhin mit den Flyern geworfen haben, werden rumgeschubst, und dann seh ich Nikolaj und zwei seiner Buddys beim Mischpult, wie sie Madita packen und auf den Boden drücken. Wo zur Hölle ist dieser Thorbjörn? Ganz hinten stehen die Anti-Fred-Fans und rufen auch irgendwas, das seh ich an ihren Mündern, aber es kommt nicht mehr bis zu uns durch. Ein paar drücken gegen die Kette aus Cops, doch die Kette hält. Was weiter vorn passiert, scheint die Cops aber nicht zu interessieren. Nur Filiz Yeter ist in Reichweite und fummelt an einem Walkie-Talkie rum, genau wie Schädel vorhin, der auf einmal aus meinem Blickfeld raus ist; was mich alarmieren sollte, aber ich hab keine Zeit zum Alarmiertsein, denn jetzt gibt Fred seinen Ordnern endlich einen Wink und zwei, drei, dann vier von den Kanten schwingen sich auf die Bühne. Sie nehmen Henry das Megafon ab und uns drängen beide nach hinten.

»Wartet noch«, ruft Fred ihnen zu und fummelt wieder an seinem Mikro.

Ein Knacken knallt aus den Boxen, dann hat er wieder Saft und Stimme und die ganze Kontrolle zurück und sagt: »Vielen Dank, meine Damen und Herren, liebe Freunde, dass Sie alle besonnen bleiben und auf die geschmacklose Provokation unserer linksgrünen Möchtegern-Aktivisten nicht hereinfallen.« Henry und ich stehen wie begossen da, von den vier Kanten eingeschlossen, und wissen nicht weiter. »Wer mich schon länger kennt«, ruft Fred, »kennt vielleicht auch diese abstrusen Vorwürfe gegen mich, ich sei in den erwähnten Brandanschlag auf die Moschee verwickelt.« Die Menge beruhigt sich langsam wieder. Nur unsere Freunde ganz hinten machen noch Lärm, doch die Cops halten sie in Schach und Fred übertönt sie. »Ich habe nie verleugnet«, ruft er, »dass es gute Gründe gibt, warum sich der Volkszorn gegen den Islam richtet. Aber niemals – ich wiederhole: niemals – würde ich Gewalt befürworten oder gar selber anwenden.« Er macht eine dramatische Pause, bevor er mit ruhiger Stimme sagt: »Ich kandidiere für den Bundestag, um dem deutschen Volk seine Souveränität zurückzugeben. Ich tue das mit reinem Herzen und sauberen Händen. Wenn irgendjemand das Gegenteil beweisen kann, dann soll er jetzt hier zu mir heraufkommen. Oder für immer schweigen.«

Da legt sich eine Totenstille über den Platz. Sogar unsere Freunde lassen das Rufen sein und nehmen die Trillerpfeifen aus den Mündern. Fuck. Wir haben so was von verloren. Ich trau mich kaum, Henry anzugucken. Fred lässt zufrieden seinen Blick über die Menge wandern. Das ist sein Triumph. Wir haben seinen Sieg noch viel größer gemacht, als der eh gewesen wär.

»Hier!«, meldet sich eine raue Stimme.

Fred fährt entgeistert herum. Ich auch, wir alle.

»Das ist Ibbi«, ruft jemand.

»Schnauze, Alter, hau bloß ab.«

»Nein, lasst ihn durch. Wenn Ibbi was zu sagen hat, wollen wir das hören.«

Ich seh, wie sich der Schnauzbart zwischen den anderen Köpfen durchschiebt. Eine Gasse bildet sich, dann klimmt Ibbi ächzend auf die Bühne hoch. Ganz langsam geht er auf Fred zu. Der lässt das Mikro sinken.

»Du wagst es nicht«, zischt er so leise, dass nur wir hier oben das hören können. »Das wagst du nicht, alter Mann!«

Doch Ibbi streckt den Rücken durch, dann greift er nach dem

Mikrofon. Fred lässt es sich ohne Widerstand abnehmen und steht versteinert da.

»Ich war dabei«, sagt Ibbi, und seine Worte hallen aus den Boxen. »Ihr habt unser Gotteshaus angezündet und mich niedergeschlagen. Ich wollte es der Polizei sagen, aber ich habe aus Angst geschwiegen. Doch heute …«

Der Boden der Bühne erzittert unter einem gewaltigen Einschlag. Die Menge kreischt auf und über all dem Lärm hör ich die entsetzte Stimme von Mel: »Rob!«

Von oben, vom Spielplatz her, ist Schädel runtergesprungen und richtet sich langsam auf, als wär er so eine Kreatur aus 'nem Fantasyfilm, ein Oger oder was, der seine Keule schwingt. Ich denk, der knüppelt jetzt Ibbis Schädel weg. Doch Ibbi interessiert den gar nicht. Seine Augen zielen nur auf mich.

Die Kanten, die uns bis gerade eingekreist haben, machen automatisch Platz. Doch da ist auf einmal, woher auch immer, Thorbjörn auf der Bühne, den ich die ganze Zeit nicht gesehen hab. Genau wie vorletzte Nacht will er Schädel in der Körpermitte treffen, um ihn aus der Bahn zu werfen. Doch der ist heute schlauer, hebt das Knie und trifft Thorbjörn ins Gesicht, macht eine Drehung und steht in Reichweite vor mir, dann holt er aus. Der Baseballschläger saust durch die Luft, ich kann das Pfeifen hören trotz all dem Gekreische der Leute; ich hör schon fast, wie mein Kopf zersplittert und die ganze Sülze ins Publikum spritzt.

»Schädel, nein!«, schreit Fred und springt in mein Blickfeld.

Da knallt ein Schuss. Erst denk ich, das wären wieder die Lautsprecherboxen, aber das war ein echter Schuss aus einer echten Knarre. Heiß flammt der Schmerz in meiner Narbe auf. Um mich rum werfen sich Menschen auf den Boden. Ich sollte das auch tun, kann aber nicht, steh gelähmt und guck an mir runter. Da ist kein Blut, mich hat keiner getroffen. Der Schmerz kommt nur von innen.

Henry will sich die Ohren zuhalten, weil das Geschrei der Menge sonst ihr Trommelfell und alle Nerven zerfetzt, doch sie kann nicht, kann sich nur an den Holzboden der Bühne krallen.

Mel ist außer sich, wirklich außer sich. Ihr Mund steht weit offen, ihr Hals pumpt, aber kein Schrei kommt mehr heraus, alle Töne sind verbraucht, wie in einem Albtraum, wo man brüllt und niemand kann einen hören.

Arzus Finger verkrampfen sich im Rand der großen Lkw-Plane, die von ihrem Balkon hängt. Auf dem Platz unten herrscht blanke Panik und die Hochhäuser schmettern das Kreischen der Menschen als höhnisches Echo zurück. Die meisten sind zu Boden gegangen, halten hilflos die Hände über die Köpfe, wollen sich in der Erde verkriechen oder drücken Kinder an sich oder robben sinnlos hier- und dorthin. Nur wenige stehen noch, ihre Körper erheben sich wie Ruinen aus der Menge – einer ist Rob, eingefroren auf der Bühne wie ein Denkmal seiner selbst, eine andere ist Filiz Yeter, die Polizistin: Beine schulterbreit, Arme durchgestreckt, in der linken Faust liegt die rechte und darin die Pistole, deren Lauf zur Bühne zeigt und kurz gequalmt hat, ihr Gesicht ist reinstes Entsetzen; auch sie ein Denkmal für künftige Zeiten. Ein dritter ist Marc Dorfmann. Er hat seinen Knüppel fallen lassen und starrt ungläubig auf Kuschinski hinab, der sich zu seinen Füßen windet wie ein Wurm.

Atmen, denkt Fred, atmen, verdammt! Wieder und wieder schnappt er noch Luft, doch er bekommt einfach keine. Nie wieder. Seine Lunge steht in Flammen.

Das war er also.
Der Schuss.
Robin …

Er stirbt nicht, denk ich, nein, das passt gar nicht zu ihm. Auch nicht zu mir, ich will das nicht; will nicht, dass ich das Letzte bin, was er in seinem Leben sieht. Er soll mich nicht angucken, nein, soll er nicht. Guckt fast wie Magnus in der Nacht auf dem Spielplatz. Ich könnte ja weggucken, abhauen oder mich zu ihm runterbeugen, aber nichts davon geht, ich bin festgegossen mit ihm, Auge in Auge, während sich das Universum um uns herum in Chaos auflöst. Dann bricht sein Blick.

Warum hat er das getan?

Warum hat er mich … beschützt?

SONNTAG

69

ROBIN

Am liebsten würd ich zu Magnus ins Krankenbett kriechen, mir die Decke über den Kopf ziehen und schlafen. Aber ich kann nicht schlafen, vielleicht nie wieder. Also sitz ich stumm auf seiner Bettkante und krieg noch immer nicht klar, was in den letzten dreißig Stunden geschehen ist. Obwohl über uns ein Fernseher hängt und der Mann darin uns alles immer wieder haargenau erklärt. Er heißt Schönenborn, liest Zahlen vor und zeigt viele bunte Balken. Ab und zu erwähnt er Fred und dabei das Wort *Märtyrer-Effekt*. Hauptsächlich aber überlegt er für uns, wer demnächst vielleicht mit wem regieren könnte.

Doch das interessiert hier im Zimmer niemanden; nicht Henry neben mir oder Marie im Sessel gegenüber; nicht mal Magnus, der mit versteinerter Miene über den Bildschirm seines Tablets wischt. Und mich schon gar nicht. Wohl auch nicht die paar Journalisten, die immer noch unten im Park rumlungern, weil sie es auf Henry und mich abgesehen haben, ein Statement von uns wollen. Dreißig Stunden sind seit dem Schuss vergangen. Und eigentlich ist darüber längst alles gesagt. Bloß noch nicht von uns beiden, jedenfalls nicht in irgendwelche Mikrofone. Doch selbst wenn ich wollte … aus mir würd kein sinnvoller Satz rauskommen, denn ich krieg es einfach nicht klar.

Fred ist tot und hat die Wahl gewonnen.

Die Stadt ist in Aufruhr, das ganze Land. Mittendrin wir. Doch eigentlich brauchen die Medien gar kein Statement von uns, denn irgendeinen gibt es doch immer, der im richtigen Moment mit der Handykamera draufhält. Deshalb waren wir längst schon im Fernsehen; ein paar Mal in den letzten dreißig Stunden. Verwackelte Bilder, wie Schädel auf die Bühne niedergeht, wie Fred sich ihm in den Weg wirft. Und getroffen zusammensinkt. Henry und ich, als wären wir gar nicht wir, sondern irgendwelche Leute im Fernsehen. Wie um uns rum Panik ausbricht.

Fast ein Wunder, dass keinem was passiert ist. Madita und die anderen sind okay, ein paar blaue Flecke, auch bei Unbeteiligten, aber die Cops haben das schnell und gut in den Griff gekriegt. Sie haben Schädel verhaftet und am Abend dann auch Nikolaj. Wie man hört, haben die beiden alles gestanden. Hakan ist heute Morgen aus dem Knast raus. Er hat mir geschrieben. Danke und so, und es wär für ihn okay, wenn ich jetzt doch was mit seiner Schwester anfangen würd. Was für ein erbärmliches Arschloch! Keine Ahnung, ob ich ihm genau das zurückschreiben werd.

Übrigens ist meine Mutter zurück. Sie hat sich verändert. Oder auch nicht, vielleicht hab ich mich bloß selber verändert, keine Ahnung.

Marie war gestern Abend bei mir zu Hause, hat lang mit mir und meiner Mutter geredet. Ich könnt doch bei denen zur Untermiete wohnen, hat sie gesagt, bei Magnus und ihr. Potenzialanalyse bräucht ich nicht, hat sie gemeint, weil – sie hätt mein Potenzial gesehen, da wär wohl was. Ich könnt doch wieder mit der Schule anfangen, sie würden mir dabei helfen. Ich könnt Schüler-BAföG kriegen statt Hartz Vier. Ich könnt sogar nebenher für Magnus jobben …

Keine Ahnung, ob ich das alles machen werd oder nicht.

Mel hat gestern nur noch geweint. Keine Ahnung, ob wegen Fred oder wegen sich selbst. Vielleicht wird das zwischen ihr und mir irgendwann wieder gut werden. Keine Ahnung, wann.

Henry beugt sich über mein Knie, um auf Magnus' Bildschirm sehen zu können. Sie ist das Einzige, was sich für mich im Moment halbwegs real anfühlt und nicht absurd oder unwirklich.

Keine Ahnung, ob sie meine Freundin ist, ob wir zusammen sind und es bleiben werden, oder wie das gehen soll. Ich hab bei ihr geschlafen, letzte Nacht, im Haus ihrer Eltern, das war schön. Heute Morgen gab es schon wieder Frühstück, daran könnt ich mich echt gewöhnen.

»Ich fass das immer noch nicht«, murmelt sie. »Dass Kuschinski fünfundzwanzig Prozent gekriegt hat. Und dass das für den ersten Platz reicht.«

»Es war immerhin knapp«, sagt Marie. »Die anderen Kandidaten haben sich gegenseitig die Stimmen weggenommen. So was passiert. Umgekehrt ist doch die gute Nachricht, dass drei von vier Menschen trotz alledem *gegen* ihn gestimmt haben. Und weil er gestorben ist, muss die Direktwahl für unsere Stadt eh wiederholt werden.«

»Scheiß was drauf!«, ruft Magnus plötzlich. Marie zuckt richtig zusammen. Henry und ich auch. »Was für ein beschissenes Ende!«, schimpft er. »Es hat mich mein Büro und fast mein Leben gekostet, diesen Wichser zu entlarven. Wir wollten ihn *ent*-zaubern, *ent*-mystifizieren, wisst ihr noch? Was wir stattdessen erreicht haben, ist die maximale Mystifizierung. Er ist jetzt ein Märtyrer! Der Mann ›aus dem Volk‹, wie er sich so gern genannt hat, erschossen von einer türkischen Polizistin. Eine bessere Story gibt's doch gar nicht für die DAP.« Er klappt das Tablet zu und knallt es auf seinen Nachttisch. »So ein beschissenes Ende. Wie in einer griechischen Tragödie!«

Seine Stimme hallt von der hohen Decke wider.

»Bullshit«, sag ich leise in die Stille. »Das hier ist kein Ende. Hast du nicht gesagt, dass wir selber entscheiden, wann es vorbei ist?« Ich guck den anderen der Reihe nach in die Augen. »Also was mich betrifft«, sag ich, »ich fang gerade erst an.«